爱从不平静

〔法〕塞维涅夫人 著

王斯秧 译

塞维涅夫人书信集

商务印书馆
创于1897
The Commercial Press

中译本参照 Madame de Sévigné, *Lettres choisies*, éd. Roger Duchêne, Paris, Gallimard, « Folio », 1988

部分注释参考 Madame de Sévigné, *Correspondance*, éd. Roger Duchêne, Paris, Gallimard, « Bibliothèque de la Pléiade », 1973—1978

译　序

17世纪法国文学史上有两位地位相当的女作家，同为路易十四宫廷中受人瞩目的才女，而且过从甚密，她们的作品以不同的方式反映了那个时代的社会与精神风貌。一位是以小说著名的拉法耶特夫人，她的《克莱芙王妃》(*La Princesse de Clèves*)被视为法国第一部心理分析小说；另一位是以书信著名的塞维涅夫人，作品早已成为书信体裁的典范，其优美典雅而不失机智幽默的文风是古典主义时期贵族精神生活的体现。书信与虚构的小说不同，并非刻意为之的文学创作，而是与现实相依相存。从很大意义上来说，作者的生平机遇成就了这部作品，作品与人生密不可分。

一、生平与写作

塞维涅夫人于1626年2月5日出生于巴黎，父亲是勃艮第贵族，母亲是财政官的女儿。她7岁时，父母、外祖父母和祖父相继去世。她的祖母是圣母往见会（l'ordre de la Visitation）的创始人，非常睿智，把孙女托付给库朗热家族的舅舅、姨妈和表兄弟们照料。在亲人们的细心照顾下，她度过了快乐的童年，接受了非常好的教育。她18岁时嫁给年轻英俊的亨利·德·塞维涅侯爵，七年后丈夫为情妇与人决斗身亡，给她留下一儿一女以及布列塔尼的地产。

塞维涅夫人年轻时是上流社会的宠儿。她的魅力不仅来自美貌，更来自才华。她从小在良师指导下博览群书，成年后更有梅纳热、夏普兰等大学者为伴，学养深厚。她热爱生活，热爱享乐，在贵族文豪的社交圈中顾盼生姿、妙语连珠。一位好友斯屈代里小姐，也是当时宫廷里最重要的文学沙龙的女主人，这样形容塞维涅夫人："她的种种小情态毫不做作，都来自她敏捷的思维、开朗乐观的性情和时刻保持优雅的好习惯。""她谈起话来轻松、风趣而自然。说话得体、睿智，有时甚至有些天真而灵气充盈的表达，让人欣喜万分。"朋友们都爱与她为伴，用她堂兄比西－拉比丹的话说："和她在一起永远不会烦闷。"

塞维涅夫人将近30岁时就已因书信优美而在朋友圈中小有名气。她的写作才华与她在社交中的口才一脉相承，都能悦人耳目。她能够通过想象把通信者当作不在场的对话者，写信时仍和与人谈话一样，灵动自然。有斯屈代里小姐的评价为证："她写信就和说话一样，雅致宜人无比。"可是，如果不是命运的变故，她顶多只是一位有才情的宫廷贵妇，而不会成为作家。1669年，被她视作掌上明珠的女儿弗朗索瓦兹－玛格丽特·德·塞维涅嫁给普罗旺斯贵族格里尼昂伯爵。次年，伯爵被国王任命为普罗旺斯总督，必须常驻普罗旺斯尽职守。伯爵夫人于1671年2月4日

译 序

离开巴黎，与丈夫会合。塞维涅夫人悲痛万分，和女儿约定每周通信两封，母女俩都恪守承诺。所幸时任邮政总监的卢瓦侯爵自1668年重组了邮局的定期送信系统，为母女通信提供了稳定的保障。在将近二十五年的时间里，她把对女儿的满腔疼爱和思念寄托在一封封情深感人的书信里。正是这些原本只有一位读者的书信为塞维涅夫人在文学史上留下了声名。

二、书信体裁与风格

在17世纪，书信这一文学体裁有三种类别，第一类以帕斯卡尔的《致外省人信札》(*Les Provinciales*) 为代表，面向公众，讨论道德、哲学、神学等重大问题。第二类以樊尚·瓦蒂尔的书信为代表，话题不如第一类严肃，是上流社会中人展现才情、品位、机锋妙语的绝好机会，面向同样高雅、深谙其中趣味的读者。瓦蒂尔是贵族沙龙与文人雅集最为耀眼的明星，其诗歌与信件以语言精致、考究、风雅而著称，是官廷品位的不二代表，盛名一直持续到17世纪末；后因作品过于矫揉轻浮，逐渐被后人遗忘。第三类是亲友之间交换信息、互道安好的私人信件。与其他文学创作不同，这类书信主要以实际交流为目的，没有谋篇布局，没有深思熟虑，但其中的优秀之作却因其文学价值和史料价值而成为经典，塞维涅夫人书信便是代表。

书信在17世纪的社交生活中起着举足轻重的作用，拜访、宴请、祝贺、致谢等事宜都通过书信传达。正因应用广泛，书信容易程式化，沿用修辞套话、成规礼节。塞维涅夫人说规则习惯是

爱从不平静

"为所有的马配置的马鞍",而她在私人信件中保持着率真自然的风格和口头交谈的习惯,在信件的形式、词汇、句法等诸多方面都打破常规。她写信不打草稿,下笔迅疾;段落极长,页边不留空白,信后添加附言,都有悖正式书信的格式。她的话语不事雕琢,句法随意,雅致的行文中不时夹杂俗语和新词,并列、倒置、延长等不符合古典句法规则的语句频频可见。她说自己写信随意,不修边幅:"我的笔就像一个冒失鬼。"她在布列塔尼的领地居住期间,与外界交流不便,给女儿的信"用针尖""用风之笔"写成,意即所记的都是微不足道的小事。这优美的比喻恰好表达了她随性自如的风格。正因为没有墨守成规,她才能任由真情流露笔端,即时捕捉思想的吉光片羽,记录活泼泼的生活、人物与对话。

塞维涅夫人的书信话题流转自如,表达新颖别致,既有文学作品中的台词、诗句信手拈来,也有形象生动的村俗俚语令人莞尔。信中大量引用文学、哲学和神学作品,但往往以一种风趣轻松的语调道出,成为自己话语的一部分。在1671年6月21日的信中,她说收到了盼望已久的来信,"我像德·拉苏什先生(此人是莫里哀的喜剧《太太学堂》中阿尔诺尔弗让人称呼自己的名字)一样长舒一口气",庆幸女儿身体健康:"你没有苍白瘦弱,像奥林匹亚公主一样萎靡不振!"(这一比喻可能是指拉卡尔普勒内德的《克利奥帕特拉》中的奥林匹亚,色雷斯国王的女儿,也可能指意大利诗人阿里奥斯特的《愤怒的罗兰》中写到的奥林匹亚公主);信末致词"致阿波利东城堡中我亲爱的小美人",则影射《高卢人阿马迪斯》中由魔法师阿波利东建造的魔法城堡。

译 序

她巧妙地化用俗语，写布列塔尼阴雨连绵的天气："这里雨一直下了三个星期，我们不说'风雨之后见晴天'，而是'风雨之后还是雨'。"又如她时常在信中提及笛卡尔，因为笛卡尔是17世纪后半叶文学界的热门话题，谈论其作品内容成为上流社会的风尚，更重要的原因是笛卡尔是她女儿喜爱的哲学家，塞维涅夫人便投其所好，用哲学话语的片段来搭建自己的情感话语。她深谙笛卡尔的哲学概念，但很少进行严肃的逻辑推理，而是将概念从语境中抽取出来，化用在日常情境当中，由此使厚重的哲学思辨变成轻盈而亲切的书信话题。

以实用为目的的书信，与文学作品的界限何在？塞维涅夫人的书信完全是自然之举，还是带有文学创作的意图？这是评论界存在争议的一个话题。有研究者认为她写信完全出自对女儿强烈、私密的感情，也有研究者认为信件同时也是实现文学价值的方式。虽然塞维涅夫人从未想过出版信件，而且说她只乐于给女儿一人写信，给其他人写信都是"力气活"，但根据书信内容和历史背景知识，我们可以想见读信人身边围绕着家人或朋友，信件会在朋友之间小范围地传阅，得到朋友的称赞。女儿和友人都把塞维涅夫人的风格与当时最受推崇的瓦蒂尔相比。比西-拉比丹感叹堂妹的文笔优美，甚至把她写给自己的几封信送给国王路易十四欣赏。因此，书信既是母女俩情感交流的渠道，也是展示文学才华的场所。她的身份、学识，与文人雅士的交往，还有与生俱来的写作才能，在无形之中都促成了她独特的风格，也使她对于写信这一私密的日常行为自律甚高。因此，书信既是个人性情的体现，又体现出那个时代宫廷文化的影响。塞维涅夫人研究

v

专家贝尔纳·布雷（Bernard Bray）认为作者的风格属于西塞罗所说的"考究的随意"，并非随性放任之作，而是一种有意识的选择，是社交礼仪、阅读、贵族交往圈以及个人性情、才能共同塑造了她的写作风格，与其人格、品位相符。她没有刻意经营自己的写作风格，但妙手天成的书信曾给她的女儿带去欢乐，直至今日也感动和愉悦了千万的读者。

塞维涅夫人书信不仅在当时得到亲友的称赞，也得到后世很多读者的赏识，其中包括大作家与评论家。司汤达曾遗憾不能"用塞维涅夫人的语言"描绘他所处时代的风俗。圣伯夫在著作《女性肖像》中用一章评论塞维涅夫人的写作与当时风雅、悠闲的社交生活之间的联系，认为她的风格与拉封丹接近，精练自然。伍尔芙称赞其文学才华："这位贵妇人，这位感情热烈丰富的书信作者，应该也能成为一名极为优秀的小说家。"普鲁斯特的《追忆似水年华》全书提及塞维涅夫人多达四十五次，因为她的书信中所体现出的母爱是叙述者最为珍视的情感，与他对母亲和外祖母的感情相呼应。在叙述者及其家人看来，是否喜欢塞维涅夫人甚至成为判断人品的一个标志。正如塞维涅夫人自己在得到他人赞扬时说："我的文笔不事修辞，只有天性自然平和之人才会欣赏。"可见喜爱她的书信的读者往往具有质朴的心性。

三、书信的主题：母爱

塞维涅夫人书信中最为重要的，甚至唯一的主题，就是她对女儿的深情。母女远隔两地，她只能靠书信排遣孤单与思念：

译　序

"今天由你开始，我满心欢喜……今天一定会比平日少些忧伤。"（1671年3月15日）"那个残酷的周三，正是你离开的那天，我本该给你写信的，可是我太难过、太疲惫，连给你写信作为慰藉的力气都没有了。"（1671年2月11日）她在每一封信中都反复表明对女儿的爱，读来却不觉烦琐，只觉感人至深。因为她的爱不是空泛虚华的，而是落实到日常生活的每一个细节，交杂百般滋味，写尽柔肠千折。她对女儿有疼爱、有怜惜、有自豪、有感激，也有责怪、有担忧。她为女儿瘦弱的身体日夜担忧，恳求女儿为了她可怜的妈妈照顾好自己，饮食起居一应细节都为女儿思虑周全，还为她咨询名医、寻求良药。为此，生病与医治是书信集的一个重要主题。她望眼欲穿等待女儿的来信，想知道她的消息，有时由于邮政传递的混乱，信没有按时送达，她就坐立不安、心神不宁。给女儿写信和收到她的来信是她生活中唯一的乐趣，但为了女儿的健康，为了让她多休息，她不惜舍弃这唯一的乐趣："我单方决裂，自己也很痛苦，但想到你从此不会受我摧残，就有同等的宽慰。"（1679年12月29日）"你写得太多了，我一看到你的字迹就心生感伤。孩子，我知道你写信会付出怎样的代价。尽管你给我写世上最有趣、最甜蜜的话，但我一想到自己享受的快乐是用你的胸痛交换来的，就懊悔不已。"（1680年1月30日）她得知女儿怀孕，本想赶去探望，却要前往布列塔尼处理对女儿有利的债务，"宁愿忍受远离你的痛苦"（1671年5月6日）。这份母爱因它的纠结隐忍而更加真实，也更加动人。

塞维涅夫人与女儿分隔两地，往来于两地间的书信成为一种物质载体，象征着母女俩的离别与思念，更承载着她们为补偿这种离别所做出的努力。骨肉分离给塞维涅夫人带来莫大的痛苦,但她出于乐观的天性和睿智的思想,善于发现事情中的趣味,善于自嘲:"一想到你从此远离,想到你坐着马车远去的情景,我就备受煎熬。你一直走,正像你说的,要离我两百里。我无法承受这种不公,眼看着你离开而自己留在原地,我也打算尽可能地远离,一下跑出三百里。这样的距离很好,要穿越整个法国去看你,这样的壮举才配得上我对你的感情。"(1671年2月11日。信中所说的"里"是当时的计量单位,一法国古里约合现在四公里。)这样复杂的语调,半是真心半是调侃,悲伤中有豁达,无奈中有坚强。

地理距离造成了时间上的差距:信从女儿手中发出,到母亲手中至少已是一周之后。她虽然能通过文字关注甚至参与女儿的生活,但总有延时,总是落后于事件发生的时刻。这是古代通信方式不可逾越的障碍。因为别离,过去的回忆也令人感伤:"你的身影无处不在,屋子里、教堂里、田野里、花园里,没有一处不浮现出你的身影,没有一处不让我回想起从前的情景。事事都刺痛我的心,让我看见你,音容笑貌都在眼前。千事万事,我想了又想,心力交瘁。可是,我四处顾盼,四处找寻,只是徒劳,我挚爱的那个孩子已在千里之外,我失去了她。一念之间,我不禁泪如雨下,心痛难忍,亲爱的孩子。"(1671年3月24日)"我总在想着你,记得你跳舞的样子,记得我看你跳舞的样子,回忆那么甜蜜,想来却变成了痛苦。"(1671年8月5日)因为别离,她时刻猜测,时刻担忧:"唉,眼不见,心不静,我战战兢兢、心神不宁,总担心会发生什么不幸。所有倏忽而过的忧伤都变成了

译　序

预感，幻象变成先兆，预测变成警示。总之，痛苦无穷无尽。"（1671年5月6日）

塞维涅夫人的全部生活都以女儿为核心，为她的健康和利益而思虑奔走，和友人谈话总是围绕着女儿，总以女儿为标准来衡量周围的人和事：她谈起和自己共进晚餐的弗雷努瓦夫人："她美得就像一个女神，一个林泽仙女，不过我和斯卡隆夫人、拉法耶特夫人都认为她离格里尼昂夫人还差十万八千里。"（1672年1月29日）然后又把美人的五官一一和女儿比较，认为她从长相到气质、智慧都远远不及女儿。还有一次她嘲笑遇见的两位年轻妇人："这些年轻女人都多蠢啊！只是程度不同而已。这世上我只认识一个聪明的女孩，可她离得多远啊！"（1671年5月6日）这样的关注与痴迷，与今天我们身边热衷于在微信朋友圈晒娃的母亲们并无二致。在任何时代、任何国度，母爱都有相似的体现，母亲眼里出天使。

客观地说，女儿远离，塞维涅夫人所体会的感情接近司汤达所说的爱情的"结晶"，即一种感情在想象的催发下被覆盖上美丽的结晶，带有理想化的色彩。女儿虽然很爱母亲，但抗拒母亲表达爱的方式，不愿她把母爱当作炫耀的资本，母女相聚时经常争吵、以分别告终。另外值得一提的是，格里尼昂夫人还有一个弟弟，塞维涅夫人对儿子却似乎不太重视。也许正是女儿的抗拒激发了塞维涅夫人更深的感情，有评论家把这种母爱称为"逃离的爱"（l'amour en fuite）。

然而，塞维涅夫人也是一个素养极高、具有自省精神的人。她没有盲目美化自己的孩子，不时责怪她花费过度，提醒她节约,都是出自赤诚的母爱。更难得的是,她在全心投入的同时,也时时反省这种过度的感情是否让对方厌烦、是否有悖个人精神的修行与提升。例如书中第十封信写于复活节前的圣周,塞维涅夫人本想静修祈祷,深知在此期间放任自己的感情是"触犯上帝"的行为,仍然忍不住给女儿写信,同时又忏悔自己的过错:"如果我能克制住不给你写信,而向上帝倾诉,会胜过任何苦修。可惜我没有好好利用这个机会,反而给你写信寻求安慰。唉!我的孩子,此举多么软弱,多么可怜啊!"(1671年3月26日)无论如何,她始终坚持情感是人性中最重要、最合理的因素,由此母爱与对上帝之爱是并行不悖,甚至相互等同的。"这确是软弱之举,但我实在无力抵抗这样一种合理而自然的深情。"(1671年3月24日)她承认自己因爱而软弱,却又坚信这份软弱值得珍惜,一再强调爱之忧伤即使苦涩,也是甜蜜的,胜过无知无觉。这些想法与表达,超前地提出了19世纪将要大行其道的浪漫主义的精髓。

在书信集中能够体会到的另一个特点,就是时间的流逝。塞维涅夫人给女儿的第一封信写于1671年,最后一封写于1695年,跨度将近二十五年。她写给亲友的信年代则更为久远,现存最早的一封写于1648年。数十年的信件记录着母女俩的生命历程,疾病与衰老,离别与相聚,欢乐与哀愁。她早有承诺:"我会好好活着,用一生守护你,无论是欢乐还是痛苦,欢愉还是担忧,还是其他种种感情,我都欣然接受。"(1671年5月6日)本书最后一封是塞维涅夫人向友人穆勒索道谢的信,感谢他向名医巴贝拉克求得药方,治好了女儿的高烧。但不久之后,她自己却与世长辞,最直接的原因是她一心关注女儿的身体,经常半夜起床看女儿是否睡得安稳,对自己的冷暖却不管不顾,最终因为照顾女儿

译 序

劳累成疾,于1696年4月6日发烧,17日去世。以这样一封信作为书信集的尾声,正应了她在二十五年前给女儿信中的话:"真想知道要到什么时候,我才能不再牵挂你和你大大小小的事情。回答应该是:'我该怎么回答你?死亡的时辰最为无常。'"(1671年3月27日)她早知爱的宿命,令人感叹。

母女二人的通信非常规律,而且有相同处境的不断重复:离别—思念—期待再相聚,她们的生活似乎遵循着通信所划分的节奏,围绕着收信和回信展开:"星期一收到你的来信,直到星期三,我都在回信;星期五又收到一封,直到星期日,我又在回信。这样忙碌,倒让我觉得你来信的间隔没那么漫长了。"(1684年10月4日)这个特点在通读塞维涅夫人的全部书信时尤为明显。另外,通信本该是双方对话,但后世的读者只能读到一方的话语,因为在格里尼昂夫人去世之后,她的女儿,即塞维涅夫人的外孙女西米亚那夫人遵照母亲要求,命人烧毁了她写给塞维涅夫人的所有信件,原因无从知晓。

塞维涅夫人的写作风格也在随着时间而变化。她早期的语调欢快,例如她于1648年写给非常亲近的堂兄比西的几封信中,俏皮嗔怪跃然纸上,讥笑调侃与自然流露的深情融合无间。随着时间流逝,生活忧虑增多。因为政治原因,塞维涅夫人在宫中地位渐衰,加之经济拮据,逐渐远离宫廷的华彩生活,大部分时间在布列塔尼以及她舅舅的领地利夫里居住,每年只在巴黎卡纳瓦莱公馆(即今天的卡纳瓦莱巴黎城市历史博物馆)租住数月。她曾是社交圈中众人瞩目的中心,却也能顺天安命,在孤寂简朴的外省生活中恬然自得,沉浸在阅读与思考之中。甘于寂寞的性格增加了她思想的深度,她所信仰的冉森派教义更有助于她在对上帝

xi

的顺从中寻求安宁。此时，信中的玩笑与"疯话"减少，欢快减弱，严肃的阅读、对罗歇或利夫里森林的描写、对宫廷生活的思考以及哲学与宗教思考占据越来越大的篇幅。

四、个人与时代

　　这道流动的风景，主角是塞维涅夫人母女，也记录着外部世界的变迁：故人远行、辞世、得意、失意。当时交通缓慢，信息流通不便，塞维涅夫人便承担起给远在普罗旺斯的女儿充当信使的任务，向她讲述宫廷和巴黎社交界的逸闻趣事。在作者写作的时候，她心中想着唯一的读者是女儿，讲述的是与她们相关的人和事。当她的书信成为文学作品，被无数读者阅读时，作品就成了当时世态的浮世绘，通过一位宫廷贵妇之口，讲述宗教仪式、节日庆典、四时风貌。当时的文学、政治、经济、军事等各个领域的事件，包括著名的富凯案、毒药案、拉罗什富科去世、1672年英荷战争、弗勒吕斯大捷等历史事件，在信中都有记述。1664年12月1日的信中讲述了路易十四的一场恶作剧，叙述生动，神态毕现，故事之后还有作者得出的思考，风格酷似拉封丹的寓言：

　　国王最近喜欢上了写诗，圣艾尼昂先生和当若先生也有板有眼地教他。一天，他写了一首小抒情诗，自己也不甚满意。一天早上，他对格拉蒙元帅说："元帅先生，请您读一读这首小抒情诗，看您是否见过这么蹩脚的诗。大家知道我最近喜欢诗，就什么样的都送来了。"元帅读完诗，说道："陛下，您对

译　序

任何事情的判断都英明无比；这的确是我读过的最蠢、最可笑的诗了。"国王笑了起来，说："写这首诗的人是不是太没有自知之明了？""陛下，再也找不出更恰当的词了。""好吧，"国王说，"真高兴您能这样坦诚相告；这首诗是我写的。""啊！陛下，微臣不敬！请您再给我看看，我刚才读得太快了。""不用了，元帅先生，最初的感觉总是最自然的。"国王做了这场恶作剧，大笑不已，大家都觉得这样捉弄一个老臣，真是再残忍不过的事情。我呢，总爱思考事情的深意，觉得国王应该从中得到启发，知道自己要了解真相有多难。

1671年4月5日的信中讲述了布列塔尼三级会议的盛况，贵族法官齐集，"还有五十个装扮到牙齿的布列塔尼平民，一百个社团"，笙歌宴饮，热闹非凡。其中描写晚宴的一段，生动有趣堪比小说：

> 同一个大厅里开了两桌，那可真是一场盛宴：每桌十四个人，肖纳先生招待一桌，夫人招待一桌。晚宴丰盛至极；烤肉几乎被原封未动地一盘盘端走；金字塔形的水果拼盘要上桌，真得把门加高。我们的祖先可没想过这样的装备，因为他们没想过一扇门要比自己高。水果拼盘高高堆起，宾客们隔着桌子得大声喊叫才能交谈。不过这倒也没什么不便，大家互相看不见也甚欢。有个水果拼盘里堆着二十个盘子，准备上桌时在门边翻个正着，一声巨响，所有的小提琴、双簧管和小号顿时寂然无声。

信件中不仅仅有诗意的情感与思想，还与衣食住行的物质世界紧密相连，成为17世纪物质生活的见证。读者可以从中了解当时宫廷流行的服装款式、发型打扮、日常用具等。单是饮食与医疗，便构成书信中内容丰富的一个主题。塞维涅夫人多次提到热巧克力，有一次担心女儿在旅途中没带巧克力壶，不能喝热巧克力缓解失眠；另有一次担心外孙发高烧，问医生是否让他喝了巧克力；描述卢森堡公爵被捕入狱后的情形，说他要求"关上窗、点起火、喝巧克力"。结合史料，读者可以得知热巧克力与茶、咖啡在当时都被视为药物，在各种场合使用。在1685年的几封信中，她细细讲述了医生和修士怎样用各种方法为她治疗腿伤：打石膏、敷白酒敷料、涂黑油膏、草药、药粉，以及把湿敷草药埋入地下、以便带走疾病的近乎法术的疗法。她写到当时风行的温泉疗养，描述疗养所的各色人等，神态毕现，记录了温泉浴的过程，还介绍了把玫瑰浸泡在滚烫的温泉水中，取出后仍然鲜艳如初的小实验。如果没有塞维涅夫人的书信和圣西蒙的《回忆录》，后世对17世纪法国社会生活的了解就会缺少很多细节。因此，塞维涅夫人的书信不仅具有文学价值，也有历史学、社会学等多方面的价值，是多个学科关注的对象。

五、书信出版与研究简介

塞维涅夫人的信到达女儿手中，曾穿越遥遥路途；它们到达今日读者手中，也历经曲折。书信手稿至今已不可寻，后世读者读到的文字来自不同的版本与抄录本，经历了人为的删节、改写

译　序

与讹误，又因种种巧合而得以完善、流传。可以说，书信集是一部编织在或真实或偏移的历史之中的经典作品。

塞维涅夫人于1696年去世，1725年便已出现未经授权的、不完整的书信版本，名为《塞维涅侯爵夫人致女儿格里尼昂伯爵夫人书信选，包含路易十四时代奇事》，收录28封信。随后，1726年又出现两个未经授权的书信集版本。1734年至1737年，塞维涅夫人书信的第一位正式编者德尼-马里乌斯·佩兰（Denis-Marius Perrin）得到作者外孙女西米亚那夫人授权，出版书信。这一版本分为四卷，包括614封塞维涅夫人致女儿的信。1754年，佩兰出版书信集第二个版本，八卷共772封，增补了塞维涅夫人致其他亲友的信件。佩兰版是塞维涅夫人书信的第一个正式版本，但并不忠实。一方面，西米亚那夫人顾虑颇多，担心书信中一些段落有损家人声誉，要求出版者进行删节与修改；另一方面，佩兰也根据个人的文学品位，对信件大做删改，仅保留他认为"值得保留的东西"。出版之后，书信手稿全部被销毁。最早的三个源自手抄本的盗印本，以及经过删改的两个佩兰版本，在此后很长一段时间内都是出版者仅有的资料来源。

1818年，文学家路易-让-尼古拉·蒙梅尔凯（Louis-Jean-Nicolas Monmerqué）根据上述材料编订的版本出版后，引起勃艮第一位格罗布瓦侯爵的注意。他告知编者，自己有一本厚达1055页的《塞维涅夫人书信》抄本。蒙梅尔凯从中发现大量不为人知的新材料，1827年据此出版《未经出版的信件》。他去世之后，阿道夫·雷尼埃（Adolphe Régnier）以格罗布瓦抄本为主要蓝本，于1862年编订《塞维涅夫人通信集》，收录在桦榭出版社的

"法国大作家"丛书（*Grands Ecrivains de la France*）当中，包括十四卷，是至此为止最为全面的塞维涅夫人书信与研究版本。

1873年，第戎学院的一位法学教授夏尔·卡普玛（Charles Capmas）无意中在第戎一家古董店发现六卷塞维涅夫人书信的抄本。据考证，该抄本由比西之子阿梅－尼古拉（Amé-Nicolas）于1715年至1719年间在比西城堡誊抄，包括319封信塞维涅夫人写给女儿的信件（另有两封致友人的信，都与格里尼昂夫人有关），是保存下来的最为忠实的抄本。上文所说的格罗布瓦抄本便转录自这一抄本，但内容不完整、错误极多。抄本发现八十年后，基于该抄本的信件于1953年至1957年由伽利玛出版社出版，收入最具权威的"七星文库"，此时读者才得以见到塞维涅夫人书信的全貌。书信集的出版与编者吉拉尔·加利（Gérard Gailly）的研究引起学术界对塞维涅夫人的关注，自此论文论著数量增多。

罗热·迪谢纳（Roger Duchêne）是当代最权威的塞维涅夫人研究专家。他于1970年完成的《现实经历与书信艺术：塞维涅夫人与爱的书信》是关于塞维涅夫人的第一部博士论文。1973年至1978年，由他编订的七星文库版《塞维涅夫人通信集》面世（上文所说的吉拉尔·加利版本为旧版，迪谢纳版本为新版），包括塞维涅夫人致女儿的764封信件，以及她与其他亲友的往来信件608封。编者在浩如烟海的史料中找出与信件相关的历史背景知识并在谱系、词汇等各个层面进行梳理，为书信做了详尽的注释。本书原文是由他编选的伽利玛出版社Folio版本，选取89封具有代表性的信件，按时间顺序排列，供读者管窥一豹。

塞维涅夫人在中国读者中的知名度并不高。杨宪益在自传中

译　序

回忆，钱锺书曾经向他盛赞一位名叫"瑟维叶"的法国女作家，书札多么机智有趣；钱锺书读的想必是法文原著，普通读者无缘得见。在学术界，仅有吴岳添、余中先等法语学者做过塞维涅夫人与书信文学的研究。书信集的第一个中译本于2008年出版，由许光华编选、五位译者合译（《塞维尼夫人书信》，青海人民出版社，2008年），其中有十余封信件与本书重合。在本书编辑过程中，台湾辅仁大学出版社的洪藤月译本于2018年出版。

在翻译过程中，译者尽量忠实于原作，力图在译文中表达出塞维涅夫人灵动自然的写作风格。有些语句略显突兀，语意不够明确，有三个原因：一是作品本身为私人书信，并非精雕细琢的文学作品，作者行文迅捷，随性所至，并不追求通篇连贯与顺畅。二是作品为书信选，只选取了塞维涅夫人具有代表性的信件，没有收录她的其他信件和通信者的来信，缺乏完整的背景知识，像是用碎片拼凑出事件的概貌，影响到读者对于文中一些事件的理解。三是17世纪的法语词汇、语法与今天的法语有差别，有那个时代特有的表达方式，且文化背景、社会背景都与现在不同。译者在翻译过程中查阅了多部辞典与法文参考资料，尽量通过文字处理与注释消除这一层面的问题。除特别说明之外，本书的全部注释都选自罗热·迪谢纳为法文底本与《塞维涅夫人通信集》七星文库版本所做的注释。因书信中涉及人物众多，仅对书信中反复出现的人物以及有助于理解上下文与写作背景的重要人物、作家、作品、官职名等添加随文括注。

译者在翻译过程中得到瑞士弗里堡大学阿兰·福德迈（Alain Faudemay）教授与北京大学法语系段映虹教授的悉心指导。福德

爱从不平静

迈教授2016年在北京大学担任讲席教授期间，不辞辛苦领译者细读原文，答疑解惑，讲解塞维涅夫人语言的精妙之处。段映虹教授以极大的热情与耐心，陪伴了全书的翻译过程，从版本选定到译稿审阅都给予宝贵的意见。翻译得以顺利完成，离不开他们的帮助，特此感谢。

王斯秧

2021年7月

目 录

1.	1648年3月15日	致比西-拉比丹	/ 1
2.	1652年6月至7月	致梅纳热	/ 3
3.	1664年12月1日	致蓬波纳	/ 5
4.	1668年7月26日	致比西-拉比丹	/ 9
5.	1668年12月4日	致比西-拉比丹	/ 14
6.	1671年2月2日	致格里尼昂夫人	/ 17
7.	1671年2月11日	致格里尼昂夫人	/ 18
8.	1671年2月16日	致比西-拉比丹	/ 22
9.	1671年3月15日	致格里尼昂夫人	/ 23
10.	1671年3月24日	致格里尼昂夫人	/ 25
11.	1671年5月6日	致格里尼昂夫人	/ 31
12.	1671年6月17日	致达克维尔	/ 38
13.	1671年6月21日	致格里尼昂夫人	/ 40
14.	1671年8月5日	致格里尼昂夫人	/ 46
15.	1671年10月21日	致格里尼昂夫人	/ 49
16.	1671年12月2日	致格里尼昂夫人	/ 52
17.	1671年12月23日	致格里尼昂夫人	/ 55

爱从不平静

18.	1672年1月29日	致格里尼昂夫人	/ 62
19.	1672年4月27日	致格里尼昂夫人	/ 64
20.	1672年7月11日	致格里尼昂夫人	/ 70
21.	1672年12月11日	致阿尔诺·德·安迪利	/ 73
22.	1673年1月25日	致格里尼昂夫人	/ 74
23.	1673年10月30日	致格里尼昂夫人	/ 76
24.	1674年1月29日	致格里尼昂夫人	/ 79
25.	1674年4月27日	致吉托	/ 84
26.	1675年5月29日	致格里尼昂夫人	/ 86
27.	1675年6月14日	致格里尼昂夫人	/ 89
28.	1675年8月6日	致比西-拉比丹	/ 92
29.	1675年9月17日	致格里尼昂夫人	/ 95
30.	1676年3月1日	致比西-拉比丹	/ 97
31.	1676年4月10日	致格里尼昂夫人	/ 98
32.	1676年6月4日	致格里尼昂夫人	/ 101
33.	1676年7月17日	致格里尼昂夫人	/ 106
34.	1677年6月16日	致格里尼昂夫人	/ 109
35.	1677年10月27日	致格里尼昂夫人	/ 113
36.	1677年11月15日	致吉托	/ 116
37.	1678年5月27日	致格里尼昂伯爵	/ 118
38.	1678年9月至10月	致格里尼昂夫人	/ 120
39.	1679年6月1日	致吉托	/ 121
40.	1679年春夏	致格里尼昂夫人	/ 122

目 录

41.	1679年春夏	致格里尼昂夫人	/ 123
42.	1679年春夏	致格里尼昂夫人	/ 124
43.	1679年春夏	致格里尼昂夫人	/ 126
44.	1679年8月25日	致吉托	/ 130
45.	1679年9月12日	致吉托	/ 132
46.	1679年9月13日	致格里尼昂夫人	/ 134
47.	1679年9月26日	致吉托	/ 137
48.	1679年10月7日	致吉托	/ 139
49.	1679年10月20日	致格里尼昂夫人	/ 141
50.	1679年10月24日	致吉托	/ 146
51.	1679年12月6日	致吉托	/ 148
52.	1679年12月8日	致格里尼昂夫人	/ 152
53.	1679年12月18日	致蓬波纳	/ 158
54.	1679年12月29日	致格里尼昂夫人	/ 160
55.	1680年1月30日	致格里尼昂夫人	/ 166
56.	1680年3月5日	致吉托	/ 174
57.	1680年4月5日	致吉托	/ 176
58.	1680年5月18日	致吉托	/ 179
59.	1680年7月14日	致格里尼昂夫人	/ 182
60.	1684年9月18日	致格里尼昂夫人	/ 191
61.	1684年9月20日	致格里尼昂夫人	/ 193
62.	1684年9月24日	致格里尼昂夫人	/ 196
63.	1684年10月4日	致格里尼昂夫人	/ 198

64.	1684年11月5日	致格里尼昂夫人	/201
65.	1684年11月15日	致格里尼昂夫人	/206
66.	1685年2月4日	致格里尼昂夫人	/212
67.	1685年2月14日	致格里尼昂夫人	/217
68.	1685年2月25日	致格里尼昂夫人	/220
69.	1685年6月13日	致格里尼昂夫人	/224
70.	1685年6月17日	致格里尼昂夫人	/231
71.	1685年8月1日	致格里尼昂夫人	/235
72.	1685年8月12日	致格里尼昂夫人	/241
73.	1685年8月15日	致格里尼昂夫人	/245
74.	1687年9月2日	致比西-拉比丹	/248
75.	1687年9月22日	致格里尼昂夫人	/251
76.	1687年9月27日	致格里尼昂夫人	/255
77.	1687年10月18日	致格里尼昂夫人	/258
78.	1688年10月6日	致格里尼昂夫人	/260
79.	1688年11月19日	致格里尼昂夫人	/262
80.	1689年4月4日	致格里尼昂夫人	/266
81.	1689年5月11日	致格里尼昂夫人	/271
82.	1690年4月23日	致格里尼昂夫人	/275
83.	1690年6月25日	致格里尼昂夫人	/281
84.	1690年7月12日	致格里尼昂夫人	/287
85.	1693年8月7日	致吉托夫人	/292
86.	1694年3月29日	致格里尼昂夫人	/295

目 录

87.	1695年9月20日	致夏尔·德·塞维涅	/300
88.	1695年12月11日	致格里尼昂夫人	/305
89.	1696年2月4日	致穆勒索	/307

年　表　　　　　　　　　　　　　　　　　/309

爱从不平静

1. 致比西-拉比丹

罗歇，1648年3月15日，星期日

你这家伙，居然两个月都没给我写信。难道你忘了我是谁，忘了我在家里的地位了吗？啊！出身次房的小兄弟，真得让你长长记性，别忘了自己的身份；你要是惹我生气，我就罚你只能用三齿耙形纹章[1]。你明知我即将临产，却毫不为我担心，就好像我还在做姑娘一样。那么告诉你，我生了一个男孩[2]，我给他喂奶要掺着对你的仇恨，我还要生好几个孩子，就是为了让他们与你为敌，看你恼不恼。你这个只会生女儿的父亲，可做不到这一点。

不过，亲爱的堂兄[3]，这些话掩盖了我对你的感情；天性终究会压倒礼仪。我本想从头到尾都责怪你偷懒，可是这样真让我难

---

1 三齿耙形纹章是供家族中次子使用的纹章。罗热·德·比西-拉比丹（Roger de Bussy-Rabutin）和塞维涅夫人的父亲塞尔斯-贝尼涅·德·拉比丹（Celse-Bénigne de Rabutin）皆为克里斯托夫·德·拉比丹（Christophe de Rabutin）的重孙，但塞尔斯-贝尼涅的祖父为克里斯托夫长子，比西-拉比丹的祖父为克里斯托夫次子。比西-拉比丹出生于1618年，其妻加布里埃尔·德·图隆戎（Gabrielle de Toulongeon）为弗朗索瓦兹·德·拉比丹（Françoise de Rabutin，塞尔斯-贝尼涅的妹妹）之女，塞维涅夫人的堂姐，生下三个女儿之后，于1646年去世。——原注，除注明的注释之外，其余均为原注，后不另注。

2 夏尔·德·塞维涅（Charles de Sévigné）是塞维涅侯爵夫人的第二个孩子，1648年3月12日出生于维特雷附近的罗歇城堡。

3 比西-拉比丹本是塞维涅夫人父亲的同辈人，但他于1643年与塞维涅夫人的堂姐成婚，因此被塞维涅夫人称为堂兄。——译注

受。还是得告诉你，我和塞维涅先生[1]都非常喜爱你，我们经常谈起和你在一起多么愉快。

---

[1] 亨利·德·塞维涅（Henri de Sévigné）于1644年与玛丽·德·拉比丹-尚塔尔（Marie de Rabutin-Chantal）成婚，她由此成为塞维涅侯爵夫人（marquise de Sévigné）。这位贵族在布列塔尼地区有多处地产，塞维涅夫人常住的罗歇（位于维特雷附近）便是其中之一。

2. 致梅纳热[*]

巴黎，1652年6月至7月

我再重复一次，我们之间有误会。您一味坚持自己的观点，因为如果不这样做，您之前所说的一切都无法立足了。尽管您振振有词，我却一点都不心慌。您所指责的事情，我问心无愧，因此相信您终将明白我内心的诚挚。不过，如果您连半小时的解释机会都不给我，误会就无法澄清了；不知道您为什么这么固执地拒绝听我解释。我再次请求您前来，既然您不想今天来，就请明天来吧。如果您不来，就别拒我于门外；我要面对面地辩解，迫使您承认自己也有点错。您的理由很可笑，说什么对我生气、和我决裂，是因为我要走了。如果真是这样，我活该被送去疯人院，而不是激起您的怨恨。但完全不是这样，我只是难以理解，如果我们喜爱一个人，舍不得她走，为何要在即将分别的时候对她冷漠之至。这种举动真是奇怪，我实在难以适应，请您谅解我如此惊讶。我只是请您相信，不论是您所说的哪一位新朋旧友，都不及我对您的敬与爱。因此，

---

[*] 吉尔·梅纳热（Gilles Ménage）出生于1613年，著名学者，著有多部哲学和法律著作。他擅长写言辞激烈的抨击文章，也是一位热衷于社交的教士，喜爱与聪明美貌的贵妇来往，其中便有塞维涅夫人和拉法耶特夫人。他并未担任过她们的教师，只在她们婚后谈话、通信、建议、馈赠风雅诗句，为其精神生活增彩。

在我离开之前,请容我指出您的错误,是您已经不爱我了。

尚塔尔

致梅纳热先生。

3. 致蓬波纳[*]

巴黎，1664年12月1日，星期一

两天之前，所有人都以为富凯案会尽量拖延；现在才知道，情况恰好相反：法院加紧了审讯。今天早上，大法官先生拿出卷宗，像列清单似的念了十项主要罪状，却不容被告申辩。富凯先生说："先生，我丝毫无意拖延时间，但请您容我申辩。您在审讯我，却似乎不想听我的回答。但我必须开口申辩，有多条指证需要澄清，而且，我有权对自己的案件进行申辩。"那些居心叵测的人虽不情愿，却也不得不听他申辩了；但他的申辩那样精彩，他们自然无法忍受。他有力地反驳了所有的罪状。审讯将继续进行，进展非常之快，我觉得这周应该就能结束。

我刚在内韦尔府吃过饭，和府上的女主人细谈了这件事情。我们的担忧只有您能理解，而被告的家人都心情平静、满怀希望。听说内芒先生[1]临死前说，他最大的遗憾就是没有反对那两个法官参

---

[*] 现存十四封塞维涅夫人致西蒙·阿尔诺·德·蓬波纳（Simon Arnauld de Pomponne）的关于富凯案的信。蓬波纳为罗贝尔·阿尔诺·德·安迪利（Robert Arnauld d'Andilly）次子，是法国财政总管尼古拉·富凯（Nicolas Foucquet）的好友。1661年富凯被捕之后，他也被先后流放至凡尔顿和蓬波纳的领地。富凯担任的职务为"财政总管"（surintendant des finances），后来由让-巴蒂斯特·科尔贝（Jean-Baptiste Colbert）及其继任者担任的职务为"财政总监"（contrôleur général des finances）。

[1] 弗朗索瓦-泰奥多尔·德·内芒（François-Théodore de Nesmond），巴黎高等法院院长，是审讯富凯的法官之一，于11月29日死于丹毒。他后悔没有反对富凯的两名对头——皮索（Pussort）和瓦赞（Voisin）参与审讯。

与审讯,如果他能坚持到案件终结,一定会弥补自己的过失,并祈求老天原谅他的过失。

我刚收到您的来信,比我写的任何一封信都要精彩。您告诉我,我在您和我们亲爱的隐居者[1]心中占据如此地位,实在是考验我的谦虚。我眼前仿佛看见他讲话时的音容笑貌。真遗憾,"皮埃罗一转眼成了达尔杜弗"[2]这话不是我说出来的。这样一针见血的评论,若我像您说的那样聪明,写信时就应该想到了。

我要给您讲一件小趣闻,博您一笑。这是一件真事:国王最近喜欢上了写诗,圣艾尼昂先生和当若先生也有板有眼地教他。一天,他写了一首小抒情诗,自己也不甚满意。一天早上,他对格拉蒙元帅说:"元帅先生,请您读一读这首小抒情诗,看您是否见过这么蹩脚的诗。大家知道我最近喜欢诗,就什么样的都送来了。"元帅读完诗,说道:"陛下,您对任何事情的判断都英明无比;这的确是我读过的最蠢、最可笑的诗了。"国王笑了起来,说:"写这首诗的人是不是太没有自知之明了?""陛下,再也找不出更恰当的词了。""好吧,"国王说,"真高兴您能这样坦诚相告;这首诗是我写的。""啊!陛下,微臣不敬!请您再给我看看,我刚才读得太快了。""不用了,元帅先生,最初的感觉总是最自然的。"国王做了这场恶作剧,大笑不已,大家都觉得这样捉弄一个老臣,真是再残

---

[1] 指罗贝尔·阿尔诺·德·安迪利,蓬波纳的父亲,自1646年隐居在重要的冉森派修道院皇家港修道院(Port-Royal des Champs),直至1664年9月被政敌逐出修道院。

[2] 皮埃罗是意大利喜剧中的小丑,天真简单,达尔杜弗则是莫里哀喜剧《伪君子》(*Tartuffe*)中的主人公,是伪君子的代名词。此处影射皮埃尔·塞吉耶(Pierre Séguier),主持审讯的大法官,他曾自称"皮埃罗"。塞维涅夫人在写给蓬波纳的前一封信中讲述了他虚伪的做派。

3. 致蓬波纳

忍不过的事情。我呢，总爱思考事情的深意，觉得国王应该从中得到启发，知道自己要了解真相有多难。

我们正面临一桩残酷的真相，就是偿清公债的事情，严苛得要把我们都逼进收容所了。大家情绪激动，但现实的严酷更让人难过。这不是急于求成吗？最让我难过的并不是要失去一部分财产[1]。

12月2日，星期二

富凯先生今天整整两小时都在谈那600万；他口才极好，听者无不被他吸引和打动，每个人的感受又各不相同。皮索不断做出指责和否认的表情，让正派人看着满心愤慨。富凯先生申诉完之后，皮索猛地站起来，说道："感谢老天，再不会有人说我们没让他说够了。"您听听这话，可像是出自一个公正的法官之口？

听说大法官被内芒的丹毒吓得不轻。内芒死于丹毒，他担心自己也会重蹈覆辙。如果他真能"人之将死，其心也善"，倒不失为一件好事。怕就怕他和阿尔冈一样："死生无异[2]"。

12月3日，星期三

我们可怜的好友今天早上申诉了两小时。他说得那么好，很多人都不禁对他心生敬佩，勒南先生便是其中之一。他说："不得不

---

1 让-巴蒂斯特·科尔贝，1665年至1683年任财政总监。此时为减轻公债，取消了市政厅四分之一的公债。

2 改编自塔索（Le Tasse）的《被解放的耶路撒冷》(*Jérusalem délivrée*)。

承认,这个人真是无与伦比。他在高等法院[1]时口才都没这么好;这次他的表现空前出色。"话题仍然围绕着那600万和他的花费。他的申辩精彩绝伦。周四和周五是审讯的最后两天,到时我再给您写信,告诉您从头至尾的情形。

愿老天保佑,让我下一封信能告诉您这世上我最盼望的消息!再见,亲爱的先生;请让我们的隐居者也祈祷上天,为我们可怜的朋友祈福。我衷心地拥抱你们,也谦卑地拥抱您的夫人。

---

[1] 富凯于1650年至1661年间担任巴黎高等法院检察长(procureur général du Parlement de Paris)。

4. 致比西-拉比丹

巴黎，1668年7月26日，星期四[1]

我先说两句，回复你本月9日寄来的信[2]，然后我们就停战。伯爵先生，你对我颇有微词，暗暗指责我对受苦的人满不在乎，只会在你回来时鼓掌欢呼；总之，你怪我随声附和，当老好人，不愿反驳那些背后说人坏话的人。

看来你对这里的情况还不了解。堂兄，那就让我来告诉你，指责我对朋友不仗义，实在不是人心所向。正如布庸夫人所说，我在很多事情上软弱，捍卫朋友却毫不软弱。只有你一人有这样的想法。我对失势朋友[3]的义气，是有口皆碑的，尽可以告诉你。因此，这样的指责我可不敢当，你应该把这一条从我的缺点录上划去。现在，再来说说你吧。

我们是血脉相连的亲人，相亲相爱，息息相关。你说要从沙隆

---

1 比西写的讽刺小说《高卢名媛情史》（*Histoire amoureuse des Gaules*）影射多位重要人物。小说本来只在密友间阅读，后因信中所说的拉博姆夫人抄录复本并传播，比西于1665年4月入狱，1666年8月获准回到自己的领地，在此流放直至1682年。
2 比西自1666年11月便给塞维涅夫人写信，她很久之后才回复。两人通信间隔甚久。1668年6月9日，比西给堂妹写了一封长信，解释过去的所作所为。后来他于7月29日再次写信，谈论同一事件；塞维涅夫人于8月28日回信。
3 指她忠诚地支持雷斯红衣主教（cardinal de Retz）和富凯的事。

爱从不平静

先生[1]那里继承的1万埃居，让我先借其中一部分给你。你说我拒绝了，其实我已经借给你了。因为你很清楚，我们的朋友科尔比内利[2]也可以做证，我本来是想借给你的，就在我们办手续征得纳谢兹先生同意、以便你获得借款的时候，你却不耐烦了；可怜我相貌丑陋，头脑愚钝，你就给我刻画了那样一幅肖像来哗众取宠[3]，全然不顾我们的旧日情谊，不顾自己的身份和公道。你也知道，是你熟识的一位夫人[4]出于好心迫使你烧毁作品。她相信你烧了，我也相信。后来，得知你为我和富凯先生所做的义举[5]，我才回心转意。我从布列塔尼回来之后，又与你和好。我的真心，你心知肚明。你也知道我们在勃艮第的旅行，我敞开心扉，直言对你的感情比从前更深，执意要和你重归于好。

那时候，有些人对我说："我在拉博姆夫人[6]手里见过你的肖像

---

1 雅克·德·纳谢兹，沙隆主教（Jacques de Neuchèze, évêque de Chalon），是信中所说的纳谢兹的哥哥，比西第一任妻子的叔叔（也是塞维涅夫人一位姨祖母的儿子），于1658年5月去世。比西急需钱，请求塞维涅夫人向他出借这笔遗产。但她负债多于财产，且她自1651年守寡之后，财产便由舅父库朗热神父管理，贷款也取决于他。她因此食言。

2 让·科尔比内利（Jean Corbinelli），塞维涅夫人与比西决裂之前通过比西结识的朋友，是她的挚友。

3 比西在1658年至1659年间在作品《高卢名媛情史》中加入一段对塞维涅夫人的讽刺描写，托名为舍勒维勒夫人。

4 蒙格拉夫人（Mme de Montglas），比西公开的情妇。比西自称是为了逗她开心才写了小说中的一些故事，仅供密友阅读。

5 传闻在富凯的珠宝盒内找出一些信件，有损塞维涅夫人清誉。比西为堂妹辩护，制止了谣言。

6 卡特琳娜·德·博纳，拉博姆侯爵夫人（Catherine de Bonne, marquise de La Baume），蒙格拉夫人的朋友。拉博姆侯爵厌倦了妻子的不端行为，将她囚禁在里昂慈悲修道院（le couvent de la Miséricorde）。比西于1662年年末去看望她，她请求比西留下小说手稿，后来却违背承诺，复制了小说复本并四处传播。1664年夏，比西得知小说广为传播，要求她烧毁手稿并收回所有复本。可惜影响已经造成，比西因此入狱。塞维涅夫人于1664年10月中旬从勃艮第返回。

描写,是我亲眼所见。"我只不过报以轻蔑的一笑,可怜这些被自己的双眼所蒙骗的人。过了一周,又有人对我说"我亲眼所见",我仍然报以微笑。我笑着告诉科尔比内利;他也和我一样露出轻蔑的微笑。我就这样过了五六个月,对那些人不屑一顾。可是灾难的那天还是到来了,我亲眼看见了,用我"双色"[1]的眼睛看见了,我不愿意相信的那幅肖像。就算我头上长角,也不会那样惊讶。这幅残忍的肖像,我读了又读;如果它写的是另一个人,出自另一个人之手,我甚至会觉得描写得精彩。可是它出现得恰到好处,与全文融合无间,使得我无从否认它出自你之手,借此安慰自己。我确认这个人物是我,是通过听说的很多事情,而不是通过对我的感情的描写,因为那完全不是我。我最终在宫里见到了你,告诉你这本书在到处流传。你辩解说那应该是凭记忆写的一段肖像描写,然后就加在那里,我一点也不相信。我这才想起别人告诉我、却被我置之一笑的那些话。这段描写如此妥帖,连你这位创造者都不愿改变书的相貌,把这段描写从它无可替代的位置删除。你嘲弄了我,也嘲弄了蒙格拉夫人,利用我的心无城府欺骗了我;当你看到我对你的感情如初,而你却背叛了我,你应该明白我的一片赤诚;后来的事情你都知道。

行诸文字,在众人手中传看,散布到各家图书馆,成为处处津津乐道的消遣对象,受到无法弥补的伤害,这种痛苦是谁造成的?我不想多言半句。你是个聪明人;我相信你只要稍作思考,就能了

---

[1] 比西在小说中写道:"舍勒维勒夫人连两眼的瞳孔、连眼皮都是不对称的;她的双眼颜色不同。"塞维涅夫人用"双色"(yeux bigarrés)一词总结比西的描述。

解和体会到我的感受。可是，你被捕之后，我是怎样做的？我心中悲苦，却托人转达我的慰问，同情你的不幸，甚至当众为你辩护，直言不讳地抗议拉博姆夫人的行为，以致与她绝交。你从监狱出来之后，我多次去看望你，出发去布列塔尼之前还不忘向你告别。你回家之后，我给你写信，言语坦诚，心无芥蒂。还有，普瓦斯夫人告诉我你砸破了头之后，我也给你写了信。

　　这就是我要开诚布公和你谈一次的事情，请你不要以为是我错了。留着我这封信吧，如果你哪天突发奇想，认为是我错了，就再读一读这封信，站在旁观者的角度来公正地评价。不要以一己的目光，臆测莫须有的事情。必须承认，你重重伤害了我们之间的感情，而我无故受害。不过，你若是以为再反驳，我就会闭口不提，那你就错了，我绝不会罢休的。我不会像从前答应你的那样只写三言两语，而会一直长篇大论，写上两千句，用一封封无聊至极的长信逼得你向我道歉，也就是求我饶命[1]。你还是好自为之吧。

　　另外，我知道你放血的事，是这个月17日吧？我听闻此事心中大悦，真要谢谢你。我很怕放血，幸好这次放血的是你的胳膊，不是我的，你真是太仁慈了。

　　应你的请求，派你的代理人送申诉书来吧，我会托比德先生的一位女友转交给他（因为我不认识他），自己也会和她一同前往。你放心吧，我一定帮忙，真心诚意地帮忙。无须多说我对你有多么关心；你也许会认为我是出于手足之情，其实不是，只因为你是

---

[1] 与决斗的情形相似。

4. 致比西-拉比丹

你。我一看到那三位法国新晋元帅就心生苦涩，也都是因为你[1]。我见到了维拉尔夫人，她所享受的款待，如果你争气，我本来也能享受到。

全法国最美的女孩[2]向你问好。我一提到这个名字就心中愉快，不过懒得向你表扬她了。

---

1 比西光明的军事前途因流放毁于一旦。塞维涅夫人常以同情为名，在堂兄伤口上撒盐。
2 指弗朗索瓦兹-玛格丽特·德·塞维涅（Françoise-Marguerite de Sévigné），1646年10月10日出生，后来成为格里尼昂伯爵夫人。

5. 致比西－拉比丹

巴黎，1668年12月4日，星期二

我在上一封信里说不打算杀你，饶了你的命，你没有收到吗？我做出这样的慷慨之举，等着你答谢，你却毫无回应；你只是想着再站起来，如我所料再次拔剑迎战。真希望你再次起身不是为了继续和我作对。

我要告诉你一个消息，你听了一定高兴。那就是法国最美的女孩要出嫁了，嫁的不是全国最英俊的男人，而是最正直的男人之一；这个人就是你认识已久的格里尼昂先生。[1]他所有的前妻都死了，为的是给你外甥女让位；连他的父亲和儿子都仁慈地死了，让他空前地富有[2]，再加上他的出身、地位和优秀品质，完全就是我们梦想的如意郎君。加之此前和他联姻的都是名门望族，我们很放心，不像平常那样犹豫不决。对方对这门亲事似乎也非常满意，只要征

---

1 塞维涅夫人自10月6日就已与格里尼昂家族预签了一份婚约，故意没有让拉比丹家族的家长比西知情。此时在信中夸奖联姻家族的长处，是为了预防堂兄批评或反对。比西后来在《回忆录》(*Mémoires*) 中没有提及格里尼昂伯爵，表明两人关系并不和睦。
2 弗朗索瓦·阿代马尔·德·蒙泰伊，格里尼昂伯爵 (François Adhémar de Monteil, comte de Grignan)，出生于1632年，是普罗旺斯极为古老、高贵的阿代马尔家族的继承人。他于1658年与朗布耶夫人 (Mme de Rambouillet) 的女儿成婚，妻子于1664年12月22日去世；后于1666年与蓬波纳·德·贝利耶福尔 (Pomponne de Bellièvre) 的一个侄女成婚，妻子于1667年5月30日去世。此外，他的父亲于1668年8月4日去世，第二次婚姻所生的儿子于同年8月1日去世。塞维涅夫人以诙谐的笔法介绍这一连串死亡事件，同样是为了缓和气氛，以防收信人生气。

5. 致比西-拉比丹

得他叔父阿尔大主教以及另一位叔父于泽斯主教的同意[1]，今年年底就能确定下来。我是个恪守礼制的人，因此要征求你的意见和赞同。我周围的人都很满意，这足以促成姻缘；因为人很蠢，总是根据众人的意见来行事。

另有一事，若你对我还有丝毫情谊，就请帮我做好。我知道你在我的肖像[2]下面写着我嫁给了一位布列塔尼贵族，他是瓦塞家族与拉比丹家族的后裔。这样远远不够，亲爱的堂兄。我近来深入了解了塞维涅家族的历史，如果不纠正你的错误，会感到于心不安。你应该写明我们家族在布列塔尼地区的荣耀[3]，最为权贵的家族都会不失机会展示自己的光辉历史。以下就是我们家族的历史：

世世代代，十四次婚约；三百五十年的骑士地位；先祖们有的在布列塔尼历次战争中战功显赫，名垂青史；有的安居田园，隐迹平民；有的家财万贯，有的家境平凡，但都是门当户对的贵族联姻。三百五十年的贵族联姻下来，光听教名便已如雷贯耳，分别为凯尔内克、蒙莫朗西、巴拉东和沙托吉隆。这些名字都尊贵无比；女眷嫁入罗昂[4]和克利松家族[5]。从上四辈往下，出生了盖克兰、科埃康、罗斯马代克、克兰东、同族的塞维涅、杜伯莱、里厄、博代

---

1 弗朗索瓦·阿代马尔·德·蒙泰伊，自1643年担任阿尔大主教（archevêque d'Arles）。雅克·阿代马尔·德·蒙泰伊（Jacques Adhémar de Monteil），自1660年任于泽斯主教（évêque d'Uzès）。

2 比西的城堡中布置着多道肖像长廊，其中一道挂着他熟识的诸位女士的肖像。

3 在此之前，塞维涅夫人根据国王新近下达的命令提交了塞维涅家族的贵族身份证明。身份确认于1670年11月7日宣布。

4 布列塔尼最尊贵的家族。

5 先祖曾与圣女贞德并肩作战。

加、普莱西-特雷亚特等族人，还有一些我暂时想不起来了，直至瓦塞和拉比丹。请相信，这些历史确凿无比。堂兄，请你更改画像的标签，我将不胜感激。如果你不想抬高我们家族，至少不要贬低它。期待你的行动，它代表你的公正和对我的友谊。

　　再会，亲爱的堂兄。请尽快告诉我你的近况，愿我们友情的阴霾从此消散。

6. 致格里尼昂夫人

巴黎，1671年2月2日，星期一

既然你执意要回你的小盒子，那就给你吧。还有一件小礼物，是我很久以来就准备送给你的，请你收下并像我一样珍惜它。我让人重新雕琢了这颗钻石，希望你能终生保存它，永远不要让我见到它落入别人之手。希望你看见它就想起我，想起我对你无尽的深情。尽管你相信我的深情，我仍时时处处不遗余力地想向你表明。[1]

---

[1] 女儿出发之前两天，塞维涅夫人送给她一枚戒指，按照传统，戒指是忠诚的保证，是"无尽深情"的标志。这应该就是伯爵夫人去世后的遗物清单中估价1200利弗尔的那颗钻石。

7. 致格里尼昂夫人

巴黎，1671年2月11日，星期三

你动人的来信，我只收到了三封，还少一封。只可惜我没有全部收到，而我丝毫不想丢失你写来的只言片语。[1] 除去这个遗憾，收到的三封已经让我心满意足了。你的信写得这样好，感情这样真挚自然，完全是出自内心，即使是再有疑心的人也会信服。你的信非常真实，这是我一直珍视的特点。只有真实才能让人确信无疑，谎言徒有空壳却无法令人信服，越想伪装，越是黯淡无力。你的信发自真情，也流露真情，你的话语至多只用来表白心迹，这种高贵的单纯具有令人无法抗拒的力量。孩子，这就是我阅读你来信的感受。然而，当我深信这世间所有真相之中我最期盼的真相之时，是多么激动，洒下了多少热泪啊！你可以想见，从前那些事情在我身上激起相反的情感时，我有多么难过！[2] 如果我的话语能像你的话语一样令人信服，我自不必多言，相信你能体会到我的感情。

不过，我不愿意你说我以前像一道帷幕，把你遮挡起来。[3] 即使

---

[1] 塞维涅夫人每周给女儿写两封信，随着每周三和周五发往普罗旺斯的邮车寄出。女儿的回信也是每周两次，由同班邮车从普罗旺斯带回。根据时间和季节不同，邮车在出发五至七天之后返回巴黎。因为回信代表着女儿的深情，塞维涅夫人认为回信比自己寄出的信更为重要。

[2] 格里尼昂伯爵夫人与母亲相处时，不善于表露自己的感情，被母亲视为冷漠；她在信件中得以表露对母亲的真情。

[3] 格里尼昂夫人深知母亲才思敏捷，光彩夺目，而自己被母亲的光华所遮盖，黯淡无闻。

7. 致格里尼昂夫人

我遮挡着你，也是为你好：等到帷幕开启时，你看起来更加光彩照人。我们已经说过无数遍：你先要藏而不露，才能在最美的时刻示人。我从前却不是这样，似乎是毫无遮挡、毫无掩饰地暴露在人前。我不敢见人，整天都孤僻少言，无可救药。很少有人配得上了解我的感受，我只寻求少数这样的人，躲避其他人。我见到了吉托先生和夫人，他们非常喜爱你，请你下次写信时记得问候他们。昨天上午有两三位格里尼昂家的人来看望了我。我一再感谢阿代马尔让你借宿。我们不想考虑他是让你安静休息更好，还是打扰你的清静更好；我们不敢这样妄做权衡，只是想到你住得舒适，就高兴极了。

你今天应该到达穆兰，在那里会收到我的一封信。我在布里亚尔没有给你写信。那个残酷的周三，正是你离开的那天，我本该给你写信的，可是我太难过、太疲惫，连给你写信作为慰藉的力气都没有了。因此，你收到的这封是我的第三封信，到里昂之后会收到第二封。请你记得告诉我是否都已收到。和你分别之后，我才发现亲人之间写信以"来信收悉，等等"这类套话开头并不好笑。一想到你从此远离，想到你坐着马车远去的情景，我就备受煎熬。你一直走，正像你说的，要离我两百里[1]。我无法承受这种不公，眼看着你离开而自己留在原地，我也打算尽可能地远离，一下跑出三百里。这样的距离很好，要穿越整个法国去看你，这样的壮举才配得上我对你的感情。

---

[1] 本书中的"里"均指当时的长度计量单位，法国一古里（lieue），约合四公里。——译注

你和助理主教[1]和好如初，我很感动。我一直觉得有他的友情，你的生活才会更加幸福。好好珍惜这份宝藏吧，我可怜的孩子。既然你自己也感激他那么善良，那就同样对待他吧。

就此搁笔。到里昂之后，你可能会忙于应酬，无暇细读我的信。至少记得给我写信，告诉我你的近况，你的身体怎样，你可爱的小脸怎样，还有你有没有到该死的罗讷河上去。你在里昂会见到马赛主教先生。

星期三晚

我刚收到你从诺让写来的信。信是由一位非常和气的先生转交的，我问了他一大堆问题，但任何回答都比不上你的信。我的孩子，我流泪是因为你走了，也只有你能让我高兴起来。你在信中描写比斯先生的那一段非常有意思，雄辩术中称之为妙语。我读后大笑，不过我得羞愧地承认，八天以来我什么都没做，以泪洗面。唉，我在街上碰见过这位比斯先生。他牵着你的马，我泪汪汪地拦住他，问他叫什么名字，他告诉了我，我大哭着对他说："比斯先生，我把女儿托付给您了，千万别让她翻了车。等您把她平平安安地送到里昂之后，请回来见我并告诉我她的情况，我给您酒钱。"我一定会重重谢他，而且你信中说的事让我对他更为敬重。你身体不舒服，睡得不好啊？喝巧克力会好些，不过你又没有巧克力壶，

---

1 格里尼昂伯爵的一个弟弟，塞萨尔·德·斯特雷（César d'Estrée），阿尔助理主教（coadjuteur d'Arles），陪同格里尼昂夫人旅行。她要求尽快出发，使得助理主教无法主持一位堂妹的婚礼，他因此生气。

7. 致格里尼昂夫人

我思虑无数次了。那你怎么办呢？

唉，我的孩子，你说得没错，尽管你也很想我，但我想你远比你想我更多。如果你能看见我，会见到我千方百计地找人谈论你；如果你能听见我说话，会听见我说的全是你。我要告诉你，我找格东神父谈了一小时的话，只是为了聊聊里昂的道路。我还没有接待一个前来探望的人，因为他们声称给我解闷，其实就是要让我不想你，光这点就让我生气。再见，亲爱的孩子，你要继续给我写信，继续爱我。我的天使，我全心全意地想着你。

小德维尔，可怜的格里耶[1]，你们好啊。我把你的孩子照顾得很好。我还没收到格里尼昂先生的来信，不过会继续给他写信的。

1　陪伴格里尼昂夫人的两位仆人。

8. 致比西－拉比丹

巴黎，1671年2月16日，星期一

老天啊，我的堂兄，你的来信多么在理，而我总是攻击你是多么无理啊！你让我清清楚楚地知道自己错了，我无话可说；我下定决心悔改，即使你今后的来信还是这么冷酷犀利，我也不会责怪你以这种口吻和我说话了。此刻给你写信时，我仍无悔过之心，刻薄之词不时涌向笔头；我只能尽力遣返这些来自魔鬼的诱惑。女儿离开让我满心抑郁；下次给你写信时我会更加从容，而且保证再也不会和你生气了。

我想再说一遍，你对我们古老光荣的骑士历史感兴趣，我无比高兴。神父恳请你告知他你的计划。他写了塞维涅家族的祈祷文，现在想为我们拉比丹家族再写一份。请你给他写二三事，以便他充实我们家族的历史。我觉得世上没有比亲人更近的关系了，因此关心整个家族是自然而然的，因为这种感情深入骨髓，至少对我而言是这样。家族所有的头衔都赋予你甚好，因为我只是外人，而你要承担一切。

再会，亲爱的堂兄。我们以后写信不要再互相指责了，看看感觉怎么样。如果你感到厌烦，我保证，我们可以随时来点德国式的小吵小闹[1]，争吵点其他事情，以此表明我们内心对彼此无尽的善意。

---

1 "无缘由的、为取笑而做的争吵。"（《通用词典》，菲雷蒂埃编，1690年出版）

9. 致格里尼昂夫人

巴黎，1671年3月15日

拉布罗斯先生希望我在信中向你引荐他；这不是开玩笑吗？你知道我对他有多么尊重、多么喜爱，也知道他的父亲是我最老的朋友之一，而且你自己也深知他们父子的为人，对他们的感情一如我所望。因此我的信对他并无用处，只不过给了我一个好机会，因为我喜欢给你写信。真有意思，一个人给他喜爱的人写信，尽管相距遥远，他却非常高兴，要让他给其他人写信，却难之又难。今天由你开始，我满心欢喜。小佩凯正守在我的床头，因为我得了重感冒，不过当你读到这封信时，感冒已经好了；我们刚才谈到了你，于是我就开始给你写信了。今天一定会比平日少些忧伤。

昨晚家里来了很多客人，我简直成了邦瑟拉德[1]；真庆幸我不是那个可怜的姑娘，有幸和长相奇丑的旺塔杜尔先生同床共枕。[2]你知道邦瑟拉德虽然耿耿于怀，遗憾自己不是阿马尼亚克先生，却也庆幸自己不是圣埃朗先生[3]，由此感到宽慰。可是，我收不到你的

---

1 伊萨克·德·邦瑟拉德（Isaac de Benserade），当时在宫廷享有盛名的诗人、剧作家，写过很多应景诗。他为宫中演出的多部芭蕾舞剧写过台词，其中包括弗朗索瓦兹·德·塞维涅在1663年至1665年参演的芭蕾舞剧。

2 美貌的乌当库尔小姐（Charlotte-Éléonore de La Mothe-Houdancour）刚嫁给丑陋的旺塔杜尔公爵（Louis-Charles de Lévis, duc de Ventadour），但她由此成为公爵夫人。

3 弗朗索瓦-加斯帕·德·蒙莫兰，圣埃朗侯爵（François-Gaspard de Montmorin, marquis de Saint-Hérem），担任王室捕狼主猎官直至1666年，后任枫丹白露主管及狩猎院长，

（转下页注）

来信，谁来安慰我呢？不知邮局是怎么回事，毫不守时，那些殷勤的邮差能半夜出发去给我送信，送回信却拖拖拉拉。我和神父一直在谈论你的事务，他会把一切都告诉你的，所以我未曾提及。你的身体、休息和事务，这三件大事占据着我的全部心思。我从中得出的结论，请你考虑一下。

致格里尼昂伯爵夫人。

（接上页注）

在相貌与德行上与阿马尼亚克骑士（le grand écuyer d'Armagnac）并无太大反差。此话似乎针对两位夫人，据圣西蒙所称，阿马尼亚克夫人"至死都是法国最美的女人"，而圣埃朗夫人"年方十八就丑陋无比"。

10. 致格里尼昂夫人

利夫里，1671年3月24日，圣周二[1]

我可怜的孩子，我现在给你写信可是触犯上帝的。我到达三小时了；我和神父、埃莱娜、埃贝尔、马尔菲丝一起从巴黎来到这儿[2]，想要远离社交界，远离尘嚣，清静到周四晚上。我本想要独处，做一次小小的苦修，向上帝祈祷，静思默想；我本想禁食思过，独自关在房间里踱步，远离各种娱乐以表达对上帝的爱。可是，可怜的孩子，我做得更多的却是想你。我到达之后万分想你，情难自禁，就在你喜爱的那条林荫笼罩的小路尽头给你写信，就坐在你经常躺的那个青苔石凳上。老天啊，这里哪一处没有你的身影？这些念头是怎样穿透我的心啊！你的身影无处不在，屋子里、教堂里、田野里、花园里，没有一处不浮现出你的身影，没有一处不让我回想起从前的情景。事事都刺痛我的心，让我看见你，音容笑貌都在眼前。千事万事，我想了又想，心力交瘁。可是，我四处顾盼，四处找寻，只是徒劳，我挚爱的那个孩子已在千里之外，我失去了她。一念之间，我不禁泪如雨下，心痛难忍，亲爱的孩子。这确是软弱之举，但我实在无力抵抗这样一种合理而自然的深情。不知你读到这封信时会是什么感受，也许它来得不合时宜，也许读

---

[1] 按照基督教传统，复活节前一周称为圣周，用于纪念耶稣受难。——译注
[2] 埃莱娜是塞维涅夫人的贴身女仆；埃贝尔是一名仆人；马尔菲丝是家中的狗。

信的人并不能理解写信人的心情。可是我无计可施。我写信总是为了缓解一时的悲伤，这也是它的全部功用。故地重游是怎样一番滋味，别人无法想象，但希望你不要介意我的软弱，而应该珍视我的软弱，尊重我的泪水，因为它们来自一颗深深爱你的心。

利夫里，3月26日，圣周四

尽管我自到来之后，就为你泪流不止，也为我的罪过泪流不止，但仍准备参加复活节洗礼和大赦[1]。在此度过的时光正如我所料，全部用来回想你，但心中的难过却远远超出我的预料。热烈的想象多奇怪，让一切过去的事情都活生生地如在眼前；人由此想到当前，加之我这样的心境，心都要碎了。不知要到哪里才能逃避你：巴黎的房子已经在日日折磨我，利夫里更是雪上加霜。你却不同，只有在刻意回忆的时候才会想起我；因为普罗旺斯没有关于我的回忆，而这些地方却处处让我想起你。不过，我在悲伤中也体会到些许惬意。无比的孤独，无边的寂静，孤寂的祈祷，虔诚的颂歌（我从未在圣周来过利夫里），传统的禁食，还有美丽的花园，你一定会喜欢：这一切都甚合我意。唉！多希望你也在啊！不论你多么畏惧孤独，一定会喜欢这种孤独。不过我必须回巴黎去。回去后会收到你的来信，而且我明天想去听布尔达卢或马斯卡隆[2]的受难布道。再见，亲爱的伯爵夫人。以上写于利夫里，接下来我会在巴

---

[1] 大赦（le jubilé）指与天主教大赦年的大赦相关的宗教活动。据《通用词典》解释："要获得大赦，教皇谕旨要求教徒斋戒、施舍、祈祷、前往设有赦罪点的教堂。"

[2] 路易·布尔达卢（Louis Bourdaloue）和于勒·马斯卡隆（Jules Mascaron）是当时两位著名的布道者。

10. 致格里尼昂夫人

黎写完这封信。如果我能克制住不给你写信，而向上帝倾诉，会胜过任何苦修。可惜我没有好好利用这个机会，反而给你写信寻求安慰。唉！我的孩子，此举多么软弱，多么可怜啊！

续。巴黎，3月27日，圣周五

我在此收到你的一大包来信。等我过完这段虔诚祈祷的时期后，再给其他人回信。在此之前，请替我感谢你亲爱的丈夫，他的深情和来信让我深深感动。

我得知阿维尼翁桥还架在助理主教的背上，深感宽慰。[1]那么就是他陪你过河啦。这位可怜的格里尼昂先生因为和你生气，差点淹死在河里；看来他宁愿死，也不愿和这么疯狂的人为伴。助理主教有那么多罪过，再加上这一桩，可算是完了。

真感激邦多尔给我讲了那么有趣的事。不过，傻孩子，你怎么会认为其他人的信胜过你的来信？你没有重读过自己的信，而我细细地读了又读，从中找到极大的乐趣。这无上的乐趣，对于今天这样一个日子来说太过奢侈。很多事情我都想知晓，你满足了我的好奇。我正想知道关于瓦尔德[2]的预言是否实现，也担心你会有失礼之处。我也猜到你会厌烦细述自己的经历，但你也许没想到，尽管你厌恶讲述事情，但你这么聪明，会发现讲述有时也有趣而且是不可或缺的。我认为谈话时没有什么是必须完全避免的，要根据判断

---

[1] 格里尼昂夫人乘坐的船曾被罗讷河的激流卷走，险些溺水。此处意为桥没被冲走。——译注

[2] 指关于国王曾经的宠臣瓦尔德（Vardes）是否会重回宫廷的预言。

和时机适时插入话题。不知你为何说自己讲得不好，我可没发现哪一个人比你讲得更加引人入胜。尽管这不应是刻意追求的结果，但如果一个人具有生动讲述的天分而且讲述不可避免时，应该像你这样好好表现。

我一想到你可能会败诉就全身颤抖。啊！孩子，一定要高等法院院长尽力帮忙。我已不知马赛主教对我们的态度，不过你对他仍以友相待是对的，只是不知他是否配得上。说到"配得上"[1]这个词，我有点忍俊不禁，不过现在是祈祷期。

此刻我若是头上顶着一碗水，一定会一滴不漏。[2] 圣周四在利夫里见到这个家伙，比一年中其他时候更惹人嫌恶。昨天他的头抬得比蜡烛还直，步子那么小，都看不出他在走动。

我听了马斯卡隆的受难布道，着实优美感人。我本来很想听布尔达卢的布道，可惜没办法，环境就让我失了胃口：仆人们周三就已经开始给主人占位置，挤得要命。我知道他要重讲我和格里尼昂先生去年在耶稣会听过的布道，因此想去听。那次布道优美至极，回想起来就像回味梦境。你真可怜，只能听那么糟糕的布道！可你为什么觉得好笑呢？我只能重复曾经说过的话："只有这样蹩脚的布道，你只好烦闷了。"

我从未想过你和格里尼昂先生会有不和，信中也从未表示过怀疑，顶多希望你或他告知一声你们的情况，哪怕是重复一遍，也好

---

[1] 福尔班-让松，马赛主教（Toussaint de Forbin-Janson, évêque de Marseille），在普罗旺斯常与格里尼昂一家作对。他担任马赛主教之前，曾当过迪涅主教。法语中"配得上"（digne）和地名"迪涅"（Digne）同字，文字游戏表现出塞维涅夫人对此人的讽刺。

[2] 嘲讽利夫里一名假装虔信的教徒目不斜视的模样。

10. 致格里尼昂夫人

让我安心,因为这是我最希望的事情。如果你们感情不好,你在普罗旺斯就难以度日,我也深知他担心你在那里感到无聊厌倦。这一点上,他和我同病相怜。他在信中说你爱我,我想你一定知道世上再没有比这更让我高兴的事了。我很关心你现在正在进展的诉讼,一想到即将成功就激动不已。

阿尔布雷元帅赢了一起诉讼,赢了值4万利弗尔的地产作为年金。他收回了祖辈所有的资产,殃及整个贝亚恩省。已有二十户人家买进、卖出,还要加上百来年的成果,诉讼的结果真是影响巨大。

你这小坏蛋,居然没寄给我沃德蒙夫人的回信。我问过你,又写信问她,她会怎么想?

再见,亲爱的。真想知道要到什么时候,我才能不再牵挂你和你大大小小的事情。回答应该是:

我该怎么回答你?
死亡的时辰最为无常。[1]

你女儿惹我不高兴:她昨天对我态度不好,没有一丝笑意。我有时真想把她带回布列塔尼,逗我开心。

我今天早早就寄出了信,可是有什么用呢?[2] 你每次给格里尼昂先生写信不是也迟迟不发?他收信时是什么样呢?我这里也是同

---

1 塞维涅夫人好友、沙龙诗人蒙特勒伊(Mathieu de Montreuil)的一首抒情诗中的诗句。
2 这是反语。

样情况。再见吧,扰我清修的小恶魔;一小时之前我就应该去祈祷了。

亲爱的格里尼昂先生,让我拥抱你一下。我晚些再回复你优美的来信。

谢谢你对我的问候。我时时问候别人,总能得到千万倍的回报。你还是那么活泼、那么美丽,我真高兴,真想亲亲你。不过总穿着那件蓝衣服多不好!

不要为阿代马尔担心。神父会满足你的心愿,不需要你帮忙。事情还差得远呢。[1]

致格里尼昂伯爵夫人。

---

1 指还清格里尼昂家的小笔欠款。

11. 致格里尼昂夫人

巴黎，1671年5月6日，星期三

我的孩子，请不要认为我们心意相通是因为分离，也不要认为我相信你对我的挚爱是因为失去了你。我们从此分离，的确帮助我体会到你对我的深情，却让我们无比怀念从前你日日在我眼前、和我谈天的时光。那时你优雅美丽、言谈聪慧，令我舒心悦目。千万不要把你的音容笑貌和你对我的感情分割开来，这实在太过残忍。不管格里尼昂先生怎样劝解，我更愿意有朝一日，这两桩美事能合二为一，我们能毫无嫌隙地相见；你说我从前对你不公，我将尽力弥补。唉，我多么怀念过去的美好时光啊！现在只剩无尽的泪水和无尽的柔情！连这段话写来也让我脆弱的双眼格外难受，我无法继续，只能就此止住。不过我还是要告诉你，再见到你是我眼下唯一所盼，也是最令我欣喜的事。为此你要知道，为了我自己好，为了减轻我日益沉重的担忧，再长的旅途都不足道。不过我和达克维尔讨论了很久，一道权衡利弊，最终听从他的意见。他是我的知己，深知我对你的感情，我们的计划也是由他写信告诉你的。他劝说我不要放弃这次对你有益的出行，宁愿忍受远离你的痛苦。我听从了他的劝说，有这样好的向导，一定不会错。[1]

---

[1] 塞维涅夫人刚刚得知女儿怀孕的消息，达克维尔（d'Hacqueville）是塞维涅夫人的知心好友，深知她对女儿的感情，却劝说她不要放弃前往布列塔尼处理财务的计划，因为如果事情进展顺利，她女儿也会受益。

你的身体怎样？受得了车马劳顿吗？我的孩子，如果你非坐马车不可，也要注意不要连续坐太长时间，要不时休息一下。我昨天见到吉斯夫人，她让我转达对你的问候，而且让我转告你，她曾经有三天生命垂危，连罗比内夫人[1]都束手无策，都是因为她第一次怀孕时劳累过度，没有注意休息。连续的震动使得胎儿不能回复原位，往往会导致致命的早产。我答应她把这些注意事项都告诉你，还有她失去孩子后多么懊悔。现在我一丝不苟地完成了任务，希望对你有所裨益。孩子，请你千万千万要保重身体；你唯一要做的就是这个。

你的格里尼昂先生把我中正耿直的思想说成"复杂"而"考究"，就像那个妖婆说的，可真是穷形尽相。我读到你写的这一段开怀大笑，又可怜你听到他这样夸赞我时，眼前没有真人作为对照；多希望我当时就躲在壁毯后面偷看你们谈话啊！孩子，我读到你对拉布罗斯的称赞非常高兴。重读旧信可真是要命的事！我早就发现旧信比老年人还絮叨，里面反反复复都是些废话。你可是深受其苦，我在那一封信里就想告诉你了。

我的确很爱你女儿。不过你这个小淘气，居然说自己嫉妒。我们俩都不是这样的人，你身上不可能产生这样卑下的感情，我和格里尼昂先生也不可能让你心生嫉妒。唉！一个人全心牵挂另一个人，任何人都无可比拟，还能引起对嫉妒本身的嫉妒吗？再不要提这种感情了，我很讨厌它，即使它是出自真爱，其表现也太残忍、太可憎。

---

[1] 当时著名的接生婆，1670年曾为格里尼昂夫人接生。

11. 致格里尼昂夫人

孩子,你不要无缘无故地为我担忧,这样会让你的情绪动荡不安。唉,孩子,你对我的生活、我的身体太关心、太在意了(你一直都是这样的)。请你像我一样,不要过于操劳,我的身体实在无须担忧。我会好好活着,用一生守护你,无论是欢乐还是痛苦,欢愉还是担忧,还是其他种种感情,我都欣然接受。

我会给你寄一些回忆录,存放在修道院里。你对待此事这样慎重,做得非常好。我也要感谢你的付出。

韦纳伊夫人在韦纳伊胃痛难忍。她生了一个孩子,名叫皮埃尔,因为长得很胖,不能叫作皮埃罗。[1]请托神父替你向她道喜吧。

我的独立王国开始远离这个世界。有一天我们在杜伊勒利公园碰见了奥蒙夫人和旺塔杜尔夫人。奥蒙夫人非常无礼,我们恭贺她生了女儿,并告诉她我们曾上门去拜访,她回答起来却傲慢得像个王后。另一个呢,蠢不可及,我都开始同情旺塔杜尔先生了,这场婚姻里原来是他吃了亏。这些年轻女人都多蠢啊!只是程度不同而已。这世上我只认识一个聪明的女孩,可她离得多远啊!我执着于这些小事,为的是转移自己的注意力。可是我向你倾诉衷肠时,又没完没了,连自己都觉得厌烦。

我见到了加谢,在达帕戎夫人家和他共进晚餐。我让他多讲讲你的近况,听着高兴极了。他告诉我,听格里尼昂先生说你可能是怀孕了,说你美丽、欢快又和气,还说你非常爱我,把你的一切巨

---

[1] 韦纳伊夫人(Mme de Verneuil)是大法官皮埃尔·塞吉耶之女,孩子取名为皮埃尔,与外祖父同名。此处影射第三封信中所说的皮埃尔·塞吉耶自称"皮埃罗"一事。"皮埃罗"(Pierrot)的后缀"-ot"有"小"之意,因此塞维涅夫人说孩子长得太胖,不能取名皮埃罗。

细无遗都讲给我听。我还问了他很多问题。孩子，还有一些人也和你一样喜爱自己的母亲。苏比斯夫人在这里写的信远比平日精彩。当她听说拉特罗施夫人费心安慰她母亲、为她母亲解闷时，便给夫人写了一封信表示感谢，信写得那么好，当真出乎我的意料。罗昂夫人和她女儿分别的情形，让我回想起自己的痛苦。她以为女儿怀孕了，在宫廷旅行中，这份行装可是轻便。

不过，我的孩子，你为什么去了马赛？马赛主教先生告诉我那边正流行天花。不知你情况如何，我怎能有一刻安心？而且那里的人还会鸣炮迎接你，会惊扰到你，这太危险了。听说比埃就被街上的一声枪响吓得分娩了。想必你也参观了海军兵工厂[1]，过桥时很可能会失足滑倒。唉，眼不见，心不静，我战战兢兢、心神不宁，总担心会发生什么不幸。所有倏忽而过的忧伤都变成了预感，幻象变成先兆，预测变成警示。总之，痛苦无穷无尽。

我还没有出发。唉！亲爱的，你真是在说笑，我不过离你两百里而已。我会在圣灵降临节前出发，在夏尔特尔或马里科尔过节，但一定不会在巴黎。我本想早些出发，可你弟弟让我等他一起走。他终于到了，我们又等着他从洛兰订来的马匹。马今天会到，我这周就出发。你真体贴，想到我旅途中会忧伤。以我这样的心性，一定会很忧伤。你竟然愿意抛弃荣华富贵，当一个贫穷的牧羊女陪伴我的漫漫旅途。唉！我有时也会信以为真。你可以想象我和拉穆斯会谈起你的多少往事，又有多少事物会让我们回想起你，且不提始终在我心里的习惯性的想念。

---

[1] 当地的一处名胜，1670年建成。

11. 致格里尼昂夫人

对,埃贝尔不会再为我当差;我虽感遗憾,却不得不下定决心。他已从尚蒂利回来;瓦尔特死了,他也全盘皆输,了无希望。古维尔把他安置在孔德府,让他担任我和你说过的那个小差使。拉罗什富科先生说他和埃贝尔有联系,认为这个人前途远大。我回答道:我的仆人不如他的仆人[1]幸运。公爵非常喜爱你,说他绝不会把你的信置之不理。拉法耶特夫人总让我代她向你表达各种问候,不知我是否尽职完成了任务。

如果你身体不适,千万不要给我写信,千万要量力而行。不要对我的信事事必答,多谈谈你自己的情况就好。我在布列塔尼待得越久,越需要你的安慰。不要草草应付我,尽量让小德维尔代笔,但让她不要写"敬请""致敬"这类客套话。让她写你的情况,还有什么?只写你,都写你。

你向我道谢,真是好笑,简直把《荷兰报》[2]和我给你写的信当成了礼物。你的信满怀感激,就像一年前信中满怀绝望一样。

不要把拉封丹的书扔到一边,其中有一些寓言和故事还是非常有趣、非常动人的。《菲利普大哥的鹅》的结尾、《兰斯人》、《小狗》,这些故事都很美;只有不属于这类风格的那些故事才平淡无奇。我想写一篇寓言,让拉封丹明白刻意摆脱自己的风格是多么可悲,想要表现所有的音调反而会奏出嘈杂的乐声。他有讲故事的天分,就应该物尽其用。

布兰卡伤心欲绝,因为他女儿昨天随丈夫去了朗格多克,他

---

1 指古维尔,他曾是拉罗什富科公爵的贴身仆人。

2 《荷兰报》(*Gazette de Hollande*),通称《阿姆斯特丹报》(*Gazette d'Amsterdam*),1663年起由法国避难者在荷兰出版。

妻子去了波旁。他独自一人,那个难过啊,我和库朗热夫人都笑话他。

马赛主教先生写信给蓬加雷神父,告诉他你怀孕了。这桩不幸的事,我一直尽力隐瞒,但最终还是被人知晓,大家都笑话我。

你问的那种发型,就像个小男孩发型,中分线一直分到头中部,再转到耳朵上方。整个头发都扎起来,卷成大发卷,盖过双耳。发线和两边的发角之间结一个发结,头顶也有一些发卷。这种发型看起来年轻漂亮,要梳得平整,有时也可拍打得略为蓬松、卷曲、起伏,反正要和脸型配合。这种发型已经流行起来,布里撒夫人和圣热朗夫人还没有剪短头发,看起来就有些老土。这种发型如果梳得好,会非常漂亮。尽管它不是经典发型,但非常正式,在重大场合非它莫属。写信给盖夫人吧,让她把库朗热夫人寄给她的娃娃寄给你,就会知道怎么梳这种发型。

你女儿一天比一天漂亮。我星期五的信中再告诉你她今年夏天去哪里过,如果安排妥当,也告知你的住房怎样安排。所有人都赞叹你的住房,但至今没人租。

虽然格里尼昂先生犯了大错,我还是拥抱他。请他至少做到"伤人者疗伤"[1],也就是说,让他万分当心你的身体,要一手掌管起来,其他事情则由你处理。

你前往马赛,我真担心。如果邦多尔和你同行,请代我向他问好。吉托给我看了你写的信,写得真是优美,读来就像漫步于美丽

---

[1] 改编自邦瑟拉德的《艺术芭蕾》(*Ballet des Arts*)中的一句诗,格里尼昂夫人出嫁前曾于1663年跳过这支舞。在原剧中这句话是指爱情。

11. 致格里尼昂夫人

的花园之中。达鲁先生非常喜爱你，他远没有生你的气，远胜马赛离维特雷之遥。由此可见他多么喜爱你，因为我记得这么远的距离曾让我们心惊胆战。唉！就此搁笔吧，我那时的担心一点没错。你舅祖父今天早上见过达鲁先生。你可以掌管他的一切财产，因此你诚实地把账单确认函寄还给他是正确的。我的孩子，我吻你，拥抱你。

致我亲爱的伯爵夫人。

12. 致达克维尔

罗歇，1671年6月17日，星期三

我此刻给您写信，心急如焚；我只能给您写信，再无他人可求助，因为只有您能理解我极度的深情。我已经连续两次没有收到女儿的定期来信了。我从头到脚都在颤抖，神志不清，无法入睡；即使我睡着，也会突然惊醒，比失眠更痛苦。不知为何收不到她的来信。迪布瓦说他每封信都规规矩矩地寄给了我，可我一封都没收到，他也不告诉我原因。亲爱的先生，这到底是怎么回事啊？难道是我女儿不再给我写信了吗？她生病了？还是别人拿了我的信？就算邮局时有拖延，也不至于这样混乱。啊！老天啊，我无人倾诉，多么难过啊！我只能向您寻求安慰，您聪明睿智，能容我敞开心扉。我的担心是不是多余？请您为我排忧解难，到我女儿写信的地方去看看，至少让我知道她情况怎样。我宁愿她给别人写信而不给我写，也不愿为她的身体担忧。总之，自从本月5日我就不曾收到她的来信，她应该在5月23日和26日各写了一封，至今已有十二天，按常规应该已经来了两封。亲爱的先生，请尽快给我回复。您若是见到我现在的样子，一定会心生怜悯。字写清楚一点，我看不清您的来信，又想看得要命。我此刻手足无措，无法谈及您信中问到的其他情况。我儿子从雷恩回来了，三天花掉400法郎。雨下个不停。不过只要我女儿的信一到，这些烦心事都微不足道了。请您可怜可怜我，赶快去邮局问问，信为何没有按时送到？我没给任何人

12. 致达克维尔

写信,若不是深知您这样善良,我也羞于给您写信,让您看到我的软弱。

胖神父[1]埋怨我,说我只给他写了一封信。其实我给他写过两封;请您告诉他,我永远爱他。

---

[1] 皮埃尔·加缪·德·蓬加雷(Pierre Camus de Pontcarré)神父,出生于巴黎的一个法官世家,是雷斯红衣主教的密友,也是达克维尔的好友。

13. 致格里尼昂夫人

罗歇，1671年6月21日，星期日
回复5月30日与6月2日来信

我的孩子，我终于能畅快呼吸了。我像德·拉苏什[1]先生一样长舒一口气，心里的紧张和担忧一扫而光。老天！两次都没收到你的定期来信，你知道我有多难过吗？你的来信是我生活的支柱；这可不是夸张之词，而是实实在在的事实。亲爱的孩子，告诉你，我真快承受不了了，那样担心你的身体，甚至希望你给所有人都写了信，独独没有给我写。我宁愿自己推迟给你写信，给你问候，也不愿整日悬着一颗心，为你的健康担忧。我无计可施，只能向我们亲爱的达克维尔倾诉。他聪明和善，比谁都能理解我对你的深情。不知他是出于对你的喜爱，还是对我的喜爱，或是两者兼而有之，总之他能理解我所有的情感。正是为此，我特别喜欢他。我又后悔把自己的痛苦都告诉你，因为当我的痛苦减轻之时，你又要难过了。唉，这就是骨肉分离的不幸，要折磨两个人。

我苦苦等待那两封信，收到后喜不自胜，你知道是怎么回事吗？邮局煞费苦心给寄到雷恩去了，因为你弟弟在那里。这里诸事混乱，连信件都不能幸免；你可以想象我在邮局怎样大发脾气。

---

[1] "德·拉苏什"（M. de la Souche）是莫里哀的喜剧《太太学堂》（*L'École des femmes*）中阿尔诺尔弗（Arnolphe）让人称呼自己的名字。

13. 致格里尼昂夫人

你在信中描绘的圣体瞻礼庆祝仪式真有意思。[1] 不过仪式那么世俗，真不知你的大主教怎么能忍受，尽管他是意大利人，而这种习俗又来自他的故乡。今晚科埃康先生来吃晚餐，我会讲给他听，逗他开心。

你信中的其他部分我更为满意。我终于得知，可怜的孩子，你依然很美！啊！我能在十来个女人中一眼就认出你？啊！你没有苍白瘦弱，像奥林匹亚公主一样萎靡不振！[2] 啊！你一点都不像我从前见到时那样病入膏肓！啊！孩子，我真是太高兴了。看在上帝的分上，好好享乐，好好珍惜你的身体；要记得你这样做，我再感激不过。格里尼昂先生也该对你说同样的话，还要督促你实行。我敢保证，你怀的一定是个男孩；他应该会加倍小心。还有你精心打扮，我也感激；还记得你总穿着那件难看的黑大衣让我们多腻烦吗？女人对穿着漫不经心是恪守妇道的表现；格里尼昂先生会为此感激你，但在观赏者看来却不那么赏心悦目。

我赞成你命人烧掉金色花边、重制方围巾，不过短裙可能很难

---

1 艾克斯圣体瞻礼（la Fête-Dieu d'Aix）仪式展现基督教战胜异教的场景，其中大肆渲染异教的罪恶，骇人听闻，因此受到指责。普罗旺斯诸位伯爵在意大利有多处地产，尤其是在那不勒斯和西西里岛，因此塞维涅夫人猜想这些仪式受到意大利影响。当时的大主教是格里马尔迪家族的人。

2 拉卡尔普勒内德（La Calprenède）的《克利奥帕特拉》（Cléopâtre）中的奥林匹亚是色雷斯国王的女儿，被海盗俘获，在船上病得气息奄奄，后被卖到亚历山大为奴。书中描写她"双眼黯淡无神"。塞维涅夫人也可能影射的是意大利诗人阿里奥斯特（L'Arioste）的《愤怒的罗兰》（Roland furieux）中写到的奥林匹亚公主。她被抛弃在荒岛上，无望地寻找离去的丈夫，后来远远地看见背叛她的丈夫乘船而来，于是她"全身颤抖，瘫倒在地，比雪更苍白、更冰冷"。这一情景与格里尼昂夫人生第一个孩子的情形相似，当时她丈夫不在身旁。

加长。这种时尚已经流行到你那里去了啊。在维特雷，有些女孩穿的裙子到了脚踝以上，其中一个居然名叫克罗克-瓦松小姐，另一个叫作凯尔博涅小姐，这些名字听着多好笑。你就像个王后，自然是普罗旺斯一道美丽的风景，而我只能在此为你高兴。你信中写的自己受到的礼遇非常有意思。

你写给神父的信，我欣欣然读过。得知这样的消息，我们自然心存希望，盼着你回来。等我去普罗旺斯，就会劝说你和我一起回来，住在这里。你会处处受到礼遇，也会重新喜欢上别样的礼遇、颂扬与赞叹。而你不会有任何损失，只需改改口风。总之，我们到时再看。另外，我觉得像你们这样的家庭，再小的收入都是大数。如果你们要卖地，就要想想得来的钱款怎样支配；买进卖出就像打牌。我们卖了一小块只产小麦的地，我心中大快，收入也有所增加。[1] 你要是能说服格里尼昂先生，尽可炫耀促成了奇迹，而且这奇迹只有你一人能做到。这一点上，你弟弟还听不进我的劝告。他确实年轻不懂事，不过棘手的是，人在年轻时如果不知规划，余生都得东拼西凑，不得安宁，不享富足。

我正想知道你们普罗旺斯是什么天气，还有你怎样应付那里的跳蚤，你刚好回答了我的问题。这里雨一直下了三个星期，我们不说"风雨之后见晴天"，而是"风雨之后还是雨"。所有的工人都遣散了，皮卢瓦也回家休息去了。你不该在树下给我写信，应该在火边或者在神父书房里写。我现在对神父的感激更是无以复加。我

---

[1] 1671年4月18日，塞维涅夫人以4万利弗尔的价格出售罗歇附近的博迪埃尔的地产，用于偿还为女儿准备嫁妆所借的钱款（3万利弗尔）。售地钱款利息（5%）高于土地收入（3.33%）。

13. 致格里尼昂夫人

们在这里很忙，还没决定是要避开布列塔尼三级会议，还是要迎战。唯一确定的事情，我的孩子，我知道你也深信的，就是我们一刻也没有忘记你这个可怜的流放者。唉！她多亲切，多珍贵啊！我们经常谈起你；虽然我常把你挂在嘴边，但心中更想你千倍，日夜都在想，散步时也在想（我们经常去散步），时时刻刻，谈论其他事情时也在想，就像心中怀着真正虔诚的感情热爱上帝一样。很多时候，我刻意不提起你，心中却更加想念你；因为有时出于礼貌，也出于策略，有些行为不可过度。我还经常提醒自己，要放下包袱，随遇而安；你看，我时常用一些老话告诫自己。

我们经常读书。拉穆斯求我和他一起读塔索。我以前学过，熟悉这部作品，因此非常乐意；他的拉丁文很好，人又聪明，是个好学生，而我有经验，又跟随过良师，自己也成了好老师。你弟弟给我们讲趣事，像莫里哀一样绘声绘色地表演喜剧，还给我们读诗歌、小说、故事。他又风趣又善感，总是逗我们开心。我们本想严肃地阅读，却被他带着把每一部作品都读得滑稽好笑。等他走后，我们打算继续读那位尼科尔先生优美的《道德随笔》。他过半个月就要回去任职了，这段日子他在布列塔尼过得非常愉快。

我给小德维尔写了信，打听你怎样放血。请你细细告诉我你的健康状况，你需要些什么。你一来信，我总是高兴万分。不过，我的小宝贝，千万不要为给我写信而劳累，你的身体永远是最重要的。

我和神父都赞赏你处理事务的才干，相信你一定能让格里尼昂府重现生机：有些人破坏，有些人则修复。但最重要的是生活要多些欢乐，多些休憩。可是，我的孩子，你离我如此之遥，有什么办法欢乐和休憩呢？正像你说的，我们像隔着一层纱在谈话和相会。你熟悉罗歇，因此你的想象还稍有落脚之处；我呢，却只能凭空想象。我设想一个普罗旺斯，一栋艾克斯的房子，也许比你真正的房子还漂亮，仿佛看见你在里面。我也设想格里尼昂先生在里面，但你们那里树很少（为此我很难过），也没有湿润的山洞。我很难想象你散步时是什么样。真担心风把你从阳台上吹走；如果一股旋风把你吹到这里，我就一直开着窗户，好接住你。老天！我又开始胡思乱想。还是回到正题吧，我觉得格里尼昂城堡非常美，很有阿代马尔先祖遗风。不知你把那些镜子都装在哪里。你那样感激神父，一定不无道理，他做事向来严谨细心。看到他这样爱你，我非常高兴，这也是我要感谢你之处，你用自己的方式使我们三人之间的友情与日俱增。想想看，如果他不喜爱你，我该多么难受；不过他非常疼爱你。

　　天啊！我又开始絮絮叨叨了。我每周给你写两封信，我的朋友迪布瓦万分小心，保证我们的通信不出差错，因为它就等于是我的命。上次没有按时收到你的来信，但因为你信中所说的情况，我毫不担心。

　　我这会儿刚收到你姨祖母的一封信。你女儿非常有意思。她的鼻子不敢奢求像你那么完美，也不愿像……[1] 我不多说了。她选了第三条路，长了一个方方的小鼻子。孩子，我这样说你不生气吧？唉！这次你可不能有生气的念头了。高兴一点，你有那么完美的开始，也要幸福地结束。

---

[1] 她不像父亲那样长着大鼻子，而是像外祖母，鼻子有拉比丹家族的特色。

13. 致格里尼昂夫人

再见，我最最亲爱的孩子，替我吻吻格里尼昂先生。你还可向他转达神父的问候。神父和你的淘气鬼弟弟都向你问好。拉穆斯非常喜爱你的来信，写得的确优美动人。

致阿波利东城堡[1]中我亲爱的小美人。

---

1 《高卢人阿马迪斯》(*Amadis des Gaules*) 第二卷中由魔法师阿波利东建造的魔法城堡。

14. 致格里尼昂夫人

罗歇，1671年8月5日，星期三

库朗热先生[1]给你讲了这里的一些消息，再好不过。还要告诉你吉斯先生的事，我一想到吉斯小姐有多痛苦，就难过极了。孩子，你应该知道，我之所以为他的死而痛心，完全是因为想象；因为说到底，只有这类事情最让我心神不宁。你知道我多害怕因为犯错而引起自责；吉斯小姐无可指摘，但她却为侄儿之死而自责。她只不过想让他放血，但由于失血过多，引起昏迷；这本是一件小事。我发现在巴黎，人只要一生病，就以为快要死了；从没见过这么怕死的地方。我亲爱的孩子，请你千万要照顾好自己的身体。如果格里尼昂有哪个孩子得了天花，就把他送到蒙德利马尔去治病。你的健康始终是我的心愿。

既然你身为布列塔尼人，劳烦你听我讲讲三级会议[2]的情况。肖纳先生周日晚上到达，受到维特雷前所未有的隆重迎接。周一早上，他派一位先生给我送来一封信，我回复愿意去参加晚宴。同一个大厅里开了两桌，那可真是一场盛宴：每桌十四个人，肖纳先生招待一桌，夫人招待一桌。晚宴丰盛至极；烤肉几乎被原封未动地

---

[1] 菲利普-埃玛纽埃尔·德·库朗热（Philippe-Emmanuel de Coulanges），塞维涅夫人的表弟，与塞维涅夫人感情很深。

[2] 布列塔尼三级会议（les États）。格里尼昂夫人出生于巴黎，她的父亲塞维涅侯爵是布列塔尼人。

14. 致格里尼昂夫人

一盘盘端走；金字塔形的水果拼盘要上桌，真得把门加高。我们的祖先可没想过这样的装备，因为他们没想过一扇门要比自己高。水果拼盘高高堆起，宾客们隔着桌子得大声喊叫才能交谈。不过这倒也没什么不便，大家互相看不见也甚欢。有个水果拼盘里堆着二十个盘子，准备上桌时在门边翻个正着，一声巨响，所有的小提琴、双簧管和小号顿时寂然无声。

晚宴之后，洛克马利亚先生和科埃特洛贡先生与两位布列塔尼女孩跳起了快三步舞和小步舞，令人绝倒，和我们这里的舞者完全是天壤之别；他们跳着吉卜赛舞步和布列塔尼舞步，优雅标准，美不胜收。我总在想着你，记得你跳舞的样子，记得我看你跳舞的样子，回忆那么甜蜜，想来却变成了痛苦。大家都谈起你。你要是看到洛克马利亚先生跳舞，一定会非常喜欢。看过这种舞，宫里的小提琴和快三步舞简直是折磨人。他们跳出各种舞步，节奏却始终快速准确，真是美妙绝伦。我从未见过有谁舞跳得这样好。

小型舞会之后，第二天准备出席三级会议的一大群人涌了进来：高等法院院长先生、检察长和诸位检察官、八位主教、莫拉克先生、拉科斯特和老科埃特洛贡先生、从巴黎赶来的布什拉先生，还有五十个装扮到牙齿的布列塔尼平民，以及一百个社团。当晚还有罗昂夫人和她儿子会分别到达，另外没想到拉瓦尔丹先生也要来。我没见到他们，因为要回来休息。回来之前我到塞维涅塔楼[1]见过刚到达的达鲁先生、富歇先生和谢奇埃先生。达鲁先生会给你

---

1 塞维涅塔楼是塞维涅家族在维特雷的一处住所，位于城中的一座古塔楼中。谢奇埃（Chésières）是塞维涅夫人的舅父，库朗热神父的兄弟。

写信的。他收到了你从南特寄去的两封信,表扬你客气知礼,赞不绝口;我比他还要感激你。他家里简直成了三级会议的卢浮宫。享乐无尽,盛情款待,日日夜夜尽情玩乐吸引着所有人。我从未见过三级会议召开,真是盛况空前,想不到会有什么比这更盛大了。这个省有很多贵族,但无一人参战,也无一人在宫廷为官,只有你弟弟参军,也许有一天也会像其他人一样辞职返乡。我稍后要去见罗昂夫人。如果我不去维特雷,就会有很多人来这里。参加三级会议真是一大乐事。我本不想参加开幕式,因为太早了。会议应该不会开很久,只需传达国王的命令就行。参会者无人反对,那就诸事大吉。不知总督是怎样弄到了4万埃居的钱款,无数其他馈赠、款待、道路与城市整修、十五到二十桌的酒席、无休无止的棋牌游戏、永不停歇的舞会、一周三次的演出、美妆华服:这就是三级会议。我还忘了说大家畅饮的四百瓶酒,就算我忘了这个细节,其他人也不会忘记,而且会把它排在第一。孩子,这就是所谓的天方夜谭。可是我身在布列塔尼,再无其他事情可说,这些话自然就流到笔端。肖纳夫妇让我代他们拥抱你。我每时每刻都想念你,迫不及待地等着星期五收到你的来信,我对你的感情有多深,盼望就有多急。神父拥抱你,我也拥抱亲爱的格里尼昂先生,还有你喜爱的一切。

15. 致格里尼昂夫人

罗歇，1671年10月21日，星期三

　　天啊，我的孩子，你的肚子让我感到沉甸甸的！喘不过气来的可不止你一个人！如果我在你身边照顾你，一定会变得非常能干。我给小德维尔说了很多建议，使得莫罗夫人都以为是我在生孩子。其实，是这三年中我学到了很多。在此之前，我因为长年守寡变得谨慎矜持，对生育之事一无所知，现在却一下子变成了接生婆。

　　现在你有库朗热先生在身边，一定心情欢畅；不过等你收到这封信，他已经走了。他有勇气跑到兰贝斯克[1]去找你，为此我会爱他一辈子。我很想知道兰贝斯克的消息，对巴黎诸事深感腻烦，尤其是反反复复听到殿下[2]大婚的消息，百无聊赖如枯木朽株。所有人都写信告诉我这个消息，连从未给我写过信的人都纷纷来信，生怕我不知情。我刚给蓬加雷神父写信，请他不要再拿这事来烦我：不就是帕拉丁要去接公主，普莱西元帅要在梅斯和她成婚，殿下又要在沙隆成婚，而国王要在维莱尔-科特雷接见他们吗？一句话，我再也不想听到他们结婚再结婚的消息，要是去巴黎反倒能清静一

---

1 当时格里尼昂一家离开城堡，到了艾克斯附近的兰贝斯克，那里正在召开普罗旺斯大会（相当于布列塔尼三级会议）。

2 "殿下"（Monsieur）特指国王的弟弟菲利普一世，奥尔良公爵（Philippe d'Orléans）。他的前妻是英国的亨丽埃特（Henriette d'Angleterre），于1670年6月去世；他此时准备于1671年11月16日在梅斯再婚。依照传统，王室婚礼委托他人代替出席。维莱尔-科特雷是他封地的一座城堡。

些；还有，我若是能在布列塔尼人身上报复这些朋友的残忍，还会耐心一些，可是他们居然能一连六个月谈论同一件宫廷事件，翻来覆去，毫不厌倦；我身上还保留着一点社交圈的习气，对这些反反复复的流言蜚语很容易就厌烦了。确实如此，当我收到可能谈及这件事情的来信时，连看都不看，宁愿如饥似渴地去读事务信函。我昨天兴致勃勃地读了拉迈松先生的来信，因为我确信他不会和我谈及此事。果然，他只字未提，仍旧谦卑地问候伯爵夫人，就像她还在我身边一样！唉！现在我无须祈祷就会流泪，向晚时分在小路上走一走就会伤心落泪。

对了，这里的树林里有狼；我晚上出行时总有两三个护卫带枪保护，博利厄任护卫主管。我们这两天都在夜晚十一点至午夜之间趁着月色出行。我看见一个黑影，以为是奥热的人，正想拒绝他的带子[1]，等那人走近，原来是拉穆斯。再往前走一点，又看见一个躺着的白影。我们壮着胆子走近一看，是我上周叫人砍倒的一棵树。这些不同寻常的经历，希望你怀有身孕不要被吓到。去喝杯水吧，孩子。如果我能够指挥气精[2]，就能给你讲点美妙的故事解解闷，可是也只有你能有这样的奇遇。我得去普罗旺斯才行，在奥热可碰不上这样的事。你的故事真有意思，我还抄录了一份寄给你姨祖母，因为你可能无法把同一个故事讲上两遍，还同样生动准确。天知道我多么喜爱这样的故事，厌烦雷诺多[3]之流的平庸故事！有

---

[1] 格里尼昂夫人的信件在她去世后已销毁。因为缺乏通信者的信件，塞维涅夫人信中有多处语焉不详，意思不明。——译注

[2] 气精（le sylphe），中世纪高卢和日耳曼神话中所说的空气中的精灵。——译注

[3] 泰奥弗拉斯特·雷诺多（Théophraste Renaudot）是《法兰西公报》(*Gazette de France*)的创始人。塞维涅夫人此处讽刺的是前文向她报告同一消息的冒牌"雷诺多"们。

15. 致格里尼昂夫人

些东西我多想知晓,有些又多么不值一提啊!每当我喜爱某件事物,就会写信告诉你,却不知那只是我的自娱自乐;孩子,如果有这样的时候,你应该告诉我,这是出于好意。

有一天我给怒火先生[1]写了一封信,询问他的任务进展如何,但他没有回信;这我可得怪你。再见,我可爱的伯爵夫人。我不停地想你,眼前时时出现你的样子;我全心全意地爱你,世上没有谁比我爱得更深。问候格里尼昂全家人,我爱他们就如你认为他们爱我一样。这条准则很好,我相信你的感觉。神父很想念你,拉穆斯也很想念你。

---

1 让-安托万·德·梅姆,达沃伯爵(Jean-Antoine de Mesmes, comte d'Avaux)的外号,原文为 Figuriborum,意义不明,根据词源,可能与"愤怒"有关,指达沃伯爵性情易怒。——译注

16. 致格里尼昂夫人

罗歇，1671年12月2日，星期三

孩子，我初闻消息欣喜若狂，但还是要等到普罗旺斯周五的来信，才能完全放下心来。女人分娩容易出意外，而你正如格里尼昂先生所说，口风极紧，只有等你至少安然无恙地度过九天之后，我才能放心地离开。因此，我要等到周五你的来信再出发，然后在马里科尔收到下周五的来信。我惊讶地发现，因担心你分娩而日日夜夜压在我心上的那块石头终于落了地。我现在这样幸福，不停地在感谢上帝的庇佑，真没想到这么快就解脱了。我收到众人无比热烈的祝贺，巴黎的朋友纷纷来信，布列塔尼也欢天喜地，方圆十里都在欢庆小家伙出生。我赏酒庆贺，还设宴招待下人，不迟不早正好在主显节的前一天。不过最最合我心意的是皮卢瓦的祝贺，他一大早扛着锹来对我说："夫人，我是来道喜的，听说伯爵夫人生了个小子。"这话比世上任何话语都动听。蒙莫龙先生来了，聊了很多事情，也谈到了题铭；他精通题铭，说他从未见过哪条题铭比我向阿代马尔建议的更好。他知道画着火焰箭、写着"热情催生勇气"的那条题铭，但他认为另一条更完美：

只求上升，不畏陨落。

不知是我还是别人提出的，反正他觉得非常之好。

16. 致格里尼昂夫人

　　看看洛赞先生成什么样了？你还记得他一年前志得意满的样子吗？如果当时有人说："他一年之后会沦为阶下囚"，谁会相信呢？虚空的虚空！凡事皆是虚空。[1]

　　听说殿下的新夫人毫不恃贵骄矜，还听说她对医生很不以为然，对医学更不用提了。御医去觐见她，她说完全不需要医生，自己从未放过血，也从未通过便；她身体不适时，就去散散步，靠运动治病：听之任之，由它远行。

　　孩子，你看看，我这可是给一个分娩刚二十二三天的产妇写信。我甚至想要提醒格里尼昂先生，要他记得遵守自己的诺言。这是你第三次在11月分娩；如果你们当心的话，本该到明年9月生才好。看在我送他好礼物的份上，请他当心。还有另一条理由：你生孩子受的苦一定比受刑还厉害。如果他爱你，难道不该自责年年都让你受同样的苦吗？他就不怕最终会失去你吗？这些理由条条过硬，我不再多说，只补充一句：如果你怀孕了，我绝不去普罗旺斯。希望这对他还有点威慑力。虽然我会感到绝望，但一定会说到做到；我已不是第一次这样固执己见了。

　　再见，最美的伯爵夫人。让我吻吻小婴儿，我爱他，但我更爱

---

1 安托万·农帕尔·德·科蒙，洛赞伯爵（Antoine Nompar de Caumont, comte de Lauzun），是路易十四的宠臣，自1657年快速晋升。1670年，他准备与路易十四的堂姐蒙庞西埃女公爵（duchesse de Montpensier，通常被称为大郡主 la Grande Mademoiselle）成婚，即将获得对方赠予的领地与头衔，权势大增。可惜国王未批准婚事。因蒙特斯庞夫人（marquise de Montespan）的介入，洛赞于1671年失宠，与富凯一道被关押在皮尼内罗尔（Pignerol）监狱，监禁十年。"虚空的虚空！凡事皆是虚空"是《圣经·传道书》中的名句，博叙埃（Bossuet）在殿下前妻的悼词中曾对此句加以阐释，因此下文自然而然地讲到殿下的新王妃。

他的妈妈。这样长久的喜爱，也许会让她厌烦。我迫不及待想知道你的情况，会议和洗礼的情况。我知道只要稍加等待就能得知，可是孩子，你知道，忍耐是我所缺乏的美德。向格里尼昂先生和其他家人问好，神父和拉穆斯向你问好。

17. 致格里尼昂夫人

巴黎，1671年12月23日，星期三

我断断续续地给你写信，是因为很想和你说说话。我到达那天刚寄出包裹，小迪布瓦就送来了我原以为寄丢的包裹，想想看我有多高兴。我当时没法回信告诉你，因为拉法耶特夫人、圣热朗夫人和维拉夫人正在这儿看望我。

洛赞先生遭遇的不幸的确令人心惊。你的想法都准确而自然；任何有头脑的人都会这样想。但是大家已经开始遗忘这件事了；这是一个易于遗忘不幸之人的国家。旁人知道他是心怀莫大悲伤踏上旅程的，因此一刻都不离开他。有人想让他在一个危险的地方驻足，他答道："这些不幸不是为我准备的。"他说自己对国王忠心耿耿，但他的罪行在于强敌[1]太多。国王未发一言，但沉默说明他的罪行不可饶恕。他以为自己会发配到皮埃尔-恩西斯[2]，因此在里昂就开始笼络达达尼昂先生。但当他得知要去的是皮尼内罗尔时，就长叹一口气道："我完了。"他途经的城市里，人们都为他失宠而惋惜。说实话，为他深深惋惜的人非常之多。

第二天国王传召马尔西亚克先生[3]，向他宣布："我命你接替洛

---

1 尤指蒙特斯庞夫人，路易十四的情妇，此时权势正盛。
2 皮埃尔-恩西斯（Pierre-Encise）在里昂附近，位于河右岸的一座山顶，是一座被用作国家监狱的城堡。
3 马尔西亚克亲王（le prince de Marsillac）是《箴言集》（*Maximes*）作者弗朗索瓦·德·拉罗什富科（François de La Rochefoucauld）之子，继承了父亲的公爵领地，是路易十四的宠臣，洛赞的对头。

赞，掌管贝里。"马尔西亚克答道："陛下圣明，请您考虑我与洛赞先生相处不睦，请您设身处地地为我想想，并决定我是否该接受您的恩赐。"国王说："您太谨慎了，亲王。这些情况我比任何人都清楚，您无须为难。""陛下，既然您恩准，我跪谢圣恩。"国王又说："另外，我给你12 000法郎的年金，除非你另有更好的待遇。""陛下，我奉还您的恩赐。""那我再赐予你一次，并且赞赏你的忠心。"国王说完这话，便转向大臣们，向他们讲述马尔西亚克先生的谨慎，并说道："我喜欢人与人不同。洛赞从未屈尊感谢过我赐予他管理贝里，也从未有过这种心意，而这位则知道心存感激。"上述都是准确无误的实情，是拉罗什富科先生讲给我听的。我猜你不会厌烦我在信中详述细节；万一我错了，请你告诉我。这位可怜的先生风湿很重，今年比往年更厉害。他谈起你的很多事情，说他一直把你当作自己的女儿。马尔西亚克公爵也来看望了我，也总是谈起我亲爱的孩子。

我终于鼓起了勇气，是因为和库朗热先生长谈了两小时。我再也离不开他了。我无意之中住在他府上，是多么幸运的事啊。

不知你是否听说，维拉尔索想在国王面前为儿子讨个差事，他找准时机说，听说国王陛下对他侄女有意，如果真有此事，他愿意效犬马之劳，一定会办得漂亮，也比交给其他人妥当。国王听后大笑："维拉尔索，你我都太老啦，哪能追求年轻的小姑娘。"他还打趣维拉尔索，风趣地把此事讲给贵妇们听。这都是实情。天使们气恼至极，再不愿见她们的叔父，他也灰溜溜的，后悔莫及。这可不是什么暗号[1]，国王这么和气，别人对他有所求时，其实不必这么

---

[1] "天使"不是暗号，而是格朗塞家小姐们众所周知的外号。但是塞维涅夫人很快会在信中谈到普罗旺斯的诉讼时使用暗号；在讲述富凯案的信中，她也用了暗号。在信件中使用这种手法非常常见，以防信件丢失或书信检查处监察。

17. 致格里尼昂夫人

拐弯抹角。

听说在洛赞先生的珍宝盒里发现了无数奇珍异宝：不可计数的肖像画和裸体像，有一张没有头，另一张眼睛被挖空了（这是你的邻居[1]），还有长长短短的发缕，都标着标签以防混淆。其中一束标着"某人的花白发"，另一束叫"母亲的季风"，还有一束叫"不期而遇的金发少年"。如此种种，无数甜言蜜语，不过我不敢保证属实，你也知道这类传闻最易以讹传讹。

我见到了梅姆先生[2]，他妻子最终还是去世了。他一见我就号啕大哭，泪如雨下，我也不禁眼泪长流。整个法国的人都前去吊唁。你在利夫里承蒙他颇多关照，希望你也写信问候他。

孩子，我收到你13日的来信，至今已有七天。我一想到一个三周的小婴儿发高烧、得天花，就害怕得全身发抖。真是世上少见的怪事。天啊！孩子，这小小的身体里哪里来的高热？医生没有让你用巧克力[3]吗？对此我很不满。我真为这个小小的王子担忧；我本就爱他，而且我知道你爱他，爱就更深一层。你现在体会到母爱是什么样了吧？我真高兴。你还笑话压在我心上的害怕、担忧、预感和深情吗？还笑话我因此时时处处感到不安吗？我的这些感情，你一定不会再觉得奇怪了。真感谢这个小小的生命，求上帝保佑他。

---

1 指摩纳哥夫人，其时正随同丈夫在摩纳哥，因此是格里尼昂夫人的"邻居"。后来格里尼昂夫人前往摩纳哥看望她。

2 让－安托万·梅姆，1628年4月27日与安娜·库尔坦（Anne Courtin）成婚。他们在利夫里附近的克里希有一块领地，是塞维涅夫人的邻居。

3 当时液体巧克力与咖啡一样，被视为一种药物。

我和你一样关心他，焦急地等待关于他的消息，幸好在这里和在罗歇一样，只需等待一周。这是我在此最大的快乐，孩子，说真的，因为你是我的全部，你不在身边，每周两次的来信就是我唯一的安慰。你的来信读来令人惬意，让我欣喜，让我珍视。我一遍又一遍重读你的来信，就像你重读我的信一样。可我是个爱哭鬼，你的信只要读上几行就悲从中来，眼泪盈眶。

我的信真如你所说的那么好吗？它们从我手中出去的时候并非如此，应该是经过你的手才变得美好了。无论如何，孩子，你喜欢我的信是件大好事，因为我写信这样频繁，倘若你不喜欢，就该成为你的负担了。库朗热先生很想知道你的哪一位女友喜爱我的信。我们觉得这说明她有好的品质，因为我的文笔不事修辞，只有天性自然平和之人才会欣赏。

孩子，请你千万不要以为和丈夫分床睡就可以高枕无忧了，诱惑始终都在。安排仆人睡在你们的卧室里吧。我郑重地求你怜惜自己，怜惜自己的身体，以及我的身体。

现在我要和你说几句，伯爵先生。如果你希望我去普罗旺斯，就不要把我的话当耳边风。我女儿还不懂事，我要替她负责，你也不要找麻烦。为你的任务考虑考虑吧，否则我就会认为你并不把我当*亲爱的妈妈*，想看到我们母女俩家破人亡。

还是说说你的任务吧。国王的事迟迟未决[1]，真是棘手。你派

---

1 国王要求普罗旺斯当年缴纳60万利弗尔捐税，而前一年仅40万利弗尔。命令遭到三级会议的反对，从10月7日拖延到1月6日。国王发来数封带有封印的信（命令监禁或放逐某人的信）相威胁，最终三级会议通过缴纳50万利弗尔捐税的决议。

17. 致格里尼昂夫人

人来了吗？如果有人能给你5万法郎，就像给我们10万埃居，事情就解决了。如果你等到会议结束而一无所成，那可真是麻烦了。还有你自己的事呢？我想应该不成问题。我派人找格里尼昂神父来见我，因为于泽斯主教先生有恙。我想和他谈谈普罗旺斯和居民的情况。我们所说的无法全部写出，只想尽力表明你对国王多么忠心尽职。我很想给你帮忙，请告诉我方法，更准确地说，希望我力能从心。再见，伯爵先生。

再回到你吧，伯爵夫人。我派人找来佩凯，向他询问小孩得天花的事。他吓坏了，但钦佩孩子有能力击退病魔，还说他开了个好头，一定能长命百岁。

还有，我和库朗热先生竟然长谈了十五六个小时！从没有人能像他这样和我谈话：

鼓起勇气吧！我的心啊，不要被人性的软弱所累。[1]

我这样鼓舞自己，本已战胜了最初的软弱，但卡托[2]又让我心情纷乱。她走进来，似乎说了声："夫人，伯爵夫人向您问好，请您去见她。"她又从头到尾给我讲了一遍你的旅程，说你时时想起我。我听了足足一个小时，心绪难安。

有你女儿相伴，欢笑不断。你虽然不提，但请你相信，我一定

---

[1] 《伪君子》中的一句台词。塞维涅夫人至此方能和库朗热谈起女儿而不悲伤过度。
[2] 伯爵夫人派往巴黎的女仆。

会把她安然无恙地交还你。她吻我，认识我，对着我笑，叫我。她把我叫作妈妈，却只字不提普罗旺斯的那个妈妈。

我接待了你我的无数朋友，来客络绎不绝。泰蒂神父有空，因为他已经不在黎世留府上了[1]，我们就利用了他的空闲。苏比斯夫人肚子大得出奇，就像怀着四个孩子。

我收到了你16日的来信。格里尼昂先生为陛下精诚效劳，我真是赞不绝口。我已经对很多人说过，以后还会继续说。我明天会见勒加缪先生。我在梅姆先生家不过略作停留，他就来找我了。对了，孩子，你不光要给他写信，还要给达沃夫妇和迪尔瓦[2]写信，慰问他们丧母之痛。遇上亲人离世，怎样抚慰都不够。我今天早上遇见了骑士[3]；老天知道我们都谈了些什么。我一心盼着里佩尔[4]回来，等你们的会议了结，我就安心了。你打算去哪儿过冬？听说天花到处流行，我担心的正是这个。请代我向你女儿问好。

另外，国王将于1月5日出发前往沙隆，沿途将多处巡视，整个行程会有十二天。不过卫兵和军队还会走得更远，我猜他们甚至可能会远征到弗朗什-孔泰等地。你知道王上可是个"四季出征的英雄"[5]。可怜的朝臣们落魄潦倒，身无分文。布朗卡昨天还一本正经

---

1 王后的陪伴贵妇蒙托西埃夫人去世后，黎世留夫人成为继任，住在宫中。

2 迪尔瓦和达沃是梅姆院长的两个儿子。格里尼昂夫人理应给他们写信，慰问丧母之痛。

3 夏尔-菲利普，格里尼昂骑士（Charles-Philippe, chevalier de Grignan），格里尼昂伯爵的弟弟。

4 里佩尔是格里尼昂伯爵的侍卫队长，被派往王宫报告会议抵抗的紧急情况。

5 斯屈代里小姐（Mlle de Scudéry）一首六行诗中著名的诗句，作于1668年入侵弗朗什-孔泰之际。

17. 致格里尼昂夫人

地问我愿不愿意放抵押贷款,还保证不会向人透露,说他宁愿向我借钱,也不愿向其他任何人借。拉特鲁斯请求我把波默纳[1]的秘密向他透露一二,让他能体面地存活下去。总之,他们都已经一贫如洗。再说说德维尔的事吧。什么?德维尔?什么?还有他妻子?我惊得头上要长出角来,他们两人居然有这样的想法![2]不过我觉得你是对的。随信附上拉特罗施夫人的来信,你记着回复她。

随信附上我让莎蒂永当场给你写的情况汇报。他说需要八天,我向他担保,此事会再次考虑,会把他从深洞里解救出来,他的处境你是知道的。再见,我妙不可言的孩子。处处都是话题,这封信慢慢变得厚度可观。我拥抱勤勤恳恳的格里尼昂先生、乌鸦大人[3]、高傲的阿代马尔,还有普罗旺斯幸运的路易,星象家们说仙女们都在为他祈福。就此搁笔。

题词为:致格里尼昂伯爵夫人,我外孙的母亲。

---

1 这位布列塔尼绅士是塞维涅夫人的朋友,是位奇人,以善铸假币而著称。
2 德维尔为格里尼昂府的总管,其妻为格里尼昂夫人贴身女仆,他们不愿住在普罗旺斯,想离开格里尼昂府。
3 阿尔助理主教的外号,因他皮肤黝黑而得名。

18. 致格里尼昂夫人

圣雅克郊区，圣玛丽修道院，1672年1月29日，星期五
圣弗朗索瓦·德·沙勒节，你的结婚纪念日
这是新年里我第一次唠叨

孩子，我来到了你出嫁那天，我流泪最多、最伤心的地方；单是想到那个情景我就全身发抖。我独自一人在花园里已经走了足足一小时。修女们都在做晚祷，笼罩在阴郁的音乐里，我呢，幸好躲出来了。孩子，我真承受不了了。无数次一想到你，我就心痛欲碎。不想向你描述我是什么样，因为你性格坚强，很难被人性的软弱所感染。可是有些天、有些时辰、有些片刻，我实在无法自已；我的确很软弱，但毫不遗憾有这个弱点。我本已非常难过，偏偏雪上加霜，派去看望格里尼昂骑士的人回报说他病重。听闻消息，我泪流不止。我知道他把自己的财产馈赠给你们。[1] 礼轻情意重，好好保存他的心意吧，不要随意转赠他人；相比而言，你丈夫的兄弟们没有一个比你们富有。我无法言表多么害怕失去他。唉！连罗昂先生那样的小蝰蛇都能起死回生，我们这个可爱的男孩，出身高贵，一表人才，性格温和，心地善良，与人为善，却要我们眼睁睁看着他去世！我若有时间，一定不会丢下他独自一人；我一点也不怕他

---

1 夏尔-菲利普·德·格里尼昂指定哥哥为财产继承人。但是他出于虔诚做了太多的捐赠，捐赠数额已经超过实际财产。他于当年2月6日去世，年仅30岁。

18. 致格里尼昂夫人

的病，可是我身不由己。下次的信中再告诉你详情，暂时我只想独自承受哀痛。

随信附上出售及转运小麦的许可证，是勒加缪先生帮你们拿到的，另附他的信。我从未见过这样好的人，对你的事比谁都热心。请你在回信中给他写几句话，我好念给他听。

昨晚，弗雷努瓦夫人在我这里吃晚餐。她美得就像一个女神，一个林泽仙女，不过我和斯卡隆夫人、拉法耶特夫人都认为她离格里尼昂夫人还差十万八千里。不仅仅是气质和皮肤远远不及，眼睛也有些奇怪，鼻子和你无法相提并论，嘴巴长得不够精致，而你的嘴完美至极。而且她空有美貌，满嘴陈词滥调，谈话平庸乏味，矫揉造作。泰蒂神父始终伴在这位美人左右，须臾不离。两位夫人认为你的思想更是远胜于她，对你的举止、智慧和理智赞不绝口。我从未见过她们这样称赞一个人，但我既不敢夸你，也不愿违心地谦虚推辞。

听说掌玺大臣去世了，不知他临死之前是否交出了所有的印玺。伯爵夫人现在在圣德尼的圣玛丽修道院，很为女儿伤心。孩子，怀孕和生育要小心再小心，而且要尽量避免处于这两种境地，我这话可不是说给别人听的。

再见，我最最亲爱的孩子。这封信写得很短，因为以我眼下的状态实在无法长谈，也不愿把我的悲伤传染给你。不过，如果有时我的信悲伤过度，那只能怪你，而且你说过喜欢我写得长；这样你就不敢抱怨了。

给你一千个拥抱，我要再去花园待一会儿，然后稍微见客，接下来再去拜访一些和我一样悲伤的病人。

玛德莱娜-阿涅斯刚好走进来，谦恭地向你问好。

19. 致格里尼昂夫人

巴黎，1672年4月27日，星期三

孩子，我先回复你的前两封信，然后给你讲讲这个地方的事。蓬波纳先生读了你的第一封信，而且肯定会读第二封的大部分。他现在已经走了，我是在和他告别之时拿信给他看的，因为我转述你的事情远不如信中写得清楚。他对你大为赞赏；我都不敢告诉你，他把你的文笔和谁相比[1]，以及他怎样地赞誉你。总之，他恳请我转达对你的敬意，并且随时愿意以行动证明。他读到你描述的圣博姆非常欣赏，等他读到第二封更是要赞不绝口了。你描述事件确实准确清晰。我相信你的信一定能够奏效，等着看结果吧。我只会略写两句，孩子，因为这次你的确不需要帮助，你完全在理。这件事情，你根本没有向我提起[2]，是蓬波纳先生听说后告诉我的。不过你写给我的那一部分，我没什么要回复的；他一定很高兴读你的信。主教每次见到我，都说他很想与你和好。他发现这里事事都对你有利，因此愿意和你重归于好，并以此为荣，认为这种感情与他的职责相符。据说普罗旺斯高等法院院长明后天就会选出。[3]

谢谢你给我描述圣博姆的风景，还寄给我漂亮的戒指。看来圣

---

[1] 也许是和她母亲相比？他非常欣赏塞维涅夫人的文笔。

[2] 这段话非常重要，说明塞维涅夫人对普罗旺斯的事务并不完全知情。

[3] 之前担任高等法院院长的福尔班-迈尼耶在大会召开期间去世了。

19. 致格里尼昂夫人

血并没有随你心愿而沸腾。[1] 帕拉丁夫人有一次也和你一样好奇，可惜也没能如愿。尽管你说得吓人，我还是很想去看看那个可怕的山洞；困难越大，就越该去看看。话说回来，山洞是怎样我并不在意；我去普罗旺斯只是为了看你。可怜的孩子，我一见到你，就再无他求。

我很挂念你的儿子。你应该给他找一个我以前那样的乳母[2]。她真是无可挑剔，理佩尔会讲给你听。他还说起格里尼昂先生想要一件刺绣紧身外衣，我觉得要花费1000法郎，他今年冬天又要来这里度过，实在没多大必要。不过我也不想逆他心意，只摆明道理，放手由他自己决定。

你姨祖母[3]的病一直不见起色。让我们自己做出发的准备吧，这是我们唯一的心愿。即使病情可能会恶化，我们也安心承受。我向她转达了你的深情厚谊，她欣然接受。拉特鲁斯先生给她写信，关心异常，不过是对临终之人的善意，并不能太当真。我可不喜欢那些等我快死了才开始爱我的人。孩子，生活中就要懂得爱人，这一点你做得很好，要让生活温暖惬意，不要让那些爱我们的人沉浸在苦涩与痛苦之中。等到垂死时才改变态度，为时晚矣。你知道我常说的淳厚本色是什么，我只具有一种，而你的性格兼具那些最为难得的品质。我看待事情很客观，相信我，我并不是瞎说，我对你

---

1 根据传说，圣玛丽-玛德莱娜曾在髑髅地装了一罐耶稣的血，带到普罗旺斯。她在圣马克西曼修道院隐修悔罪，圣血被供奉于此。每到圣周五，念过耶稣受难布道之后，圣血就会液化、沸腾。
2 由塞维涅夫人亲自挑选的、照顾玛丽-布朗施的乳母。
3 亨丽埃特·德·拉特鲁斯（Henriette de La Trousse），塞维涅夫人母亲的妹妹，比外甥女年长20岁。塞维涅夫人在布列塔尼居住期间多次与姨妈同住。她守寡之后，两人在巴黎共同租住一栋房屋。

满意得不能再满意，这就是证明。

我把信中关于库朗热先生的部分寄给他了，一定会被撕得粉碎。我手里还有数百封信，可以作为慰藉。我的孩子，尽管信写得亲切动人，我还是不想再收到了。

给你讲讲新闻吧。国王明天出发。[1] 把城中所有地区都算上，会有上万人随行离开巴黎。四天以来，我就一直在和人告别。昨天我去了阿森纳尔，本想去和大总管[2]告别，谁知他正好出门来找我了。我没见到他，却见到了拉特罗施，正为儿子离开而伤心，伯爵夫人也正为丈夫伤心。她戴着一顶灰帽子，因为心情难过而压得低低的，看着好笑得很。从没有人在这样的场合戴这样的帽子；换作是我，应该戴头巾或是圆锥帽。他们送别的两个人今天早上都走了，一个去了卢德，一个去参战。

这是场怎样的战争啊！最残酷、最危险的一场战争。自从查理八世出征意大利以来，从未见过这样的战争。国王已经得知了战况。上艾瑟尔省保卫成功，有一千二百门大炮、六万步兵、三个大城市环绕守护，前方还有一条大河天险。吉什伯爵熟知当地地形，有一天他在维内尔夫人家给我们看了一张地图，令人惊叹。亲王先生[3]为这件大事日夜操劳。有一天来了个疯疯癫癫的家伙，吹嘘自己有造钱之术。亲王先生说道："我的朋友，谢谢你。你若能想出什么办法，让我们毫无伤亡地渡过莱茵河，我会万分高兴，因为我没办法。"那时他手下的将领是于米埃尔元帅和贝莱丰元帅。

---

1 此时荷兰战争刚开始。

2 炮兵大总管，卢德伯爵（le grand maître de l'artillerie, le comte du Lude），曾爱慕塞维涅夫人。后来塞维涅夫人也对他有意，可惜时缘已过。

3 大孔代（Le grand Condé, Louis II de Bourbon）。

19. 致格里尼昂夫人

　　还有个细节你也许有兴趣。两军会合时，由国王指挥殿下，殿下指挥亲王先生，亲王先生指挥杜雷纳，杜雷纳指挥两位元帅以及克雷基元帅的军队。国王告诉贝莱丰，让他服从杜雷纳的指挥，无果。元帅毫不迟疑地回答（他错就错在这儿），这种情况前所未有，他若是服从、自毁名誉，就有辱陛下对他的恩宠。国王让他好好反省自己的回答，希望他以此表明效主忠心，否则就要失宠了。元帅答道，他深知此举的后果，但他宁愿失去陛下的宠信、失去荣华富贵，也不愿失去陛下对他的敬重，因此义无反顾；他要是服从杜雷纳的指挥，就会有辱国王赐予他的高位。国王说："元帅先生，那么我们就此分别。"元帅向他深深致敬，然后就走了。卢瓦先生向来不喜欢贝莱丰，马上下令让他前往图尔。他从此无权享受国王赐予的俸禄。全部财产算上，还欠着5万埃居的债。他千金散尽，却心满意足，大家都认为他会加入苦修会。他的军队装备都是国王资助的，都归还国王，任由其支配。有人觉得他是故意冒犯国王，其实他最正直清白不过。他的亲信、家人、小维拉尔以及所有喜爱他的人，都伤心不已。维拉尔夫人也非常难过；你要记得给她写信，也要给可怜的元帅写信。

　　不过，于米埃尔元帅虽然得到卢瓦先生的支持，却并未露面，还在等着克雷基元帅的回复。[1]克雷基元帅亲自从驻守的军营回来答复。他是前天到的，和国王谈了一个小时。格拉蒙元帅受到召见，

---

[1] 贝莱丰（Bellefonds）、克雷基（Créquy）和于米埃尔（Humières）是1668年同批晋升的三位元帅。按照传统，各位元帅按资历服从命令。国王对贝莱丰的命令违背常理。更令元帅们难以接受的是，杜雷纳（Turenne）想以布庸家族（la maison de Bouillon）亲王的身份指挥军队，但法国贵族不承认布庸家族为王室家族。弗朗索瓦·勒·泰利耶，卢瓦侯爵（François Le Tellier, marquis de Louvois）是国务大臣。

他支持法国元帅享有的权利,让国王自己来判断,他更看重的是那些把国王尊严看得高于一切的人,还是那些为了维护国王的伟大、甘冒风险忤逆犯上的人,还是那个羞于国王所赐头衔、所到之处隐藏不露、把元帅称号视为侮辱、想以亲王身份发号施令的人。最终的结果是克雷基元帅回到乡下家中,隐退归田,落得于米埃尔元帅同样的下场。大家现在都在议论纷纷,有人说他们做得好,有人说不好。伯爵夫人声嘶力竭地喊冤,吉什伯爵大放悲声;要把他们分开,那可真是一场好戏。说实在的,这可是战争中举足轻重的三个人物,难以取代。亲王先生为国王利益着想,万分遗憾。勋伯格先生曾经担任军队主帅,也不愿屈从杜雷纳先生。到头来,这一场突如其来的悲惨变故,让统帅如林的法国损兵折将。

阿利格尔先生成了掌玺大臣;他已经80岁高龄了:他就是个寄存处,是位教皇。

我刚去了一趟城里,去了拉罗什富科家。他见儿子们都走了,非常难过,还是让我向你转达他的殷切问候。我们谈了很久。所有人都在为儿子、兄弟、丈夫或情人离开而悲泣,举国离别,也许只有铁石心肠的人能置身事外。当若和索伯爵来和我道别,告诉我们,大家都以为国王明天出发,其实他今天上午十点就已经悄悄离开了,为的是避免离别伤感。国王第十二批出发,其他人随后。他并没有去维莱尔-科特雷,而是去了南特尔,大家以为其他人会在那里集合,却又不见人。明天他会去苏瓦松,后面的行程也是由他决定。你若是觉得不够风雅,尽管说出来。满目离别,气氛沉重,无法想象。王后仍然摄政,所有陪同贵妇都向她朝拜。这真是一场奇怪的战争,一开始就愁云惨雾。

19. 致格里尼昂夫人

回到家,雷斯红衣主教来向我道别。我们谈了一小时;他给你写了几句简短的告别,明天一早就出发。于泽斯主教也要走。有谁不走吗?唉!那就是我。不过我很快也会离开。长途跋涉到艾克斯,确是难事。[1] 我非常赞成你这次出行以及摩纳哥之行,正好我也要推迟出发,可能会比你稍晚到达格里尼昂。孩子,请你常来信,我收不到你的信就非常难过。

我去找过加利费先生[2]四次,有一次还请他在家等我,最终还是没能见到他,这可不能怪我。

孩子,你没有怀孕,我真高兴,为此我对格里尼昂先生感激涕零。请你告诉我,这是出于他的克制还是他对你的真心?你能在普罗旺斯的橘园小道上漫步,接待我时不用担心跌倒或分娩,是不是很舒心?再见,我最最可爱的孩子,相信无须多说,你就知道我有多爱你。你有博米埃陪伴,就不需要拉波尔特锦上添花了。

给格里尼昂先生一千个拥抱。

致我最美最亲爱的孩子。

---

[1] 塞维涅夫人想的不是自己的普罗旺斯之行,而是女儿刚刚在普罗旺斯的长途旅行。
[2] 艾克斯高等法院院长。

20. 致格里尼昂夫人

巴黎，1672年7月11日，星期一

不要再谈论我的旅程了，可怜的孩子，我们谈论了这么久，都快开始疲倦了。正如久病消耗痛苦，长久的希望也损耗欢乐。你在等待我的时候就会消耗掉和我见面的快乐，等我真的到达时，你可能已经习惯我了。

我必须把你姨祖母的一切料理妥当，因此多费了一些时日。现在，行程终于定了。周三出发，在艾松纳或在默伦过夜。途经勃艮第，但不会在第戎逗留。途中要顺道拜访一个老姑妈[1]，我不喜欢她，但也不能失礼。我一有机会就会给你写信，但不能确定是哪天。天气极好，刚下过雨，好像是特意为国王而下。神父兴致勃勃，拉穆斯却有点害怕长途旅行，不过我会给他鼓劲的。我自己呢，兴高采烈。如果你不相信，写信到里昂给我，我就原路返回。孩子，这就是我要和你说的。

你3日的来信有点干巴巴的，但我毫不介意。你信中说，我问你为什么辞退拉波尔特。如果我是这样问的，那么我承认自己错了，因为我早就知道这事。但我好像问的是你为什么没有告诉我，因为我见到他非常吃惊。无论如何，他不在你身边了，我很高兴；

---

[1] 弗朗索瓦兹·德·拉比丹，图隆戎侯爵夫人（marquise de Toulongeon），塞维涅夫人父亲的妹妹。

20. 致格里尼昂夫人

你知道我在信中曾这样要求。

库朗热先生会告诉你,你的天使床[1]是怎样的。我要表扬你没有怀孕,也希望你再不要怀上。以你这样的身体,再怀孕就会变得又瘦又丑,再也无法恢复。请你为我着想,让我再见到你依然美丽,就和把你送走时一样,让我享受和你一起随意奔跑的愉悦。格里尼昂先生理应对你我表示他的好意。不要以为我对你的努力毫无觉察;你做得好,值得表扬,要保持下去。

你信中写到你的小王子,可怜你这当妈的心,以后的痛苦和悲伤是不会少了。我实在太爱格里尼昂的小女儿,尽管早已下定决心,还是把她从利夫里带来了;她在这儿要好得多。她的表现也让我渐渐觉得这个决定是对的。自我回来之后,她得了轻微的天花,但算不上病,很快就好了;小佩凯出诊两次就手到病除,倘若在利夫里,少不得一番折腾。你问我是不是总在照看着她:是的,我从未丢下她。我不怕传染,就像你不怕高山;有一些人,当我和他们在一起时就什么都不惧怕。总之,我对她无微不至,把她照料得健健康康的。皮依-迪-福夫人和佩凯准备8月底给她断奶。因为乳母一心在自己家,系在丈夫、孩子身上,还要操心收割和一切家务,皮依-迪-福夫人答应再找一个保姆来照顾小姑娘,让乳母回家去。小姑娘还会待在这里,由新保姆全面照顾,还有我的小外孙女非常喜爱和熟悉的玛丽,让娜大妈负责家务,库朗热先生和桑泽夫人[2]也会全心全意照顾她。这样我们就放心了。大家都夸我把她

---

1 "天使床"又称公爵夫人床,是一种无床柱、床幔上卷的式样。
2 库朗热先生的妹妹,塞维涅夫人的表妹。

带回来是对的,因为我不在利夫里,照料她的人就没那么可靠。就这样定了。

自库朗热先生

不论您睡在什么样的床上,都足以宣称那是一张天使床:因为那是您的床。只要是您的床,不论怎样布置,都是天使的床。不过,我想不止您一人的床是天使床,我可爱的侯爵[1]睡的也是天使床。给您写信的是一个头脑冷静的人和一个欣喜若狂的可怜女人。

库朗热先生的床没有绑在床腿上。床架上每边有五根铁杆,上面挂着五条丝带,系着三面大床帘和两扇床幔,用丝带优雅地拉向床头。再见,我的孩子,格里尼昂先生愿意我去他美丽的城堡拜访吗?

致我最爱的人。

---

[1] 路易-普罗旺斯,格里尼昂爵位继承者。

21. 致阿尔诺·德·安迪利*

艾克斯，1672年12月11日

您不愿我去蓬波纳拜访您，只让我给您写信。我知道两者不同，但至少写信是我力所能及之事，让我略感欣慰。您知道我在艾克斯过得很好，一定会感到惊奇。我有时也感到矛盾，看到这里的人对上帝不够虔诚，觉得自己应该尽责。说真的，外省对于基督教教规所知不多。但我比其他人罪孽更深，因为我深知教规。我知道您祈祷时从不会忘记我，每当我脑中产生精妙的想法，就感受到祈祷的力量。

希望我有幸在明年春天再见到您。到时我对宗教的认识会更深，也更适合与您辩论，那些您不相信的问题，我一定能说服您。在此之前，我想告诉您的就是：如果管理外省的高级教士能有格里尼昂先生那样敏锐的思想，就会是一名好主教。[1] 仅此而已。

请您不吝给我写信，告知您的情况，您的身体怎样，您对我的友情有多深，让我知道您相信自己在我心目中占据一等一的地位。这会让我高兴，也是我在与您分别期间必需的慰藉。

尽管我此刻满怀母爱，仍因与您分别而难过。

拉比丹-尚塔尔

致蓬波纳·安迪利先生。

---

* 蓬波纳的父亲，第三封信所说的"亲爱的隐居者"。
1 暗暗指责马赛主教。

22. 致格里尼昂夫人

马赛，1673年1月25日，星期三

总督夫人刚刚来过，一番高谈阔论，她一走我便给你写信。我在等一份礼物，那份礼物在等我的皮斯托尔。[1] 我醉心于这座城市独特的美。昨天天气晴好，我去看大海、古城堡、群山和整个城市的每个地方，美得惊人。但更令我惊叹的是蒙菲戎夫人，她和蔼可亲，受人衷心爱戴。昨天有一大帮骑士前来拜访格里尼昂先生，其中有家世显赫的名门之后，有圣埃朗那样的翩翩公子，有冒险家、英姿勃发的武士、俊美如画的人，看见他们就让人想到战争、小说、出征、冒险、铁链、宝剑、奴隶、奴役与征服。我生性喜爱小说[2]，见到这一切自然心神激荡，喜不自胜。

马赛主教先生昨晚来了，我们在他家共进晚餐，亲密得就像一只手的两根手指。[3] 你把情况告诉沃伦吧。天气真见鬼，让人烦闷，既看不到海，也看不到帆船和港口。我不喜欢艾克斯，但马赛很漂亮，人也比巴黎多：这里有十万居民，要说其中有多少俊男美女，根本数不过来。不过总的说来民风不是太好，还有身在此地，我很

---

[1] 给城中穷人的布施。作为回报，塞维涅夫人会收到十二罐果酱、一些蜡烛和草药，价值5皮斯托尔。皮斯托尔是法国古币名，相当于10利弗尔。

[2] 塞维涅夫人之所以喜爱马赛，是因为这个城市别具一格，有种虚幻之美。

[3] "像一只手的两根手指"，指关系非常友好。此处为嘲讽，双方假装友好。

22. 致格里尼昂夫人

想和你在一起。你不在,我哪儿也不喜欢,普罗旺斯更甚;真恨不得飞到你身边去。你要感谢上帝,让你生来比我更勇敢,但请你不要笑话我的软弱和牵绊。

23. 致格里尼昂夫人

莫雷，1673年10月30日晚，星期一

我最最亲爱的孩子，我即将到达巴黎，却无知无觉，除了期待读到你的来信之外，毫无喜悦之情。不知库朗热先生为何没按我的要求将你的信都寄到布尔比利。

我想象着会和多少人谈论你，想象着要对布兰卡先生、拉加尔德先生[1]、格里尼昂神父、达克维尔先生、蓬波纳先生和勒加缪先生说些什么。除此之外，其他任何与你无关的事，我都毫无兴致。我如此作为，那些女友都要驱逐我、对我闭门不见了：随她们去吧！也许我的忧郁终将过去，这一颗时刻压抑、时刻令我哭泣不能自已的心，也许终会开朗起来；但是从今以后，我唯一所盼、殷切所盼的，就是再见到你，我企望任何有助于我们重逢的机会，而我最最害怕的事情，就是我们不能见面。你的所有事情，你的一丝一毫的利益，都在我心上占据最高地位。我时时刻刻想着你，从不忘记与你有关的任何事情。与人谈论你是我唯一的乐趣，不过我会选择适合的人和适合的谈话，因为我知道生活的规则，我喜欢的东西，别人不一定喜欢。我也没有完全忘记周围的世界；我自己也曾体会过柔情善意，能够理解其他人的感情。请你对我放心，千万不

---

[1] 安托万·艾斯卡兰·阿代马尔，拉加尔德侯爵（Antoine Escalin Adhémar, marquis de La Garde），格里尼昂伯爵的堂兄，是一个非常正直睿智的人。他是塞维涅夫人母女的好友，她们在信中多次提及他。

23. 致格里尼昂夫人

要惧怕我对你过于强烈的感情。在见到你之前,我唯一的安慰就是收到你的来信,给你写信,以及尽我所能为你服务。这就是我的职责所在,也是我的真实情感。我对你还有千千万万的情感,如果一一列数,只怕你会厌烦。孩子,如果你认为我有半句夸张,我这些说辞只是为了填满这第十一封信,那你就想错了,我的真心话也白说了。不过,我知道你非常了解我,会相信我的话语是出自真心。即使有时我的敏感和过度的表现使你感到不舒服,我真心地请求你,孩子,原谅我的这些举动,因为它们都事出有因。而这个缘由,我终生都会小心保存,而且希望在不改变它的前提下,我能做得更好。我一直尝试用理性引导自己;如果能像从前对你说过的那样,活上两百岁,我也许能变成一个非常可敬的人。

信使先生[1]两天前来过;我一想到他回到普罗旺斯会对你产生什么影响,心里就万分紧张。见面之前,我和神父试演了碰到他时该说些什么,因为我极有可能和他相见。神父演得极好,想到了一切可能的对话,但我远胜于他。我所有的回答都无比坚定合理,因为我深深了解自己的感情。如果我没猜错的话,蓬波纳先生也知情。不过时机已过,现在一切都是枉然。我后悔出发到勃艮第去,因为你可能需要我待在巴黎。

如果当时森斯先生在森斯的话,我一定会去见他;他对你那么好,我自然不能失礼。

这每一处地方,十五个月前我都满心喜悦地经过,现在旧地重

---

[1] 指马赛主教。他不断往返于巴黎与普罗旺斯之间,也因为在上一次关于捐税的投票时,他反对由会议支付格里尼昂派往宫廷的一位特别信使的费用,由此得名。

爱从不平静

游却怀着怎样的心情啊！如果有人喜爱某件事物就像我爱你那样，我钦佩这样的感情。

我的孩子，在里昂收到你的来信，还有你写给达克维尔先生的信，我读了又读；你写得非常深情，非常动人。想想看，孩子，你写来的其他信我一封都没收到；而我每到一处都给你写信，现在是第十一封了，你一封不落都收到了，这不是奇迹吗？

我收到了你弟弟的来信，是在他们以为要开战的前一天写的。他即将上阵，表现得异常兴奋，似乎有点走火入魔。他盼着上阵杀敌，只不过是出于好奇。要不是我熟知皇家军队的行进路线和他们对你弟弟所在军队的重视，一定会被他这封信吓到。

天啊，我的孩子，我又耽搁你这么久！看看我都给你胡言乱语了些什么啊。到巴黎之后，我也许会有些趣事讲给你解闷。要知道我一心所系的是普罗旺斯。老天啊！你们的会议和我们的这些零碎[1]都怎么样了？一想到你的身体，我的心都碎了。我总担心你睡不好，最后会生病。你在信中虽只字未提，我仍然非常担忧。请格里尼昂先生好好照顾你，算是对我的一点慰藉。如果你去沙隆，就让助理主教照顾你。我的孩子，我真惦记你啊！

另外，你的诉讼赢了吗？神父交代你多留心自己的事情。你感谢我给你一年多的时间。唉！孩子，原谅我不能给你更多的时间。我从未这样遗憾过，但至少我从未有意浪费过和你一起度过的一分一秒。

---

1 塞维涅夫人根据普罗旺斯方言自创的词，意为小事、琐屑的事，指马赛主教对格里尼昂伯爵的寻衅。

24. 致格里尼昂夫人

巴黎，1674年1月29日，星期一

我的孩子，我可对你生气了。你说的什么话啊！你这样了解我的真心，竟然这么残忍，说什么会打扰到我，会占用我的房间，会让我忙昏头！快别这么说！你和我讲这些客套话，不觉得惭愧吗？这套辞令是对我讲的吗？不如分享我的快乐吧，孩子，你用我的房间，应该高兴才对啊。除了你，还有谁配得上用我的房间？我的房间难道是为别人准备的吗？我为接待你做些准备，还有比这更高兴的事吗？任何与你有关的事不都是我最紧要的吗？你还不了解我吗，孩子？你要向我道歉，要信任我，以弥补你上封信造成的损失。我责怪得对吧？

我觉得你应该对自己的出行更有信心。我从蓬波纳先生那里寄出的信件足以保证你畅行无阻；像他这样的一个人，如果没有十足的把握，是不会开口要求的。你给我写信的第二天就应该拿到手了，当时你理应准备好出发了，可你却又耽搁了这么多天，我很不满。你早该按常规收到信件，并且向智慧之源（也就是大主教先生）请教，让他给你指导。

拉加尔德应该已经告诉过你，建议你少带随行的人。如果想来的人都跟来，就不像是来巴黎，而像是远征马达加斯加。要轻装上阵，行装都留在普罗旺斯。

我已经和英俊的神父[1]说过,要找一辆敞篷四轮马车;比乌骑士、雅内和格里尼昂骑士应该能找到。我这边呢,租了一栋大好人[2]看中的小房子,离这儿很近,价格也不贵,可供你的随从们住宿。如果助理主教没有更好的住处,他也可以住在那里。我们都希望他也随行,你一定清楚我们希望他来的原因。

我和拉瓦尔丹先生谈了我们的诉讼。他是个值得信赖的人,绝对是我的朋友,请你好好接待他。他听说我们为你的奖金那样大费周折,大笑不已;你那可耻的主教真该感到羞愧。你知道布列塔尼的情况,国王和科尔贝先生都赞成。拉瓦尔丹先生今年的酬金、费用、奖金共达11万法郎。我无法描述他多么惊奇,还有他多么适合帮你解决这件事。不过我还是忧心忡忡,真该冷静冷静。

你信中说主教命人抄写文件,说你若把盖章的文件还给他,就能大赚一笔,因为他在别处无法得到,实在是世上最好笑的话。我们要告诉蓬波纳先生,让他提防普罗旺斯来信中的妄言,他会主持公道。可惜现在无法细谈大雨[3]在由教会高层发起的会议上得到多少馈赠。说话要讲究措辞和语气,让他倾向我们。蓬波纳上周根本没来,留我一人闷闷不乐地吃晚餐。这周六我们才会见面。

你该如何应对马兰[4],还需向人征求意见。我听说他没能推托院长一职,只得继续担任。婚约并没有说定。

---

1 格里尼昂神父,格里尼昂伯爵最小的弟弟。
2 库朗热神父(Christophe de Coulanges),塞维涅夫人最亲近的舅舅,帮她处理事务、打理财产。"大好人"(Bien Bon)是他的外号。
3 指蓬波纳。
4 艾克斯高等法院的新任院长,从普罗旺斯之外选出。

24. 致格里尼昂夫人

格里尼昂先生应该已经到了马赛和土伦。一年前,似乎就是这个时候,我们一起在那里。你重回沙隆和其他见过我的地方,就会想起我。这也是我的一个毛病,故地重游会唤起回忆,难过得无法自持。我向你、向所有人,甚至向我自己,都隐藏了一半我对你的疼爱和出自天然的喜爱。

我们经常去看歌剧,不过另一部[1]更好。巴蒂斯特还以为超过了旧作,看来最正确的人也会犯错。喜爱交响乐的人总能在其中发现新的乐趣;我等着和你一起去欣赏。圣日耳曼的舞会无聊至极,孩子们一到十点就想睡觉;国王只为了狂欢节而召开舞会,却毫无乐趣可言。他在晚餐时说:"我不让人娱乐,大家都抱怨;当我召人娱乐,夫人们又不来。"上一次舞会,他只和克吕索尔夫人一人跳舞,还请她下一支库兰特舞不要回请他。克吕索尔先生是辞令高手,看着自己夫人的脸红得比身上佩戴的红宝石还厉害,说道:"先生们,她虽然不美,但脸色很好。"

你就要回来,这是当前宫廷里的重大消息。你都想象不出有多少人向我祝贺。到今天整整五年,我的孩子,是什么呢?你出嫁整整五年。

我终于在可怜的卡德鲁斯家见到了她。她面色青白,因为失血,生命也在流失:每月有三周都是如此,确实坚持不了多久。下面由格里尼昂先生给你讲后面的事情。

---

1 另一部为《卡德缪斯与埃尔米奥娜》(*Cadmus et Hermione*),皮埃尔·吉诺(Pierre Quinault)与让-巴蒂斯特·吕利(Jean-Baptiste Lully)的第一部歌剧,创作于1673年4月,被评胜过新剧《阿尔塞斯特》(*Alceste*)。

爱从不平静

自格里尼昂骑士

我只知晓可怜的医生去世的消息:因为别人抢走了她的情人,她就自杀了!过程很悲惨。她比她的父亲还要精通解剖,一下就选中心脏的位置,把匕首刺了进去。现在她死了,我很难过。

我到了塞维涅夫人家中,发现她正在给您写信。我以为您在里昂,一心想着再过一周就能见到您,谁知您再过半个月都到不了。我收到了您从沙隆寄出的信,但不知为何您没有收到我的那些信。自从我到达这里,一有空闲就给您写了信。

再见,伯爵夫人;我非常想念您。我就此搁笔,好和您可爱的母亲谈话,我也深爱您的母亲。

他的确爱我,我也要尽快结束,好和他谈话。

孩子,把你的旧扇子和那条旧印度睡裙带来。我要让人把扇子给你做成一小幅画,把睡袍做成屏风。你可不要笑,等着看吧。最最重要的,是把我的乖女儿带给我。

让我抱抱你,孩子,你知道我心里满怀多少柔情。

大家都在谈论停战的事。据说今年夏天就会停战,但没有一个人愿意与肖纳先生[1]会晤。

大好人非常想念你,我也非常想念格里尼昂一家。我的小伙伴[2]还没有回归。

---

[1] 布列塔尼长官,当时受命前往科隆。
[2] 指塞维涅夫人之子夏尔·德·塞维涅。

24. 致格里尼昂夫人

你会在里昂收到这封信。请你替我拥抱美丽的罗什博纳[1],并向执事先生转达我的敬意。

致我的孩子。

---

1 格里尼昂伯爵的妹妹。

25. 致吉托*

巴黎，1674年4月27日，星期五

真高兴收到您从艾克斯的来信，我可怜的女儿却非常生气，因为不能在那里见您。您很快就会见到格里尼昂先生，不过我的女儿还要留在我身边。一旦您的国王主子准许您离开管辖岛屿[1]，就赶回来看她吧。不知您管辖的岛屿是否无法抵达，但我想您一定希望是这样，因为并未听闻您的领地有多少防范措施来抵挡敌人的贸然拜访。

弗朗什－孔泰的战况和我国军队征战四方的盛况，就让亲爱的达克维尔给您讲述吧。我要给你讲的是报纸上不会说的事：第一侍卫先生[2]向国王告辞，说："陛下，愿您身体健康，旅途愉快，群臣贤明。"国王听罢叫来维勒鲁瓦元帅和科尔贝先生，说："你们听听第一侍卫先生给我的祝愿。"元帅假声假气地答道："陛下，这三样的确不可或缺。"我就不做评论了。

再跟您说说拉瓦利埃女公爵[3]。这可怜人饱尝苦涩的滋味，不

---

* 纪尧姆·佩舍佩鲁-科曼热，吉托伯爵（Guillaume Pechpeyrou-Comminges, comte de Guitaut）一家是塞维涅夫人在巴黎最近的邻居，他们在勃艮第埃普瓦斯的城堡也与塞维涅夫人在布尔比利的城堡靠近，两家友情深厚。塞维涅夫人寄给他们的信件几乎全部保存下来。

1 吉托此时担任戛纳外海圣马格丽特岛与圣奥诺拉岛总督，因此他身在普罗旺斯。
2 贝兰冈，第一侍卫。
3 路易丝－弗朗索瓦兹·德·拉瓦利埃（Louise-Françoise de La Vallière）是路易十四第一位公开的情妇。1667年后，蒙特斯庞夫人成为新宠，拉瓦利埃夫人受到冷落。此时，她刚刚退隐到加尔默罗修道院。大家以为她只是做做样子，实际上她再未复出，在修道院度过余生。

25. 致吉托

想错过一次告别、一滴眼泪。她住在加尔默罗修道院，一周之中见了她所有的孩子和整个宫廷的人，我是说宫廷里剩下的人。她命人剪去一头美发，但前额还留着两缕漂亮的发卷。说话絮絮叨叨，夸大其词，说她很喜欢清静。她自以为住在荒漠里，关在牢笼里。这让我们想起很久以前，拉法耶特夫人刚刚在吕埃待了两天，就说自己完全适应乡村生活了。

告诉我您在乡村过得怎么样。我若有飞马[1]任驱遣，一定会去给您讲讲这里格里尼昂一家和福尔班一家之间的连台好戏：这家直率正派，那家诡计多端，还有其他种种；不过我们得到埃普瓦斯相见，一连说上五个小时才能说完。我永远不会忘记这可爱的一家，亲人之间温和有趣的谈话，也不会忘记这家主人对我的信任。我万分珍视这份信任，也希望自己能不负您的信任，享有您持久的友情，希望您对我的垂怜胜过其他任何臣民。

我的神父舅舅向您问好。他已收到尊夫人命令，乐意奉从。

---

1 阿里奥斯特作品中半马半狮身的鹰翼怪兽。据塞维涅夫人说，它两天就能跑遍全世界。

26. 致格里尼昂夫人

巴黎，1675年5月29日，星期三

我最最亲爱的孩子，读到你的来信，我怎能不流泪？我的心都要碎了！看在上帝的分上，孩子，不要再说那些无聊的小事了。尽管我有时也纠结于琐事，那确是我的错；我需要确认你对我的感情，才能感到安心。我这么敏感，是因为我一心一意地爱护你，事事都不能疏忽。但也请你想想，也正是因为有这份敏感，你的一句话、一丝回报、一丝温情，都能让我心花怒放、感动不已，你小小的举动就能引发我极度的感情。孩子，请你不要自责。只要你有这份心意，任何过错都无足轻重，何况是这些只有你我才留意的小事。孩子，请相信我对你的感情只有无比的疼爱、无尽的依恋和出自天然、至死不变的母爱。我在利夫里就曾试图打消这些念头，但困难在于，我所见的每一件事物都和你有关，不知到何处去寻找其他事物；为此科尔比内利很头疼。孩子，只能求时间缓解我的痛苦。对上帝的虔诚与热爱也许会让我找到精神的安宁；我对你的爱只可能让位于对上帝的爱。

科尔比内利是我在利夫里唯一的安慰；他聪明睿智，甚合我心，又那样忠诚于我，我在他面前可以毫无拘束。我昨天才回到巴黎，去拜访了红衣主教先生。他对你的感情那么深，光凭这一点，就足以让我深爱他，且不论我旧日对他的依恋。他日理万机，要在圣德尼过圣灵降临节，但之后会回来盘亘十来天。这里到处都在谈

26. 致格里尼昂夫人

论他退隐的事；各人有各人的说法，但所有人爱戴他的理由都相同。拉瓦尔丹夫人、拉特罗施夫人和维拉尔来信不绝，对我关怀备至，我却还没心情承受她们的美意。拉法耶特夫人在圣摩尔，朗热戎夫人头都肿了，大家猜她时日无多。王后和蒙特斯庞夫人周一到布洛瓦街加尔默罗修道院会面两个多小时，看来相谈甚欢。她们是分别到达的，会面后又各自回到城堡。

以上是前天写的。我把这封信寄到里昂执事先生那里。万一寄丢了，我会很恼火；上次寄丢的包裹里有红衣主教的一封信，现在再给你寄一封他的短信。你的信情深意切，打动人心。和他一起为你做点事，这是我唯一乐意的事情。他今天早上去见了你们那里的一位法院院长，我去见了另一位以及其他两位法官。[1]你不要谢我，是我该感谢你告诉我应该怎样做，能给你帮上点忙我就心满意足了。

我定会转达你对库朗热先生的问候。我实在不能因为告别多耽搁一天，但错过枫丹白露的告别，我又会非常遗憾。分别的时刻已经悲痛难忍，在此更甚。我不会再浪费一秒见你的时间。我毫不后悔，为了补偿错过枫丹白露的损失，我要去见你，孩子。上帝会成全我们，保佑我身体健康。你不要为我的身体担心，我会多加留意，因为它是你关怀的对象。我身体很好，也知道你对我非常关心。不要担心那些爱流泪的人。祈求上帝，保佑我永远不要感受到那种连流泪都无从排遣的痛苦；有些想法和话语确实奇怪，但只要流泪就不会伤人。我把你的近况转告了你的朋友们。我亲爱的伯爵夫人，谢谢你格外的厚爱。

---

[1] 格里尼昂家正面临两桩小诉讼。

爱从不平静

　　克雷基元帅攻占了迪南。听说斯特拉斯堡有动乱,有一部分人想让皇帝[1]通行,另一部分却想对杜雷纳先生效忠。我没有任何关于参战者的消息,听说格里尼昂骑士得了间日疟。他给你写了信,你可从他的亲笔信中得知消息。

　　我拥抱那位忧伤的旅客[2],请他尽快恢复快乐的天性。向蒙戈贝尔问好。请告诉我你的近况,你胃口好不好,孩子们怎样。

自雷斯红衣主教[3]

　　我最亲爱的侄女[4],见到你在给母亲的信中对我的好意,我感动良深,言不尽意。当然你也无须怀疑我对你的疼爱和感激。

雷斯红衣主教

1　神圣罗马帝国皇帝。——译注
2　应该是指格里尼昂伯爵。
3　雷斯(Retz)位于法国布列塔尼地区大西洋岸卢瓦尔省西南部,曾是历代贵族领地。按法语发音应译为雷(词尾z不发音),为避免歧义,本书按照国内词典通用译名,译为雷斯。——译注
4　按照布列塔尼的习惯这样称呼,雷斯红衣主教的姑姑弗朗索瓦兹·德·孔迪(Françoise de Condi)是塞维涅侯爵的外祖母。雷斯红衣主教保罗·德·孔迪(Paul de Condi),以其《回忆录》和在投石党运动中的壮举而闻名。他自1643年6月担任其叔父——巴黎大主教的助理主教,后成为红衣主教。据塔勒芒文所记,似乎是他促成了玛丽·德·拉比丹与亨利·德·塞维涅的婚姻。他与塞维涅夫人友情深厚。

27.致格里尼昂夫人

巴黎，1675年6月14日，星期五

孩子，我不能去你的房间见你，只能给你写信。你不在身边，每当我万分难过，最自然的安慰就是给你写信、收到你的来信、谈论你、为你的事帮一点忙。我昨天下午和红衣主教在一起，你一定猜不到我们谈了些什么。我一再告诉你，你怎样爱他、敬他都不为过。他本来就很疼爱你，你的信又加固了他对你的喜爱，你真是太幸运了。我们俩都希望你面对诉讼不要气馁。常言道：不要灰心丧气。要尽量改正奢侈浪费的习惯。你身上的这种习惯，在享受的人看来无关紧要，但是对于付出的人来说却极为不公。当别人以为你满不在乎时，就不会在意，铺张浪费会越来越甚。看在上帝的分上，你要坚持不懈，要相信命运的安排有时并不能顺我们的心意。

告诉我你是否习惯格里尼昂的生活，是否已经融入那里的生活，皮肤有没有变差，睡得好不好，总之，你过得怎么样，我的小美人儿现在是什么样子。你的肖像非常美，但远比真人逊色，更何况它还不能说话。我呢，你丝毫不用担心。现在，我的规律就是没有规律，但身体并无不适。我吃饭时心情郁闷，在这里一待就待到五六点。晚上无事时，我就去拜访某位女友，或在周围随意走走。我们正在做永福仪式。我最大的乐趣就是和红衣主教先生一起。只要他一有时间，我就放下一切事情，一分钟都不浪费；他也花很多时间陪我。等他走之后我一定会倍感孤独；他对我至关重要，我绝不愿失去他。不过离开你之后,我任何事情都不再害怕。我有时也去利夫里,暂时离开他,抛下你的诉讼,但你们从不会偏离在我心里应有的位置,永远占据最重要的位置。

我告诉过你,王后顺道带走蒙特斯庞夫人那天,先去克拉尼看望她。王后亲临她的卧室,待了半小时,还去看望了卧病在床的韦克赞先生,然后带蒙特斯庞夫人去了特里亚农,这我已经告诉你了。当时有些贵妇也在克拉尼,发现那位美人醉心于手工和魔法,让我想到狄多命人建造迦太基,只不过两个故事的结局不同。

拉罗什富科先生请我转达对你的问候,拉法耶特夫人拥抱你。不知你是否已经知晓大公爵夫人[1]之事的前前后后,她即将被幽禁在蒙马特的一座修道院里;如果她无望改变那里,一定会害怕,以后这就是她的牢笼。托斯卡纳的人都庆幸摆脱了她。

叙利夫人走了,巴黎就成了一座空城。我真希望自己也已经远离这里。昨晚我和助理主教在红衣主教先生家共进晚餐;我让他给你讲教会历史。若利先生做了开场布道,但他只用了一本旧福音书,讲些老生常谈,布道听起来老掉牙。这个话题本可以讲得非常精彩。

今天,王后在加尔默罗修道院吃晚餐,由蒙特斯庞夫人和丰特弗罗夫人作陪;你看看她们的友情深到什么地步了。听说杜雷纳先生把敌人赶回了老巢,而且深入他们的领土。达克维尔先生寄来的一个大包裹刚刚送到,看来今天没空给你讲趣闻了。

---

[1] 路易十三的弟弟加斯东之女,于1661年违心地嫁给托斯卡纳公爵。她生下三个孩子之后,获准离开公爵、重回法国。她于1675年6月14日在马赛登陆,7月21日才到达凡尔赛。

27. 致格里尼昂夫人

雷斯红衣主教先生要走，我心中难受。我和他相识年久，常常见面，这一分别倍添感伤。他刚离开这里，明天就出发。我今晚要去和他告别。你的来信我都没收到。亲爱的孩子，要知道没有什么比我对你的爱更深，只有与你有关的事才能让我振奋起来。罗什博纳夫人给我写的信非常客气，说你在里昂收到我的信怎么高兴，念给好友听怎么动情。我最最可爱的孩子，原来你也有和我一样脆弱的时候。

替我拥抱格里尼昂先生及你的小家伙们。若要一一转达亲友们对你的问候，给你的吻就会没完没了。

还有，梅里小姐[1]在这个区租了一栋非常漂亮的小房子。

---

1 苏珊娜·德·拉特鲁斯，梅里小姐（Suzanne de La Trousse, Mlle de Méri），格里尼昂夫人的表妹，与她从小一起长大。

28. 致比西-拉比丹

巴黎，1675年8月6日，星期二

我不想再和你谈女儿离开的事，尽管我一直挂念着她，尽管我从未习惯她不在的生活，这种悲伤只能容我独自咀嚼。

你问我在哪儿，过得怎么样，玩些什么，我在巴黎，过得很好，听些趣闻。这样的风格太过精简，我还是扩展一下吧。我打算到布列塔尼去，有很多事要处理，不过那里正爆发动乱，局势不稳。福尔班先生已率领四千人前往，不知结果如何。我在等消息，如果动乱平息，我再出发，冬天也在那边住一阵子。

我病了几场，你曾见过的硬朗身体频受打击。病痛让我深感屈辱，就好像受到冒犯。

我的生活状况，你也清楚。我常和五六个合得来的女友会面，还有各种各样的杂务应酬费时费力。让我难过的是，即使无所事事，日子也一天一天过去，我们可怜的生命就由这样的日子构成，慢慢变老，死去，让人感伤。生命苦短，年轻时代刚过就要面对衰老。我真想过一百年安稳的时光，然后再等待死亡的降临。你觉得这样可好？可是又有什么办法呢？我侄女[1]应该会赞同我的观点，不知她婚后是否幸福，她也许会告诉我们她的情况，也许不会。无论如何，我希望她经历这场改变后，只有幸福、舒适与愉快。我有

---

[1] 路易丝·德·拉比丹，1675年11月嫁给科利尼侯爵。侯爵于次年7月去世，留下一个遗腹子。塞维涅夫人称侄女为"幸福的寡妇"。

28. 致比西－拉比丹

时也和那位当修女的侄女[1]聊天，她甚合我心，思想睿智，总让我想起你。我真不知要如何称赞她。

另外，你可真是个万事通。你深谙战事，准确地预测出了德国那边的战况，只是没料到杜雷纳先生会阵亡，也没料到那突然炸响的一炮，在十多人中间偏偏打中了他。我把一切都归结为天命，这一炮承载着宿命；一切都注定杜雷纳要这样去世，并非飞来横祸。他应该死也瞑目了。功成身退，身后留下至高的盛名，夫复何求？他此时正志得意满，看着敌人溃退，看着自己三个月来战功赫赫。有时候活得太久，光芒反而会减弱。英雄的一举一动都在众目睽睽之下，就应该懂得断然谢幕。如果阿尔古伯爵在圣玛格丽特岛陷落或卡扎尔之围去世，如果普莱西－普拉兰元帅在雷特尔之战后去世，他们还会有那样的盛名吗？杜雷纳先生丝毫没有受死亡的折磨，这不是最重要的吗？

你知道举国都为他去世而哀痛，现在法国有八位新元帅。格拉蒙伯爵恩宠正盛，无人敢忤逆，他第二天给罗什福尔写信道：

大人：

圣恩与战功同等。

大人：

愿效犬马之劳。

格拉蒙伯爵

---

[1] 狄安娜－雅克琳娜·德·拉比丹（Diane-Jacqueline de Rabutin），路易丝的姐姐，在巴黎圣安托万街圣母往见会当修女。

爱从不平静

其实开这种笔调之先河的是我父亲。财政总管朔姆贝格[1]被任命为法国元帅时,我父亲给他写信道:

大人:

才干,黑胡子,交情。

尚塔尔

你一定明白他的意思是:他被任命为法国元帅,是因为有才干,有路易八世那样的黑胡子,以及两人非常有交情。看我父亲写得多漂亮!

沃布兰在最近这场战争中阵亡,而洛尔格战功显赫。不知最终结果怎样。我们一直心惊胆战,直到传来我方军队再次渡过莱茵河的消息才安下心来。就像战士们所言,我们将隔着河,乱七八糟搅成一团。

可怜的马德隆纳[2]正在她普罗旺斯的城堡里。这是怎样的命运啊!天意啊!天意啊!

再见,亲爱的伯爵;再见,亲爱的侄女。向图隆戎先生及夫人问好。我真喜爱这位可爱的伯爵夫人。我们在蒙特隆见面才不过片刻,就像旧友重逢,既是她性情随和,也因为我们没时间可浪费。我儿子还在弗兰德斯军队里,不会去德国。我非常想念你,再见。

---

1 亨利·德·朔姆贝格(Henri de Schomberg),财政总管,后担任元帅,与塞维涅夫人信中多次提及的弗雷德里克–阿尔芒·德·朔姆贝格(Frédéric-Armand de Schomberg)并无亲属关系。

2 格里尼昂夫人的外号。

29. 致格里尼昂夫人

1675年9月17日，星期二
一个奇怪的日子

我

乘着小船
顺流而下
远离城堡

我还想这样结尾：

啊！多么疯狂！

水那样浅，船常常搁浅，我由此更加怀念从前顺流而下、一路畅快的泛舟。我独自泛舟，百无聊赖，还需要一位沙佩尔小伯爵和一位塞维涅小姐为伴才行。总之，在奥尔良，甚至在巴黎乘船都是不明智之举（这还是客气的说法），不过似乎不坐船就不算到了奥尔良，就像不买念珠就不算到了夏特勒一样。

孩子，我信中和你说过，我去埃菲亚神父漂亮的府邸拜访过他；那封信是在图尔写的。接着我去了索米尔，见到了维内尔，和他谈起杜雷纳先生，不禁唏嘘，他激动万分。如果你知道他生活的城市无一人见过这位大英雄,一定会同情他。维内尔垂垂老矣,又咳嗽又吐痰,但仍然虔诚又睿智。他一遍又一遍向你问好。

索米尔离南特三十里,我们决心两天走完,今天,9月17日星期二,到达南特。行程早已定好,我们昨晚还赶了两小时路。船半路搁浅,我们停留的地方离客栈仅两百步之遥,却无法靠近。我们循着一只狗的吠声,徒步返回,半夜才找到一座小棚屋,粗陋破旧,一贫如洗,只有几个纺线的老妇;我们和衣在新鲜稻草上睡了一夜。若不是有神父安慰,我真会笑话自己不堪旅途劳累。天刚亮,我们又上船了,船陷在沙砾中进退维艰,我们过了将近一个小时才有精力继续谈话。即使逆风逆水,我们也决心赶到南特,所有人都在划船。孩子,一到南特就能收到你的来信,但我深知你对我的感情,相信你一定想知道我旅途的情况,听说安格朗德有邮车经过,我打算在那里寄出这封信。

我身体很好,只是略感烦闷,需要找人闲聊。我闷闷地吃着甜瓜,是因为布尔德洛医生说路上要注意饮食。亲爱的神父也很好。我到南特后再给你写信。你知道我多么盼着到达后得知你的消息,还有卢森堡先生军队的战况。我一路都记挂着这些事,九天以来不曾安宁。

《十字军东征史》写得很好,读过塔索的读者尤其会喜欢,能在散文和故事中见到他们熟悉的人物,不过我是耶稣会笔风坚定的仆从。《欧里热纳传》真是无与伦比。

再见,我最最亲爱、最最完美的亲人,你是我珍爱的孩子。我拥抱"大猫"[1]。

---

[1] 格里尼昂伯爵的外号。

30. 致比西－拉比丹

罗歇，1676年3月1日，星期日

亲爱的堂兄，来信收悉已六周有余，我却迟迟没有回信，你会怎么想？是这样：我硬朗的身体得了严重风湿，七周仍未痊愈，我的双手肿胀，无法写字，一连二十一天高烧不退。我让人把你的来信念给我听，来信条理清晰，可我病得神志不清，幻象和信中内容混淆，无法给你回复。我所记得的就是把你的信寄给了我女儿，还有我在病中多次想起你。要知道，我自顾不暇，还能想起你可是很不容易的。我向来身体硬朗，这样的重病可是头次。我因病耽搁了回巴黎，只要身体一恢复，我就回去。

巴黎来信中说亲王已向国王请辞，称病无法作战。洛尔热先生被任命为法国元帅；如果我们能借他人之手闲聊，这可是个值得一聊的话题。不过，我这次只能向你告知病况，亲爱的堂兄。向科利尼夫人问好，请她留心，不要像我女儿那样八个月就早产。大人平安无事，可惜孩子没保住。再见，亲爱的朋友。

31. 致格里尼昂夫人

巴黎，1676年4月10日，星期五

孩子，我越思量，越不打算只见你两周。你要去维希或波旁，之后就应该和我一起回巴黎，一起度过夏天和秋天。你要照顾我，宽慰我，然后格里尼昂先生冬天来见你，他也应该按理行事。你应该这样看望你亲爱的妈妈，花这么多时间陪伴她，因为她刚大病了一场，身体还万般不适。她本以为自己百病不侵，却一下子幻灭；现在，她开始感到疑虑、屈辱，甚至想到自己也不能幸免，总有一日要渡过冥河。总之，我不赞成你急急赶来布列塔尼，而要你依我的计划。

你弟弟走了，我很难过，分离之苦总在心头。巴黎处处可见军队出发；物资匮乏的抱怨日益强烈，但和往年一样无人理会。骑士不辞而别。也好，免了我伤心一场，因为我很爱他。

你看我又能如常写字了。我的手在恢复，只有写字能看出来，字迹也深知过不了多久，我就不用再写了。我现在什么都拿不起来，连一把勺子似乎都重达千钧，其他事情更是处处要依赖他人，你可以想象我多么恼火，但只要我现在能给你写信，也就毫无怨言了。

索公爵夫人是我的老友，来看望过我，相谈甚欢；后来她和布里撒夫人又来过一次。要给你讲这位夫人的趣事，得讲上几天几夜。你一定会喜欢索夫人。

31. 致格里尼昂夫人

我乖乖地闭门不出,把复活节庆祝仪式也推到了星期日,以便有整整十天用来休息。库朗热夫人小病未愈,余下的病来到我的火炉边一起对付。我昨天把拖鞋送给她,膝盖疼的毛病也传给了她。复活节庆祝仪式上,我还要见一些前来探望的朋友:朔姆贝格[1]一家,塞内泰尔一家,克弗尔一家,还有梅里小姐,我还没见过她。听说她的住处非常漂亮,真想见识一下她的城堡。

蒙戈贝尔[2]的家人很为她担心,请写信告诉我,她过得怎么样。现在我的手需要休息了:这只手为我殷勤服务,我也要好好待它。

自夏尔·塞维涅

> 我将离开这座城市;
> 周三动身,独自前往夏尔维尔,
> 尽管忧伤在前方等候。[3]

我还无法结束这段歌词,因为我的全部经历都在这三行诗里。你都想不到我见到妈妈多么高兴。等你到波旁见到她时,一定会和我一样高兴。我命令你常去波旁看她。什么理由都不能阻止你去看她,虽然我知道你家务繁忙,但这不是理由。你

---

[1] 弗雷德里克-阿尔芒·德·朔姆贝格,1675年任法国元帅,他的第二任妻子是格里尼昂夫人的朋友。
[2] 格里尼昂夫人的女伴。
[3] 戏仿吉诺与吕利的第一部歌剧《卡德缪斯与埃尔米奥娜》中的台词。

也可以和她一起回巴黎,等格里尼昂先生带来你的吊灯,让"全城的珠贝、春天的花朵"重现光芒。如果你听从我的建议,会比我还要幸福;因为你能见到母亲,却无须两三天之后又与她分别。这种悲伤每每还伴随着其他种种哀愁。我仍是军旗手,不变的军旗手,到胡子花白了还是军旗手。让我感到宽慰的是,无论如何,世间一切终有尽头,这件事似乎也不会例外。再见,我美丽的姐姐,祝我旅程愉快吧。格里尼昂先生有些私心,但愿他不要阻止你出行;不过我还是相信你们两人都愿意见到我。你好啊,我的小剑[1]。

再见,亲爱的孩子。我拥抱伯爵,请他设身处地考虑我的感受。亲吻小家伙们,还有你,我最美最亲爱的孩子。

---

[1] 蒙戈贝尔的外号。

32. 致格里尼昂夫人

维希，1676年6月4日，星期四

孩子，我今天终于结束了温泉浴和出汗疗法。估计八天之中，我可怜的身体里挤出了二十多品脱的水。相信没有比这更好的治疗了，而且余生一定不会再得风湿。泡澡和出汗当然难受，不过有那么清新干爽的片刻，喝着新鲜鸡汤，真是非同一般的享受，令人心旷神怡。医生不让我独自发闷，为了逗我开心，让我给他讲你的事情；他确实配得上听你的故事。他今天走了，但还会回来，因为他喜欢与高雅之士来往；自从诺阿夫人走后，他就没碰上趣味相投的人了。我明天开始喝点温和的药，然后连喝八天水，治疗就结束了。我的膝盖似乎已经好了，双手还没完全愈合，但只要经过这次彻底清扫，一定会完好如初。

这里有一位拉巴鲁瓦尔夫人中了风，说话嘟囔不清，非常可怜。她又老又丑，但穿着讲究，戴着双排扣的小软帽，想到她守寡二十二年之后，又迷恋上了拉巴鲁瓦尔先生，为他倾尽财产，丈夫却公然和另一个女人出双入对，为了得到财产才和她做了一夜夫妻，然后又粗鲁地把她赶出了家门（这是很久以前的事了）。虽然她看着可怜，但一想到这些经历，就让人忍不住唾弃她。听说佩基尼夫人也来了，她可是居美的女预言家[1]，76岁了还不服老，想来

---

1 维吉尔的《埃涅阿斯纪》（*Énéide*）中的人物。

这里返老还童。这里都成疯人院了。

我昨天把一朵玫瑰放在沸腾的泉水里,浸透泉水再拿出来,新鲜得就像开在枝头一样。我把另一朵放在装满热水的小锅里,很快就煮成了浆。我早就听说过这个实验,自己亲身感受起来格外有趣。这里的水确实魔力非凡。

我想托一位前往艾克斯的小教士给你带一本现在很流行的小书——《奥斯曼帝国首相史》,我读了也很喜欢。书里讲到匈牙利战争和克里特岛战争,还介绍了奥斯曼帝国首相,他享有盛誉,现在仍在统治,是一个品行完美的人,基督教徒无一人能胜过他。愿上帝保佑基督教!书中还写了波兰国王不为人所熟悉的诸多政绩,令人敬佩。

孩子,我急切地等待你的来信,在此期间会继续给你写信。不要担心我有任何不适,晚上写信毫无问题。

我最亲爱、最完美的孩子,我收到了你31日的来信。有些地方我读着笑出了眼泪;你说找不到词形容拉法耶特先生[1]的那段写得绝妙。你确实有理,我都不知自己为什么心血来潮让你去做这件无用的事,可能是喝了他送来的散发霉味的葡萄酒,一时感激引起的吧。你说他有些假惺惺的,形容准确,还有一个词我想不起来了。

孩子,说到你的小家伙,如果你读了自己写给我的信,也会像我一样相信一切。我想到他有一天会和格里尼昂一样高,就欣喜万

---

[1] 拉法耶特夫人的丈夫,在奥弗涅的领地上过着隐退的生活。格里尼昂夫人想感谢他在母亲到达奥弗涅时接待她。

32. 致格里尼昂夫人

分。你说他又乖又漂亮；孩子害羞很正常，不要为此担心。你教育他，自己从中得到乐趣，他也会一生受益；你会慢慢地把他培养成一个正直的人。给他穿齐膝短裤是对的，因为男孩子一穿裙子就会变得娘娘腔。[1] 在教育上，拉加尔德先生给你的建议多好啊！你一直记得圣埃朗说的话。他可真是世上罕见的美男子。他走了我很伤心。

你完全不知道我双手恢复的情况，孩子。现在在有些事情上我能活动自如了，但握笔时仍无法握拢，内部关节还没有消肿的迹象。怎样才能告诉你，风湿病渐好是多么愉快的事啊！红衣主教先生有次写信告诉我，医生们把他的头痛称为膜风湿。多讨厌的名字！我一听到风湿这个词就欲哭无泪。

你今年夏天在城堡度过，很好。拉加尔德先生一定会帮你大忙，你应该好好利用这个机会。

你真是幸运，有那么好的仆人伺候。孩子，我理解你的心情，知道你很难过，但要告诉你的是，从这儿到里昂要三天，而从格里尼昂到里昂足足要五天；因此去要顶着烈日走八天，返程稍微凉快一点，但也要八天。我觉得不让你路途劳顿是对的，我也可以免受一见你就要告别的痛苦：只为看你一眼，我穿越了整个埃松省[2]，这差不多就要成为你的写照了。如果你想从从容容地来看我，的确要经过埃松省。我期待着来年再去格里尼昂，否则生活就黯淡无光。我的愿望就是在有生之年再去这座城堡，和小家伙们，还有格

---

1 塞维涅夫人认为男孩的勇敢和女孩的害羞不是性别问题，而是教育问题。

2 这句歌词来自当时风靡一时的一首歌，收录于《宫廷歌曲与民歌》(*Airs et Vaudevilles de cour*, 1665)。

爱从不平静

里尼昂一家团聚；相聚从不嫌多。在那里居住的时光给我留下了美好的回忆，让我万分期待下一次前往。

孩子，看到我们厚道的达克维尔信中给你描述的海战，我哑然失笑。[1]不得不说，这事的确好笑，他还有心告诉我雷恩的消息，不过你还是找别人同你一起笑吧，因为你知道自从他寄来达沃诺的一封信救了我一命，我就许下的那个心愿。[2]

你知道洛尔热元帅现在当护卫队长了吗？这两兄弟并列队长，弗雷蒙小姐嫁得好，洛尔热先生也娶得妙。我真为骑士高兴。他的朋友职位越高，就越能为他出力。

库朗热夫人告诉我，她听说布里撒夫人已经病愈，日日不离维希的温泉水；这就是我们的好朋友。你上次见到她时，就说她屈才了；她向来恩怨分明，这是一条好原则，尤其是对宫廷的贵妇们。

你对神父说再不会住你巴黎的住房，让他心都凉了。唉！孩子，我喜爱这个住处，保留它就是为了让你来住。看在上帝的分上，千万不要和我见外。感谢善良的神父告诉我这话，他还希望我能有你这样亲密、这样可爱的女孩为伴。要不是信中满是勃艮第和布列塔尼的琐屑事务，我真想把信转寄给你看。

孩子，我满怀深情拥抱你一千次，你应该会喜欢，因为你也爱我。你无法想象我对你的爱有多深。代我问候拉加尔德先生和格里尼昂先生，并祝拉加尔德新婚快乐。替我吻吻小家伙们。我喜欢

---

[1] 达克维尔是塞维涅夫人忠实的朋友，她曾下定决心不再取笑他。他定期给格里尼昂夫人写信告知各处新闻，此事的可笑之处是他在信中讲述地中海发生的阿戈斯塔之战。

[2] 达沃诺曾任格里尼昂伯爵的秘书。1676年2月的某天，塞维涅夫人没有如期收到女儿来信，非常焦急，达克维尔寄给她一封达沃诺的信，让她安心。

32. 致格里尼昂夫人

波利娜快乐无忧的性格,还有那个小家伙,真要逆希波克拉底和盖伦[1]的理论而生吗?看来他是个不同寻常的人啊。你对孩子们不近情理,却正确不过。好了,感谢上帝,小姑娘不再想爸爸,也不想妈妈了。唉!孩子,这个优点可不是你遗传给她的。你太爱我,太关心我的身体,担忧一定不少。

啊?理佩尔拒绝了古维尔的答复?要知道他可是诚诚恳恳地给我写信,让我求古维尔授予他1678年的巴尼奥尔行政官头衔,因为古维尔是孔蒂亲王的事务主管。等到古维尔给我回了信,他又不干了。反正我也不关心,既然他那么做了,我就不再为理佩尔说话,只和他谈行政官一职。

里昂的邮政主管叫塞茹尔南,听拉巴尼奥尔说,他又叫鲁茹,收发我们的信件尽职尽责。

---

1 希波克拉底与盖伦均为古希腊名医,代表正统医学。格里尼昂夫人的这个早产儿于1677年6月夭折。

33. 致格里尼昂夫人

巴黎，1676年7月17日，星期五

事情结束了，布兰维利耶侯爵夫人已经灰飞烟灭。[1] 行刑之后，她可怜的小身体被投进一堆大火，骨灰被风吹得四散，散布在我们呼吸的空气里，其中的精气[2]传染给我们一些恶毒的情绪，让人吃惊。她昨天经受审判，今天早上宣读了裁决：在巴黎圣母院做公开悔罪之后斩首、火化，骨灰散弃。法官向她问讯时，她说无须问讯，她什么都交代。于是，到凌晨五点，她交代了全部经历，比预想的还要可怕。她曾经连续十次下毒，毒害自己的父亲（最终未能得逞）、弟弟和其他几个人。全是爱情与阴谋的情节，不过她没有供出佩诺捷的任何罪行。[3] 她交代完之后，法官从早上一直在问各种

---

1 玛德莱娜·德·奥布雷，布兰维利埃侯爵夫人（Madeleine d'Aubray, marquise de Brinvilliers），于1666年下毒杀害自己的父亲，1670年毒杀两名兄弟。1672年，她的情人兼同谋圣克鲁瓦去世，人们由此发现一个首饰箱和透露密谋的信件。布兰维利埃夫人逃走，于1676年3月在列日被捕。经过从4月29日到7月16日的审讯，她于7月17日被执行死刑。这桩案件成为"毒药案"的序曲。

2 此处戏仿笛卡尔的"动物精气"（esprits animaux）理论。笛卡尔在1649年出版的《论灵魂的激情》（Les passions de l'âme）中区分灵魂功能和身体功能，提出肢体的热量和运动源自身体，思想则出自灵魂。灵魂没有物质维度，但与整个身体关联，它的基本处所是大脑中央的小腺体——松果腺，通过精气、神经，甚至是血液的中介而影响身体其余部分。精气是血液中最活跃、最精细的部分，由心脏的热量所激发，在大脑、神经和肌肉中自由流动，维持身体运动和感觉。笛卡尔是格里尼昂夫人推崇的哲学家，因此塞维涅夫人在信中经常提及笛卡尔的思想。——译注

3 皮埃尔-路易·德·雷谢，佩诺捷神父，朗格多克教堂宝库管理员。她之前曾指控佩诺捷，让人以为他是同谋。

33. 致格里尼昂夫人

常规和非常规的问题,但她也没供出更多罪行。她还要求和总检察长谈话,两人谈了一小时,谈话内容至今还不得而知。早上六点,她身穿单衣,脖子上套着绳索,被押送到巴黎圣母院做公开悔罪。接着又关进囚车,倒坐在稻草上,戴着一顶圆锥帽,只穿着单衣,一边站着一名神学博士[1],另一边站着刽子手。眼见她在囚车上的情景,我直打寒战。听观看行刑的人说她走上断头台时毫不畏惧。我只和埃斯卡尔到了圣母院桥。从没见过这么多人,也从没见过巴黎这么万众瞩目、群情激动。你要问我有什么可看,说真的我只看见一顶圆锥帽,但那一天所有人都在关注这件惨事。等我明天知道更多细节,再讲给你听。

听说马斯特里赫特之役已经开始了,菲利斯堡之役还在继续;观者心有戚戚。我们的好朋友[2]今天上午把我逗笑了,她说罗什福尔夫人在最深的悲痛中,还不忘对蒙特斯庞夫人极端的深情。她模仿夫人一边大哭,一边倾诉她怀着异乎寻常的倾慕爱了蒙特斯庞夫人一辈子。你是不是和我一样恶毒,觉得这很好笑?

另有一件可笑的事(我可不希望格里尼昂先生读到这段)。小好人是从不会胡编乱造的,老老实实地讲到,他有一次和捕鼠器睡觉[3],两人亲亲热热地聊了两三个小时后,捕鼠器对他说:"小好人啊,我心里有件事对你不满。""什么事啊,夫人?""你对圣母一点

---

1 埃德姆·皮罗,她的忏悔神父。他曾记下犯人临终前二十四小时的经历。
2 指库朗热夫人。文中所说的罗什福尔夫人刚刚丧夫。
3 "小好人"指菲耶斯克伯爵,"捕鼠器"指奥娜夫人,举止轻浮。塞维涅夫人在1676年4月17日的信中写到,有一天她戴着钻石耳环,有人说:"这些大钻石就像捕鼠器里的肥肉。"外号由此而来。

都不诚心；啊，你对圣母一点都不诚心，真让我揪心。"希望你比我更明智一些，听到后不要像我那样大惊小怪。

听说卢维尼撞见他亲爱的妻子在写一封让他不快的信，动静闹得很大。达克维尔负责给他们调和。当然我不是从达克维尔那里听来的，但确有其事。

我很想知道你怎样安置身边的随从。想到那些凌乱的、散发着油漆味的套间，我格外难受。亲爱的，请你在我说的这段时间来看我，以此证明你对我的感情，补偿对我的亏欠。我的身体状况一如既往。拥抱格里尼昂先生。

34. 致格里尼昂夫人

巴黎，1677年6月16日，星期三

我最最亲爱、最最完美的孩子，你收到这封信时，人已在格里尼昂。唉，上帝啊！你身体怎样？格里尼昂先生和蒙戈贝尔对此行满意吗？我处处在追随你，孩子；你的心感觉到我的心一路在陪伴你吗？我还在等着你从沙隆和里昂寄来的信。我刚收到大个子伊萨尔先生[1]的短笺。他见过你，你和他说了话，告诉他你现在身体好些了。我想告诉你的是，我多羡慕他能见到你，愿意付出一切交换他的这种幸福。

孩子，你要注意自己的身体，精神也要愉快。如果你不想再病入膏肓，在自己家或者在我们中间生活时，就要客观冷静地看待事物，不要凭想象夸大或恶化。我身体健康时，你就不要净想我病了，不要沉溺于已成过去的过去，也不要幻想过于虚幻的未来。如果你做不到，大家就要给你开药方，不让你再见我。不知这种方法能否减轻你的忧虑；但我可以担保，它一定会杀了我。你好好考虑考虑吧。我为你担忧的时候，事事都担心；真希望我不过是杞人忧天！但你的朋友们都在忧心，还有你面容的改变都证实了我的担心和害怕。我亲爱的孩子，请你努力让自己身心都健康起来。只有靠你自己，我们才有机会再见面，才能让你离开时有多伤心难过，回

---

[1] 格里尼昂家的亲戚，个子很矮，塞维涅夫人说的是反语。

来时就有多快乐。我能做些什么呢？开心度日？我过得很好。照顾好自己的身体？为了你，我把自己养得健健康康。不要为你担心？如果你还是我见到的那副病容，我可没法不为你担心。我郑重地和你说：你要多加努力。如果现在有人来告诉我："你看看她现在过得多好，你自己也心平气和；这下你们俩都好过了。"是啊，好得很，真是妙方！可是，我们俩得隔着十万八千里才能各自好过！别人这样说着，倒是神态自若！真要让我血涌上头、怒气冲天。亲爱的孩子，看在上帝的分上，让我们再做一次旅行，恢复我们的声誉。这次我们都要更克制自己，确切地说是你要克制自己，让人不要再说我们："你们俩都要拼命了。"这样的话我受不了；还有其他的办法，能让我死得更瞑目。

转寄给你科尔比内利写的红衣主教生平和辉煌的生涯，格里尼昂先生一定会喜欢。你到里昂后会收到我的几封信，孩子。我见到了助理主教，他一点也没变。我们谈了很多你的事情。他给我讲了你酷爱水疗的事，还有你多害怕长胖。上帝的惩罚应验了：你都生了六个孩子[1]，还有什么可怕的？见过你之后，再不该笑话巴尼奥尔夫人了。

我和圣热朗夫人、达克维尔一起去了圣摩尔。大家交口夸赞你，拉法耶特夫人一再向你问好。拉特罗施夫人在我的信中给你捎了话，请你回信时也给她回复两句。希望你给红衣主教写几句话，他对你的照顾和关怀不同寻常。

---

[1] 格里尼昂夫人生了三个健康的孩子，两女一男；另有一次流产，一次婴儿出生即去世，一次早产，孩子不久后夭折。

34. 致格里尼昂夫人

格里尼昂先生,想必你已经给我回信了。我们的胸疼好了吗?我们心里的血还是流得太快吗?我们怕热吗?我们抑郁吗?我们的声音低沉吗?我们睡得好吗?吃得好吗?一点都没瘦吧?和你说的这些都是我心里唯一的牵挂。我自己有些烦琐的小事,还得耽搁几天。之后就会告别王妃和马尔伯夫夫人,前往利夫里。我一心盼着回到那里。最近略感气闷,吃过草莓之后就感觉清爽舒畅了。如果你吃草莓也有效,就要多吃。

听你说见到波利娜和小男孩们很高兴,和我讲讲他们的情况吧。还有蒙戈贝尔的身体怎么样?我非常关心。

殿下与夫人在他们的一处领地上,准备前往另一处,仆从全部随行。国王会接见他们,应该也带着随行人马。国王的冷漠[1]显而易见。这世上还有傻瓜吗?

大家都在等待离柯梅西七里远的一场战役的战况。洛兰先生一心想在自己的地盘上取胜,以示战功显赫;克雷基先生呢,也不想战败,因为一加一就等于二。[2]双方只隔两里路,不过不是隔河对峙,因为洛兰先生已经过河了。战果迟迟不至,我却不着急,因为战场上我最亲的人就是布夫莱尔。[3]

再见,我最最亲爱的孩子,小宝贝。听我的话,好好为我们考虑考虑;好好爱我,不要向我隐藏这样宝贵的财富。不要担心对你的爱会伤害到我,这就是我的生活。孩子,请相信我对你的生活非

---

[1] 国王对曾经的情妇吕德尔夫人非常冷漠,蒙特斯庞夫人对这位一度害她失宠的情敌更是无情。

[2] 他刚在孔萨布鲁克打了败仗。

[3] 这是玩笑话,塞维涅夫人与布夫莱尔毫无亲戚关系。

常满意。写信问达克维尔吧，我们昨天谈过，他知道我已经决定做该做的事。

大好人向你问好。男爵[1]总是在跋山涉水。

致我最亲爱的孩子。

---

[1] 指夏尔，塞维涅男爵。

35. 致格里尼昂夫人

巴黎，1677年10月27日，星期三

孩子，我再也不问你问题了。看看你是怎么回答的！"就三句话，马瘦，我的牙松动，家庭教师得了瘰疬。"多可怕，桩桩都是毒蛇，第二桩尤甚。看到这些，我再不会问你的表怎么样了；你一定会说表坏了。波利娜都会比你答得好[1]；听到这个小淘气狡黠地说她以后要当小淘气，真是太好笑了。唉！我真想念这个漂亮的小姑娘啊！不过，你很快就要来解我的思念之苦了。按照计划，你应该一周之内出发，这是你出发之前在格里尼昂收到的最后一封信了。

库朗热先生今天早上乘驿车去了里昂，会在那里逗留四天，你可以见到他。他会把你的脚炉带去，记得找他要。他会告诉你我们住得多好。不用再考虑，我们俩住二楼，格里尼昂先生和孩子们住一楼。我们一定会过得很舒适。房间应该都带家具，只有一间候客厅需要加一块简单的地毯。我有一块可以给格里尼昂先生用，你不用带。还有一张床也准备给你丈夫。搬家极其麻烦，不过想到你一来就会看到整洁安静的房间，我就万分高兴。

格里尼昂一家都精心照料你的身体，不让你吃医生规定之外的食物，大呼小叫地不准你写信。我又嘱咐他们防备你掉进罗讷河，因为你喜欢莽莽撞撞跑到危险地带去冒险。我恳请他们小心再小

---

[1] 波利娜（Pauline）此时仅3岁。

心，和你一起来。你不愿意吗？那好吧，但愿你一路平安。你不到里昂，我是不会安心的。

希望你到里昂之后能找到你的紧身衣。衣服那么贵，那么美，丢了实在可惜。我前天还和助理主教先生说起，他反复强调把衣服交给了一个认识的教士，一定不会弄丢，可你却没有收到，真是遗憾。我已写信告知鲁茹，小德维尔也写信告诉了执事先生。你到达之前再给沙里耶[1]写封信，让人知道如果找到衣服该寄往哪里。收信人是罗什博纳夫人。要不是我去了一趟维希，你的衣服就不会弄丢。如果收到，我一定会更加高兴。

亲爱的孩子，能和你分享煮鸡汤，我多么高兴啊。你说要在我的餐桌上占一席之地，早已安置妥当。在格里尼昂家你要控制饮食，就像是根据我的生活习惯制定的。我和吉索尼[2]说好了，戒除一切浓汤炖肉。来吧，我最最亲爱的孩子。有一颗满怀深情的心在等着你，你会受到很好的招待，我会让你享受情感盛宴。

你对待马赛主教先生[3]的态度让我深感欣慰：噢，老天！这样多好啊，当人互相仇恨时，言语那么恶毒，态度那么恶劣！事情过去了就该冰释前嫌，不该再心怀愤恨。你这样做，万斯夫人和蓬波纳先生会更加喜爱你，因为他们不用再左右为难。让格里尼昂先生不悦的是，你的医生比忏悔神父权力还要大，因为我相信他向来是

---

[1] 吉约姆·沙里耶神父（abbé Guillaume Charrier）曾是雷斯神父忠实的手下，后来塞维涅夫人的舅舅库朗热去世后，他帮塞维涅夫人管理事务。此处指沙里耶神父在里昂定居的兄弟。

[2] 格里尼昂夫人的医生。

[3] 指福尔班，一度是格里尼昂的对手。他即将赴博韦就任。

35. 致格里尼昂夫人

个正派人。这可怜的人要来,天气却这样差。这两天我在呼风唤雨,如果我也能召唤好天气,你就用不着抱怨了。不过有这么亲切、这么可爱的旅伴,谁会不称心呢?真遗憾他们把给我写的信都烧了,这可是莫大的损失。骑士不想让北风进门,真是好笑;北风比他先占着房屋,谁是主人谁是客?我会给侯爵找一名家庭教师。再见,亲爱的孩子。

一定不要带家具来,这边都已准备好。房间差不多都已布置妥当,不值得花费力气。格里尼昂先生来时,只需准备一些桌布。我的小美人,不要带那么多行李过来。你上次带来三十二个大包小包,想想就害怕。

掌玺大臣先生寿终正寝。[1] 等我们见了面,我有好多好多趣事要讲给你听:老天,我们多高兴啊!问候你们可爱的格里尼昂一家。大好人很想念你。真希望美人罗什博纳喝了金水身体能好转。桑泽夫人为了治病,什么苦药都吃了。可怜的红衣主教一直在发高烧。我们要一起祈祷,愿他早日康复。他连续高烧,应该撑不了多久;我满心难过。

现在的掌玺大臣是泰利耶先生。我觉得甚好,能体面地辞世真是美事一桩。

---

[1] 掌玺大臣艾蒂安·德·阿利格尔(Étienne d'Aligre)于10月25日去世,享年85岁。卢瓦的父亲米歇尔·勒·泰利耶(Michel Le Tellier)继任。

36. 致吉托

巴黎，1677年11月15日，星期一

先生、夫人，你们旅途顺利吗？一路天气晴好。我得了肾绞痛（仅此而已），从你们走的次日周二开始，持续到周五。日长难耐，若我说自从你们走后，度日如年，这种夸张的说法听起来矫揉造作，却不失真实。周三晚上十点我疼痛难忍，医生给我放了血，放了不少，免得再放第二次。我吃了各种各样的药，不如说无以计数称作药的东西，周五终于恢复了。周六医生给我通便，以确保万无一失。周日，我脸色寡白去望弥撒，朋友们见了都万分关切。今天，我闭门养病，自然是在卡纳瓦莱公馆。这里焕然一新[1]，你们一定认不出来了。

美丽的格里尼昂夫人再过五六天就到了。她走的是水路，因此你们碰不上她。换作我，一定不会走这条路。勃艮第不光沿途风景优美，路上还可以经过埃普瓦斯，有先生、夫人、可爱的孩子们，还有*亲爱的大妈*[2]，我一定会走这边。我会写信告诉您格里尼昂一家的旅程如何。我想请您当我和戈蒂埃[3]的通信人，并且让拉迈松明白，您对我这个小女仆非常关心。他在修缮工程上挥霍无度，为

---

1 为迎接格里尼昂夫人而装修一新。
2 吉托母亲的外号。
3 让·戈蒂埃是埃普瓦斯侯爵领地的财务员和税收代理人，塞维涅夫人希望他监管她在布尔比松的佃农拉迈松的事务。

36. 致吉托

了维持旧城堡,害得我一贫如洗,都无法过冬了。我让达克维尔负责告诉您欧洲的消息,而我的任务就是爱您、敬您、一生都为您服务。您好啊,美人[1]。如果我吻她的手,她会屈尊看我一眼吗?神父非常感激您,请您对他放心。

拉比丹-尚塔尔

---

[1] 吉托的一个女儿,和其他姐妹一样最终都进了修道院。

37. 致格里尼昂伯爵

巴黎，1678年5月27日，星期五

我想告诉你我们和名医法贡先生[1]长达两小时会谈的情况。他是拉加尔德先生带来的，我们之前从未见过。这人非常睿智，医术高明，谈吐间博闻强识，见地远非那些只会开药的寻常医生可比；他只让人吃有益的食物。他觉得我女儿过于消瘦、过于柔弱。他本想让她喝奶，因为牛奶是最有益的药，但她极其厌恶喝奶，他连提都不敢提，那就只泡半身浴、喝解热汤。他毫不限制她，但当她说瘦没关系，咳嗽吐浓痰之后就会变瘦，他反驳道：她之所以会瘦，是因为肺部干燥，她的肺已经开始萎缩了。她不可能维持现状，要不就恢复健康，要不就瘦到极点，不可能有中间状态。她总是疲倦乏力、萎靡不振、声音微弱，都表明病在肺部。他建议她心态平和，注意休息，饮食清淡，尤其不能写信，希望能有所好转；但如果她不能康复，病就会越来越重。拉加尔德先生也在场，都听见了。如果你愿意，可以把我的信转给他验证。

我问法贡先生，大风[2]对她的身体是否有影响，他说影响很大。我说想让女儿留在这里避暑，等到秋天再出发，到艾克斯过冬，那时空气比较温和。你对她的身体是最关切的，我们要做的就

---

1 居伊·法贡（Guy Facon）于1664年获得医学博士学位，先后担任皇宫花园植物学教授、王妃、王后、王孙以及国王本人的御医。

2 指位于高处的格里尼昂城堡气候状况。

37. 致格里尼昂伯爵

是说服她不要马上回去。我们的谈话到此为止，拉加尔德先生都听到了。我想应该告诉你看病的过程，尽管我此生最大的乐趣就是见到女儿，但我和你旧话重提并不是为了多留她一阵子，而是为了让你对她的病足够重视，不然你一定会责怪我没有告诉你详情。她的病已经持续一年了，时间之长也令人担忧。你也许会想是我把她留在这儿的，我保证，我毫无这个能力，只有你或者拉加尔德先生能打消她的顾虑，决定她的去留。只有她安安心心留下，才有好转的希望；否则，她还不如回去拿自己的生命冒险。她依恋你，忠于自己为人妇的职责，只有当她相信你希望她留下，在这里才能和在你身边同样幸福，否则留在这里只是有害无益。先生，只有你才能左右这个属于你的生命；因此，请你做出决定，要么准备接她回去，要么让她留在这里静养，利用这三个月好好恢复。我诚心诚意拥抱你。

你不知道她现在的状态，我并不吃惊，因为她总是报喜不报忧，说自己身体很好。她平时总说在你身边很幸福，真希望这话是真的！只要问问格里尼昂神父、拉加尔德以及所有见过她、牵挂她的人，就会知道她的身体状况很差。

38. 致格里尼昂夫人

利夫里，1678年9月至10月，星期四晚

天气阴沉，已经开始下雨，你就不要前来经受这孤独了。还会有几天晴朗。如果你不论晴雨都来看我，我会觉得晴天雨天都好。我当然会不顾一切，尽快回到你身边。我今晚还是去散步了。外面笼罩着迷人而恐怖的神秘气氛，与达勒拉克小姐[1]曾和我们讲过的孤寂极其相似。《奥德赛》成了我不可或缺的伙伴，一定能给我解闷。晚安，亲爱的孩子。也许明天就会出太阳，让我改变主意。最重要的是，你不要劳累，保护好你柔弱的身体。我拥抱你身边所有的人。

---

[1] 格里尼昂前婚的小女儿。

39. 致吉托

巴黎，1679年6月1日，星期四

我女儿执意在返回格里尼昂途中去埃普瓦斯拜访你们，但她的身体还无法承受这样的长途旅行。既然格里尼昂先生在普罗旺斯无事可做，宫中交往都在这里，他又那么爱妻子，我希望他不要急于成行，让她安心喝完你们圣雷纳的泉水[1]，这对她的身体大有裨益，还要让她喝奶，领她消遣散心，让她不再这样消瘦。不过，自从她得了间日疟出了几身大汗，胸痛的毛病好了不少，这才相信从前刺痛胸部的浆液已经随着汗液出来了。这只是推测，如果她胸痛好了，身体就会好转，也会长胖一点，我们都急不可耐地等着看她吃的药是否有效果。您对她这样关心、这样疼爱，想必没有比这更好的消息了。如果您在信中多写写家中的情况，我也会更加高兴的。因为只有当人对事情漠不关心时，才会厌倦听到细节；当人关心某个人或某件事，细节怎样都不会嫌多。再见，先生、夫人。

战争的消息已经议论得太多了，我不再赘言。多处部队前往德国，不是为了打仗，而是为了助威，恐吓布朗德堡先生。

再见，小美人；再见，亲爱的大妈。神父向你们问好。

致埃普瓦斯吉托伯爵先生。

---

1 圣雷纳离埃普瓦斯和比西不远，泉水非常出名，也用密闭的瓶子将水运往外地。

40. 致格里尼昂夫人

利夫里，1679年春夏，星期一晚

这里焕然一新，窗明几净，井井有条，一切都已准备好迎接你。派去你的马车和我的马匹。我的东西任你安排、任你支配、任你差遣，因为我的乐趣和情感的表达，就是重视你的喜好，百倍于我自己的喜好，还有随时满足你的愿望。

你儿子快活得很，在这片森林的空气里成了大胃小鬼。大好人拥抱你。

致格里尼昂夫人。

41. 致格里尼昂夫人

利夫里，1679年春夏，星期六晚

孩子，你知道我喜欢胡思乱想，真不该对我说那些话，又增添我的烦恼。如果说我不爱你，不想见你，如果我爱利夫里胜过你，孩子，那我可真是世上最冤枉的人。我尽力忘记你的指责，但你这些无凭无据的指责总是挥之不去。你就留在巴黎吧，看我会不会兴冲冲赶去，远比我来这里要高兴。我想着自己不在时你会做些什么，心里稍微好受一些。你知道，你很少想起我，但我却不是这样，你在这里的几个月，我只想时时看着你，从不远离你。你在这里觉得时间难耐，如果我像现在这样远离你，也会觉得度日如年。

真希望我今晚在此呼吸的空气能清润你的肺。星期四，我们在巴黎闷得要命，这里却下了一场大雨，现在空气还非常清新。晚安，亲爱的。期待你的来信，希望你的身体和我的一样好。真想把你的病体换给我，让我来康复。

我的马匹都在，你可随意差遣。

致格里尼昂夫人。

42. 致格里尼昂夫人

1679年春夏

我一夜没睡好。你昨晚对我横加指责，我实在无法忍受你不公正的话语。上帝赋予你的优秀品质，我比谁都看得清楚。我欣赏你的勇气、你的为人，也深信你对我的感情。这都是人所共识的事情，尤其是在我的朋友圈子里。[1] 我真不愿大家怀疑你对我的真心实意，而我却那样爱你。到底是怎么回事？过错本在我，你昨晚大加指责，我碰巧遇上骑士先生，就向他抱怨，说你对我的缺陷不够宽容，指责过于直接，有时让我感到伤心和难堪。你还怪我随便向人[2]说不该说的话。这一点上，你对我的误解实在太深。你过于相信自己的预见，一旦有了先入之见，就听不进道理，也不顾真实的情况。这些事我只告诉了骑士先生一人而已。他在很多事情上赞同我的看法。也许他和你谈了我们的意见，你就指责我，说我认为自己的女儿满身缺点，一无是处，你昨晚对我说的完全不是我所想，我难过的是自己缺点太多，而你对我的缺点过于苛刻，因此当我听到你的话，就反复揣测，"这是怎么回事？"委屈得彻夜难眠。不过

1　格里尼昂夫人讨厌母亲四处炫耀母爱的做法。
2　可能是指雷斯神父，他刚从退隐之地回来。格里尼昂夫人很不喜欢他。

42. 致格里尼昂夫人

我现在状态很好,正准备喝咖啡[1],孩子,你不介意吧?[2]

致我的女儿。

---

[1] 当时咖啡被视为一种药物。

[2] 这几封信是母女重新团聚时所写,证明两人之间的分歧并非因为格里尼昂夫人不爱母亲或是拒绝母亲的关爱,而是她以为母亲不爱自己、不尊重自己。母女之间缺乏信任,格里尼昂夫人缺乏自信,导致了这样的局面。

43. 致格里尼昂夫人

1679年春夏

孩子，我必须给你写信，告诉你我有多么爱你。我没有口头表达的天分[1]，和你说话时总是拘谨腼腆，无法向你表明我的感情。你要记得这一点，我无法表达对你出自天然的柔情有多深，那是一种奇迹。你说我们观念不同，不知这在你身上会有何影响；我们感情上的差异应该不会那么大，抑或是在我身上表现得异乎寻常，反正我对你的依恋丝毫不因观念差异而减少。也许是我想要克服障碍，对你的感情反而有增无减。总之，我对你的爱无可比拟。孩子，要告诉你的是，我只在意你，或者与你有关的人和事，我的所作所谈无一不是自认为有利于你的。

我正是怀着这种心思和红衣主教阁下[2]谈话的，他总说你对他很反感，失去了在你心中的地位，他非常难过，但不知道你为何不再喜欢他了。他是你自小的朋友，也相信你们的友谊会维持到老。因此他心中不安，百思不得其解。我对他所说的话，都是出自对你的感情，希望为你保留这样一位善良而有益的朋友。我反驳他的揣测，极力否认你反感他，只说你心底对他满怀敬重、友情与感激，他换种方式也许就能感觉得到。我说的都是应该说的话，尽管他心

---

1 通信是母女间更适合的交流方式，因为信中话语更易把握分寸，有助于两人缓和情绪、反思自身的缺点。

2 应该是指雷斯红衣主教。

43. 致格里尼昂夫人

中难过,我还是好好地宽慰了他。如果说我为你做了什么值得表扬的事,这应该算得上一件。

让我吃惊的是,你接人待物无懈可击,偏偏对科尔比内利爱理不理。他就像我一样,无端受你的冷脸,而且比我还冤枉,因为他更聪明、更懂得打动人心。我实在不明白,就像我不明白你怎么会厌恶红衣主教阁下一样。我从未见过如此随和之人,你只要稍费心思,就能够与他为友。他一度以为重拾了你们之间的友情,我也一直担保你们会重归于好,可是不知为什么,你们的关系又突然恶化。孩子,一件小小的事[1]真会造成这么严重的后果吗?他弄错了,以为你没有生气,我也以为你没有生气。唉,谁知我们都想错了:你并不想接受。礼物退了回去,结果就是这样,并没有强迫你接受。其实,这点误会并不至于让你这样言辞严厉。我相信你有自己的理由,因为我深知你是一个很有理性的人。没有理性,你怎么能自然而然地交上这样一位朋友呢?你怎么能了解王室要务、人事变动、各方动静、经济局势呢?这样一个天性温和开放的人,把为你受苦当作一种恩惠,一心想让你高兴,把你全家人当作知心人,而且在我看来,无论行为处事哪个方面,他都无须你太费心。只要让他相信你把他当作朋友,就像他从前相信的那样,即使你对他不像从前那样热情也没关系,毕竟已经时过境迁。这就是我的所见所想。不过这只是我的个人观点,我对你的想法和感情一无所知,很有可能我的推论并不对。我自己觉得为你保存这样一个取之不尽的

---

[1] 伯爵夫人拒收雷斯主教的任何礼物,而塞维涅夫人却想让她给对方送礼物,好让他把一部分遗产留给女儿。两人又生矛盾。

源泉非常非常重要，在很多方面对你都大有裨益，当然应该努力维持这份感情。

再来说说我吧。孩子，你昨天说话可真残忍，说你走了我就省心了，说我为你万般操劳，你却只会惹我生气。我一想到这番话，就心如刀割，泪如雨下。我最最亲爱的孩子，我对你爱到极点，才会有这些烦忧。世上任何乐事都比不过这些烦忧，因为它们是因你而起。如果你不知道这一点，就不会明白我有多爱你。我有时真是伤心，因为我完全不了解你的感情，因为你从不向我袒露心迹；你虽然爱我，却从不和我说知心话。我知道你对你的朋友们可不是这样。不过，我宽慰自己道，我命该如此，你就是这种性情，本性难移。孩子，请你理解我因深情而生的软弱，只要看到你，你的一句问候、一丝回报、一丝温情，马上就能让我回心转意，忘记一切烦恼。我的小美人，你给我带来的欢乐千倍于烦忧，我对你的爱从不改变。你说我愿意你离开，这让我多么伤心。你只要想一想我对你无尽的柔情，就能体会我多么难过。任何其他的感情都是转瞬即逝的，只有根基才永不改变，它坚定不移，无所不在。只要你在眼前，你一丝一毫的温情都能给我莫大的快乐，是我生命的动力，那些小烦忧我都浑然不觉。想一想，我怎么舍得你离开。再想想我怎样为你的身体日夜担忧，你怎么忍心那样误解我。孩子，你考虑考虑，不要急着离开；走不走由你决定。你说身不由己，其实都是你自己的过错或是你犹豫不决。说到我，唉！我唯一的目的就是让你身体健康，把你留在身边，时时看到你。可你总是把自己的决定归结于外在原因，其实一切都决定你应该留下。有时我们需要根据外界情况做出明智的决定。

43. 致格里尼昂夫人

　　我可怜的孩子,这是一封讨厌的信。我放任自己说了这么多,就是想告诉你我有多爱你。我自说自话,并不指望你回复。千万不要回复!这并非我本意。你只要抱抱我,请我原谅,当然我也要道歉,因为我也想过你走了我会安静一些。

44. 致吉托

巴黎，1679年8月25日，星期五

唉！可怜的先生，您要听到怎样的噩耗，我要承受多大的痛苦啊！雷斯红衣主教先生连续七天发高烧，昨天去世了。[1] 他自己提出要用英国医生的药剂[2]，而且我们的库朗热神父也刚刚用过，可惜天注定他得不到这种药剂的治疗。是主教先生自己做的决定，让我们摆脱严酷的医学院，他说只要他一发烧，就去请那位英国医生。接着他就病了，要求用那种药。他发起了烧，体液积压，导致身体虚弱，打嗝说明胃液不畅。这些症状正适合用英国医生发明的又热又浓的药来治。拉法耶特夫人、我和我女儿都喊着"求主保佑"，而且有神父治愈的先例，可惜上帝不由凡人左右。每个人一边说着"我什么都不管"，一边指手画脚。最后佩蒂先生在贝莱先生[3]的协助下，三天内给他放了四次血，接着又给他服了两小杯山扁豆泻药，结果病情急转直下，因为高烧时山扁豆泻药是致命的。可怜的红衣主教都奄奄一息了，他们才答应派人去请英国医生。医生一来就说，他治不了死人。于是我们就眼睁睁地看着这位高尚和蔼、受

---

[1] 雷斯死于肺感染，在莱迪吉埃公馆去世。

[2] 一位名叫塔尔博的英国医生发明了一种特效药，以金鸡纳树皮为原料，但配方保密。路易十四向他买下配方，公布于众。

[3] 贝莱坚持最传统的医疗方法。山扁豆是一种泻药，但有些医生认为它不能退热，反而会增热。

44. 致吉托

人爱戴的人去世了。此刻给你写信时,我还心痛不已。我信任您,才告诉你这些不为人知的细节,因为这件事不可宣扬出去。可怕的后果证明我们说的话有理,让人得知治疗过程会引起轩然大波。这是我唯一操心的事情。

我女儿也深受触动。我不敢提及她离开的事情,但似乎一切都在离我远去。[1] 我最害怕的事情,就是她要离开我,可是这个时刻很快就会来临,让我深陷痛苦之中。先生、夫人,你们对我是不是心生同情?这接二连三的伤心事让我都无暇为亲爱的神父起死回生而庆幸。

你们的好意[2]我会转告女儿。怎样才能感谢你们无微不至的关心?你们两人都令人敬重,让人对你们除了敬爱别无他念。我对你们的爱更是无以复加。我还有很多事情想告诉你们,但心中难过,该怎么说呢?

致瑟米尔埃普瓦斯吉托伯爵先生,国王授勋骑士。

---

1 半个月之后,女儿离开。母女分别期间,塞维涅夫人因拉罗什富科去世而饱尝丧友之痛,富凯又远在皮尼内罗尔。她饱经伤痛,皈依上帝,坚信冉森派教义,在顺从中寻求安宁。

2 在她途经勃艮第时提供便利。

45. 致吉托

巴黎，1679年9月12日，星期二

可怜的先生，我痛苦万分，因为我女儿明天就要走了，无可挽回。他们走水路到欧塞尔，计划周六到达，周一到鲁弗莱吃晚餐。请你们到鲁弗莱和他们会面，原谅他们行装繁重，无法前往埃普瓦斯。等来年他们行李轻简时再上门拜访。

一想到女儿的身体，我就胆战心惊。我这样爱她，她却即将离我远去，您可以想见我此刻的心情。您为他们提供了那么多方便，相信您也愿意把轿子带到鲁弗莱，强迫她乘轿到沙隆。这会给她很大的便利，让她身体好受一些，相信您一定会深感欣慰。那么就请您本月18日上午带着您的救星轿子到鲁弗莱，他们见到你们也一定会倍感欣慰。他们逗留的时间紧促，等你们去格里尼昂的时候再畅谈。不适应当地的气候，到那里就不会舒服。她要到艾克斯过冬，比在格里尼昂还让我担心，不过格里尼昂的空气又对她有害。一想到这些我真是忧心忡忡。既然他们可以自己计划，下次回到这个适宜的城市，格里尼昂先生就不应该再让她上路了。不过现在的问题是出发。您看，我就已经想着她回来了，只有这样设想我才能略感宽慰。再见，先生。请写信给我，告诉我您与她会面的情况，一定要详详细细，您看我上次给您写信那么细致！

梅里小姐昨天开始发烧，似乎伴有痢疾的症状。既然去意已

45. 致吉托

决，我女儿应该不会为此停留，但是……[1]事已至此，我只是说说而已，还是希望您带着轿子去鲁弗莱。

致瑟米尔埃普瓦斯吉托伯爵先生，国王授勋骑士。

---

[1] 塞维涅夫人希望有奇迹出现，女儿能留下来。梅里小姐是格里尼昂夫人的表妹和好友，她生病也许会让事情出现一线转机。

46. 致格里尼昂夫人

巴黎，1679年9月13日，星期三晚

孩子，怎样才能让你知道我多难受？怎样才能用言语表达我的分离之苦？连我都不知道自己何以承受。当时你也万分难舍，不知你的病情是否恶化，不过问也没用，你的身体已经差到不能再差了。你的身体实在让我担忧，你不在身边，我更是事事担心，关注你的一切，你可以想见我现在是怎样的状态。我目送着船远去，想着它带走的一切，想着要再过多少天才能见到我最爱的这个人和这一家子，想着和你有关的种种事情。总之，这次别离让我痛苦万分。

我不会对你说流了多少泪，我性情如此，但是孩子，你要相信，这些泪来自一颗完完全全爱你的心，你应该珍视这颗心。我相信你正是如此，我的所有感情都源于对你的坚信。

等你不见踪影之后，科尔比内陪伴着我。他深知人心，有高明的处世之道，尊重我的痛苦。这位忠诚的朋友任我流泪，丝毫没有蠢笨地规劝我。我到圣母院听了弥撒，又回到公馆，我所见之处，屋子、房间、花园、埃皮纳，还有你那些生病的仆人[1]，一切都勾起我的伤心事。你也许感受不到这种痛苦，因为你很坚强，但对于我这样软弱的人，这痛苦却如此难以承受。

我们看了记账本，已经开始清付账目了；一切账目都会告诉你

---

1 格里尼昂夫人的几位仆人都因病留在巴黎。

46. 致格里尼昂夫人

的。我还没有出过门。拉瓦尔丹夫人和穆西夫人不请自来。我打算明天去看梅里小姐，今天是不行了。我极想知道你的情况，路途遥远，舟车劳顿，你是否适应，一路是否平安无事。不过我会向蒙戈贝尔打听一路的情况，因为你本已疲惫，我不想增加你的负担，只要你的一页信我就满足了。从我这样谨慎的行为，你应该看出我多么克制，多么关心你的身体。

我拥抱你身边所有的人。好像我还没有问候格里尼昂小姐们和她们的父亲。可是有什么办法？毫无内容的谈话还算是谈话吗？孩子，我真不知怎样才能适应你离去后空荡荡的屋子。我满心都是你，什么都看不得，什么都承受不得。希望假以时日，我能回到正常的生活状态，否则真是难以承受。孩子，我拥抱你，真心与泪水和今天早晨一模一样。

可怜的小家伙感冒好点了吗？我时时惦记着你们每一个人。

大好人向你问好。

1679年9月14日，星期四，上午十点

亲爱的孩子，我从邮局标签卡上看到昨晚给你写的信今天中午才会从欧塞尔发出，因此又加了这一封，这样你就能一次收到两封信。

我想告诉你我昨晚是怎样度过的。我九点就回到卧室里，眼睛和精神都疲惫不堪，不愿听人读书，只感到离别的悲伤重重地压在心上，无事转移注意力，更感到苦涩无比。我十一点睡觉，后来被窗外的大雨惊醒，才凌晨两点。我想到你正住在客栈里，这场大雨会让欧塞尔以后的路程更加艰难,但对你们走的水路有利。世间诸事都是这样好坏相生。我总以为你还在船上,凌晨三点又要回去,想来真可怕。你回信一定要告诉我,你这一路过得怎样,身体好不好,忧虑有没有缓解。你的身体是我的一块心病,时刻放心不下。你身边的所有人都关心你,船上的人都细心地照顾你,我的意思是你们舱室的人,船上其他人在我看来只不过是诺亚方舟上的动物。听说等过了枫丹白露,船上就不会有其他乘客了。今天早上埃皮纳来到我的房间,我们相顾流泪。他真是个重情重义的人。

你们的家具和格里尼昂先生的马车都无须担心。我唯一能消磨时间的就是下达命令,为你们服务。笨蛋女仆弄丢了所有的厨具和床单,真可惜。

我拥抱格里尼昂先生和他的女儿们,还有我亲爱的小外孙。是不是还应该加上帮你、爱你的蒙戈贝尔,以及所有为你服务、全心爱你的人?梅里小姐烧退了,我很快就会见到她。孩子,你一定很想念我,就像我想你一样。

神父谦卑地问候你。

欧塞尔,致格里尼昂伯爵夫人。

47. 致吉托

利夫里，1679年9月26日

"格里尼昂夫人容光焕发"，您的来信开篇就妙不可言，还细细地讲述了和她见面的过程，我非常喜欢。我首先喜欢您写信的风格，然后喜欢与我心爱之人有关的种种细节，因此我无比满意。不过，可怜的先生，她肚子疼，倒真让我担心。那是因为血液不畅，引起各种毛病。我一想到她满不在乎，毫不注意让血液平息、清润，还要去承受格里尼昂的气候，一刻都不得安心。谢谢您转达家庭教师的父亲的问候，真庆幸他得到了一个适合的职位，这让我稍稍心安。

这孩子坚持不用您给的轿子，您看看她多顽固不化！她这是什么原因呢？是嫌一路上的颠簸还不够受吗？她那么细心地照顾孩子，不愿把他放在身边吗？多奇怪、多执拗啊！我说什么都是白说，真是火上心头。亲爱的先生，请您实说，您是不是觉得她大变了？她这样弱不禁风，让我如履薄冰。我一直相信，只要她注意身体，就能清血润肺，不再让我们那么担心。您信中问我在做什么，唉！我在这片森林里隐藏满心的烦闷。您真该来看看我。我们可以长谈两三天，然后您再坐您的长翼怪兽离开（我猜你会乘马车，而不是坐轿），去听奥诺雷先生布道。

我女儿从夏尼来信，轻描淡写地提了一句她的腹痛，长篇写您和她会面的过程，就像您写她一样仔细。她还提到了勒维尔夫人、塞内先生,还对厨师不肯随行耿耿于怀,我得想法安慰安慰她。

今年冬天你们打算做什么?还会待在城堡吗?夫人,听说您有了身孕。您在岛上[1]都能顺利分娩,在埃普瓦斯更是不成问题了。我总想知道自己喜爱的人有何打算。我呢,希望整个冬天都有神父陪伴,在火炉边度过。你们已经知道他高烧消退的事,现在又得了感冒,令人忧心。

再见,先生,谢谢您寄来的长信,表明您对我们——不论是信中所谈之人还是收信人,都满怀深情。等您见到科马尔丹先生[2]后请给我来信。

神父深情地问候你们。

致瑟米尔埃普瓦斯吉托伯爵先生,国王授勋骑士。

---

1 吉托曾担任戛纳海域群岛的驻守长官。
2 路易·勒费弗尔·德·科马尔丹(Louis Lefèvre de Caumartin)是吉托夫人的妹夫,雷斯红衣主教的好友。

48. 致吉托

利夫里，1679年10月7日，星期六

她是血热上涌，才会得腹绞痛。因此，不管她表现得多么自然，只要一有疼痛，就要万分小心，因为一切病痛都是由血引起的。他们历经劳顿，已经到达了格里尼昂。您说得对，他们在罗讷河上遇上逆风。路上住着简陋的客栈，睡在稻草上。不过她在瓦伦斯顺道带走了波利娜。你知道波利娜有多可爱吗？她不如小美人那样漂亮，但活泼调皮，惹人喜爱。她告诉我，担心自己会离不开女儿，希望女儿不要取代她在我心中的地位。她心情大好，让我很欣慰。她告诉我，自己身体很好，我丝毫不信，但又没有旁人给我写信能验证。蒙戈贝尔发着高烧还敢在罗讷河乘船，我真是佩服这个女孩的勇气和深情。感谢上帝，我又大谈心头牵挂的事，这很失礼，亲爱的先生。吉托夫人恐怕会笑话我，她也完全有理由笑话我。我万分抱歉，真心实意地拥抱她，请她原谅我失礼。

您所知道的情况，不打算向科马尔丹先生透露[1]，真是明智，考虑周全；对此我毫不担心。我早就想敞开心扉和您谈一谈，做完之后，心满意足；似乎您也喜欢我的直率。现在我们可以自由决定了。我们谨慎至极的朋友[2]还在世时，我们可不敢这样做。请您来

---

1 此处是指吉托不向科马尔丹透露雷斯神父去世的细节。
2 达克维尔，为人极为谨慎，1678年7月去世。

吧，住我女儿的房间，我们可以多谈些事情。

　　神父随时愿意为您效劳。他身体很好；那位英国医生又治好了他的重感冒和高烧。他的日程还没有确定，其他人的日程已有安排。就此搁笔。

致瑟米尔埃普瓦斯吉托伯爵先生，国王授勋骑士。

49. 致格里尼昂夫人

巴黎，1679年10月20日，星期五

　　什么？你以为给我写了长篇大论，却只字不提你的身体，可怜的孩子，你是在和我开玩笑吧？为了惩罚你，我警告你，因为你沉默，我做了最坏的猜测。我明白了，你的腿比平时疼得厉害，因为你只字不提；如果你比平时稍有好转，一定会迫不及待地告诉我。这就是我的推理。老天啊，要是我无须担心你的身体，该有多么幸福啊！我现在这样担惊受怕，又能怪谁呢？只能怪我这么爱你，睹物伤情，与你分别已经是一大痛苦，但现在想到你柔弱的身体，担忧又远胜离别之苦。请你以后记得告诉我你的身体状况，而且一定要如实告知。我告诉过你应该怎样保护双腿，如果不注意保暖，就无法缓解。我一想到你大清早两三个小时光着腿给我写信，天啊！多可怕啊！你就是这样心疼我的吗？出于对你的爱，我周四要通便。上个月我的确只吃了一次药丸，没想到你猜到了。不过我本不需要通便，只是因为喝了那种水，还有要让你安心。我真讨厌你身旁层出不穷的高烧；你那可怜的仆人如果放了血，也许就得救了。

　　骑士会给你讲这里的新闻，他比我了解得多，尽管他胳膊略有不便，大部分时间都待在房间里。我昨天见了他和亲爱的神父。总得有个格里尼昂家的人在身边陪着才好，不然就觉得六神无主。你知道拉萨勒买下了蒂亚代的职位吗？花50万法郎去当马尔西亚克先生[1]的手下，代价真够高。我倒更喜欢战士和卫兵[2]。瓦尔贝尔当了少尉。大家都在谈论巴伐利亚的婚事[3]。如果能册封骑士，那更是好事，不过我看很多人都认为不会有册封之事[4]。

我和勒穆瓦纳夫人[5]谈过了，她诅咒发誓，说你的衬衣是某某夫人做的，她无权干涉。她说袖子长短是按你身材做的，布料是你自己选的，你不喜欢，她真是万分遗憾。还说如果你愿意把袖子寄还给她，她就给你改用更精细的布料、按你现在想要的长度来裁剪。她请你不要对她愤愤不平，说得言辞恳切，把过错推得一干二净，不过她会按你的要求一一修改。孩子，我觉得她这些话听听就算了。能把衬衣做成这样真是不简单；我理解你有多烦闷。

孩子，你的烦闷可不少，各种各样都不缺。你不走运，爱你的人都受到牵连。[6]死亡和不悦，让你们没法受益。唉，老天偏要这样安排！我收到一封从很远很远的地方寄来的信，会留给你看。信里写的全是对可怜的科尔比内利的感激之情，情真意切，言辞诚恳。唉！他心满意足，一无所求，也毫无怨言，只有我心绪难平。[7]即

---

1 蒂亚代接替瓦尔德成为法国国王瑞士卫队的队长，拉萨勒侯爵（le marquis de La Salle）刚向他买下衣帽官（maître de la garde-robe）的职位。马尔西亚克是衣帽大主管（grand maître de la garde-robe）。

2 暗指夏尔·德·塞维涅。

3 王太子与一位巴伐利亚公主的婚事。婚约于1680年12月在慕尼黑签订，公主次年3月到达法国。

4 国王等到1688年才册封新的骑士。

5 一名裁缝。

6 因此科尔比内利和伯爵夫人都没享受到雷斯主教想给他们的好处，前者是因为主教去世，后者是因为厌恶主教。

7 格里尼昂夫人无端怪罪科尔比内利，她对雷斯主教的反感也牵连到他。

49. 致格里尼昂夫人

使他心里难过,也不露声色,因为问心无愧而坦然。我却没有他那样淡定,一心为他打抱不平。我已经问过你,还是忍不住再问,到底是什么原因,你对他这样不公?亲爱的孩子,我们还是暂时不提吧,事已至此,追悔莫及。也许有一天我们能敞开心扉,开诚布公地说说这事。这是我最盼望的一件事。孩子,最近你对科尔比内利还不错,他别无所求。他高兴,我也高兴。无可指摘,皆大欢喜。孩子,你听我的,我了解他的为人,没见过谁比他心地更善良;他也很聪明,你过去也很欣赏他的才智。他尊重我对你的深情,这种深情让他体会到人的心灵可以深广到何种程度。他从不劝我克制自己的这种倾向,因为他深知在这类话题上,别人的建议能起到多大作用。我对你的感情之所以变化,不是因为哲学的教化,也不是因为人类理性的约束;我从未想过要摆脱这种深情。孩子,如果你以后把我当作朋友,我们的关系就会非常融洽。我会满怀喜悦,走上新的路途。如果像你所说的那样,你天性不善交流,不能给我这样的愉悦,我对你的爱也丝毫不会减少。我对你的感情,你可满意?你还希望我更爱你吗?我只能如此,你得到的爱分毫不会减少。

我和拉法耶特夫人有天聊起你,觉得除了罗昂夫人和苏比斯夫人之外,没有哪对母女比我们感情更好。还有哪个女儿能像你这样和母亲亲密和睦?我们一一数到,对你的称赞实非夸大其词,你听到我们的话,一定会很高兴。她好像很愿意帮助格里尼昂先生[1],她

---

[1] 拉法耶特夫人想让格里尼昂回到宫廷,但格里尼昂更愿驻守普罗旺斯,因为他在当地作为国王的代表,地位最高。

爱从不平静

对此事非常关心,会关注国王骑士团和其他相关事情。婚礼[1]定在一个月以后,尽管螯虾在拼命透气,到那时可能还是红彤彤的。

拉法耶特夫人在喝蝰蛇汤,简直是脱胎换骨,身体马上大好,她说你喝这个应该也大有裨益。蝰蛇要砍头去尾,开膛剥皮,一直扭个不停,过一小时、两小时,还在动弹。这强盛的、难以抑制的生命力,就像是旧情,尤其是发生在这个区的旧情[2]。什么方法没用过?辱骂、蔑视、粗鲁、残忍、争吵、抱怨、暴怒,但激情总是无休无止,永无宁日。我们以为去了心就没事了、消停了;根本不是。它仍在残喘,还会卷土重来。不知你得知这种蠢事做何感想,反正我们觉得事态已经很可笑了;不过处处都能见到这种事情的影子。

我们那天刚刚给你派去一位厨师,你就写信来说不需要了。你说多不巧!这一大笔开支本来可以节约下来。家里大大小小的开支都得你操心。孩子,一定不要忘了辞退里昂的厨师。我和你一样,也想到了埃贝尔。他做事有条理,心又细,会读会写,聪明又忠心。不过,我觉得他要主管这样一大家子的仆从,似乎还嫩了一些。

格里尼昂先生喜爱家人,在他是件幸运的事。不然,他就更加无所事事、漫无目的了。不过你又有事做了,得去一趟兰贝斯克。孩子,只要把身体养好,把乱糟糟的年头年尾应付过去,其他日子就好过了。我以前珍惜时间,现在却听之任之。

---

1 卢瓦的长女与拉罗什富科的孙子拉罗什-居永的婚礼。"螯虾"意为从中阻挠的人,可能是指古维尔,婚约谈判时避开了他。

2 马莱区,此事指拉特鲁斯对表嫂库朗热夫人旧情复燃,难以遏制。

49. 致格里尼昂夫人

我会去利夫里待到诸圣瞻礼节后。我喜欢那边的清静,谁也不带,独自看书、思考。[1] 这个冬天会很难熬,因为我还不习惯心爱的孩子不在身边,不能见到她、拥抱她、和她一起打发时光。那样我的生活才是幸福充实的。我现在活着只为等待下一段这样的时光。

你的鸽子[2]在罗歇过得像个隐士,每天在森林里散步。他在布列塔尼三级会议中表现很好。他爱上了一位拉科斯特小姐,热烈追求,可惜只是一头热,惨败而归。他准备去博德加,再去比隆,圣诞节时和达鲁先生、库朗热先生一起回来。库朗热先生写了一些美妙的歌,现在寄给你的小姐们。有一位笛卡尔小姐,是你的精神导师[3]的侄女,像他一样聪明,写得一手好诗。你弟弟向你问好,非常想念你,很想见到他的鸽子。了解他的人就会相信他对你的感情深厚;还能向他要求更多吗?

再见,我最最亲爱、最最可爱的孩子。我不想说有多爱你,只怕说得太多会让你厌烦。向格里尼昂先生问好,尽管他没有问候我。今天上午我见到了拉加尔德先生和骑士,他们一直是这个家庭坚实的左膀右臂。小姐们,你们过得好吗?发烧好了没有?我亲爱的小侯爵,你对我好像冷淡了很多啊,为什么呢?波利娜,我亲爱的波利娜,你在哪里,我可怜的孩子?

---

1 为诸圣瞻礼节领圣体做准备。
2 夏尔·德·塞维涅,"鸽子"这一外号可能来自拉封丹的寓言《两只鸽子》(*Les deux Pigeons*)。
3 格里尼昂夫人推崇笛卡尔的哲学,因此称他为她的精神导师。

50. 致吉托

利夫里，1679年10月24日

  这么说您没有见到科马尔丹先生咯？这么顺理成章、这么适时的旅行，他为什么不去呢？你们感情这么深，他们[1]应该毫不犹豫地前往埃普瓦斯才对啊。我还待在这座孤独而忧郁的森林里，想在这儿清静清静，集中心思准备过诸圣瞻礼节。至今为止，我的脑子里就像一个土匪窝[2]，头绪纷杂、伤心不已。我想苦修忏悔，向上帝献礼；只有这样，坏事才能变成好事。我满心满脑子都是伯爵夫人。她腿疼得厉害，是因为胸部的疼痛蔓延到腿了。她还是那么消瘦，让我心惊胆战。而且她有病还不告诉我，至少藏着一半，隔得这样远，我真是一刻也不能安心。她向您要圣雷纳的泉水，您应该给她寄去了；她一定需要这种水。我猜他们现在在参加会议。旺多姆先生今年又不去参会；他们准备埋葬犹太教。[3]在此之后，我会建议他们处理好事务，前往巴黎，就和其他人一样。这样的话，我女儿就只需一心照顾自己的身体。您觉得可好？

  我到巴黎去了几天，会在这里一直住到诸圣瞻礼节后。大家都

---

1 科马尔丹与夫人，科马尔丹夫人是吉托夫人的妹妹。
2 塞维涅夫人用这个表达描绘乱糟糟的处境，此处指思绪纷乱。
3 意即完美无瑕地结束一件事情、完成一项使命。塞维涅夫人以为正式长官旺多姆公爵（Louis-Joseph, duc de Vendôme）此时能够就任，而自己的女儿女婿就能回到巴黎。可惜的是，旺多姆一年只去两次普罗旺斯，格里尼昂仍须驻守岗位。

50. 致吉托

在谈论旺塔杜尔夫妇的事。您有那么多消息灵通的朋友,他们一定会告诉您。今年冬天不是您自己出来听到,就是别人会上门来讲给您听。我真佩服您,闭门不出多明智!当然您有自己的原因,但事情过去之后,出来见见朋友也是乐事。说实话,世上合我心意者甚少,您是其中之一。

夫人,我想对您说,向您承认,他曾经说过的,我们没有更早相遇,是大幸还是不幸?神父向二位致敬。他身体很好,时间还没有定,但今年夏天他还会享受老天赐予他的圣马丁节。请你们爱我,因为你们已经让我深深地爱上了你们。

M. R. C.[1]

---

1 塞维涅夫人名字的缩写。

51. 致吉托

巴黎，1679年12月6日，星期三

您的来信总是妙不可言，处处都甚合我心，可以说是"思想深刻，技艺精湛"[1]。即使是世上最美的东西，如果藏在苍蝇脚下面，我也不喜欢；这类东西和我是两不相干的。我也看不懂晦涩难辨的东西。您看您的来信处处都合我心意。不过，尽管它这样完美，我也保证不把这封信给人看，我一人独享其中的妙处就够了。

您让科马尔丹先生转达对蓬波纳先生的慰问[2]，非常得体。这条途径非常自然，而且正如您所说，您了解我言外隐藏的心声；我绝不会忘记您对我的细微体察。您听了达克维尔和格里尼昂夫人的介绍，对万斯夫人的看法非常正确，足见您信任他们的品位和见地。换作是我，也会这样做；若由我自己来判断，我深知事情缘由，也赞同他们的观点。在您所认识的人当中，她可算是最可爱的一个，为人正派，教养得当，多情善感，心灵高贵超乎想象。她也有点喜欢我，而且我也替女儿和她联系，因此和她交往甚多。

我不会因为厄运远离这一家人。我和蓬波纳先生是三十年的好友（可真是年代久远），我至死都会忠诚于他，在逆境中更甚于顺境。这个人这么好，认识他的人都只会深爱他。有一次在普莱西夫

---

[1] 《被解放的耶路撒冷》中的诗句。
[2] 蓬波纳因失职突然失势，因为他没有及时向国王报告太子婚约签订的消息，国王是从科尔贝口中得知消息的。

51. 致吉托

人的弗莱内城堡中[1]，我们说他完美无缺，增之一分则多，减之一分则少。他要去继续发扬我们因为忙碌而忽视的道德和宗教上的美德。他不当部长了，却仍是世上最正直的人。您记得瓦蒂尔致亲王[2]的话吗？

> 他的地位并非如此高贵：
> 不过是血脉纯正的亲王。

因此保持最初的完美品格就够了。

命运逆转之时，我和科马尔丹正在蓬波纳。我们看着他离开，身份还是部长兼国务秘书；等他晚上回到巴黎，已是一介平民，一无所有。您以为这一切都是偶然吗？不，不是，要知道，是上帝在掌控一切，他的旨意无懈可击，尽管在我们看来是苦涩而费解的。唉！如果蓬波纳先生能这样看待自己的失势多好！谁能无视神圣的天意呢？不信宿命，人一天就要上吊五六次。我并非无所知觉，只不过更加知天安命。[3] 我们可怜的朋友现在在蓬波纳。刚一到达时难以忍受，一眼就看到五个仆人，他应该感到很不自在。不幸伊始，最宜独处。我和女儿分离之时就体会到这一点。要不是有利夫里这个好地方，我一定会悲极成病，只有那里可容我慢慢吞咽自己的痛

---

1 弗莱内（Fresnes）是普莱西夫人（Mme du Plessis）的乡间城堡，内韦尔府是她的城中居所。

2 孔代亲王。

3 对上帝给人的考验加以解释。上帝的意志并不解除人的痛苦，而是赋予痛苦以意义，使人远离反抗与绝望。塞维涅夫人正是怀着这样的信念承受与女儿的分离。

苦。蓬波纳先生及其家人、万斯夫人，莫不如此。等他们再回来，痛苦就会消退了。如果拉罗什富科先生的连连好运不足以抚慰蓬波纳先生失势给您带来的打击，那么内阁的变动也丝毫不能安抚另一位安然无恙的部长[1]。

啊！我们真该乘轿出行一次[2]，只要到布尔比利就行！在此之前，我要给您讲讲王太子隆重的婚礼，还有你也知道的，沃韦纳小姐周六晚上在圣保罗嫁给了盖梅内亲王，婚礼安排得极好。婚事一直保守得密不透风，不过国王知道内情。他本来不同意，但后来情势变了，他也改变主意，签署了婚约。最终万事俱备，只差敲锣打鼓、登上致礼床、披金挂彩准备婚礼了。要说盖梅内王妃，没人比她更适合，只有吕内[3]一家目瞪口呆，气愤至极。我理解他们的心情：他们漂亮的女儿去世才三个月，尸骨未寒就被抛在脑后。但盖梅内亲王有他的理由："初恋情人，念念不忘"；他对恋人从未忘怀，得知她尚未婚配，情不自禁，高兴万分。应该是情深义重之人才会心存这样的深情。无论如何，我替这位母亲感到高兴，也欣喜地看到命运怎样分合交错，最终导向这样的结果。

普罗旺斯来信说我们可怜的伯爵夫人身体不错。她儿子得了麻疹，差点病死。最后儿子还是保住了；与其说她聪明，不如说是运气好。如果她向您要圣雷纳的泉水，请给她寄去。再见，先生、夫人。我总说："你们要爱我，一听这话就要爱我。"我知道自己在说

---

[1] 因战功声名大噪的卢瓦。
[2] 以便进行密谈。
[3] 盖梅内亲王（prince de Guéméné）前妻的家族。亲王的前妻在婚后一年多于8月21日去世。他与第二任妻子共生了十三个子女。

51. 致吉托

什么,也知道我有多爱你们。

  神父向你们致敬,愿为你们效劳。他得了重感冒,现在好多了,感谢上帝。

52. 致格里尼昂夫人

巴黎，1679年12月8日，星期五

孩子，远离挚爱是多么悲惨的事啊！尽管我一再宽慰自己，碰到邮局送信混乱的情况，还是忍不住担心。前天没有收到你的来信；周日我倒不担心，因为已经收到了你的信。我派人去问格里尼昂家里人，他们也没收到信。我第二天又去了，也就是昨天，只收到大主教先生11月28日的来信，不过至少得知你的病没有恶化。我去邮局打听艾克斯的消息，因为这些先生们的信件比我们的信往来顺利，却听鲁耶夫人说她丈夫29日的信中只字未提到你，只说格里尼昂先生刚告诉他蓬波纳先生失宠的事。那我现在就等着你周日的来信，应该会有两封。我从不怀疑你没写信，除非你生病了。但只要无端一生出这样的念头，我就心急如焚。这都因为你身体太弱，只要你身体好，我就能安然忍受邮局的颠三倒四。他们从艾克斯送来总督夫人的包裹，却把你的包裹丢下，多傻啊！

博利厄收到不同[1]30日从里昂寄来的信。他独自在里昂，正准备行程。可怜的奥佩德夫人[2]一直在两头奔波，儿子在科纳生着病，女儿又在罗阿讷，处处一团糟，多难啊！我真是同情她。她赏钱给下人们花。这样看来，我们以为没用的那10埃居，对那个男孩

---

1 奥德曼的外号，法语中"不同"（autrement）与"奥德曼"（Otterman）发音相近。他是格里尼昂侯爵的教师，本来打算前往格里尼昂，因病耽误行程。

2 艾克斯高等法院院长的女儿，法院继任院长的妻子。

52. 致格里尼昂夫人

来说还是有用的。他非常节约，一路上都在说每天花1埃居，我们都笑话他。看在他生病体弱的份上，要是你给他25或30苏，已经了不得了。我们要付给你他的工钱，还有他的汤药费；不过自从离开利夫里，他就和其他仆人们打成一片，你自然就听不到他说这些。你已经太厚待你的东道主了，我会尽量算清，让你看看你还多付了钱。我们准备让圣洛朗尽快出发。格里尼昂神父又去了一次圣日耳曼（这样劳烦他，我真是于心不安！），等他明天回来之后就可以确认圣洛朗的出发日期了。说实话，你有他们常驻宫里真是太幸运了。他们都不赞成你在土伦事件上的打算，说你要是这样做，一定会跟土伦长官结下深仇、水火不容。但愿小麦买卖能更加便利。

我周三给你写了一封长信。如果你没有收到，那这一封就难以理解了。比如今天盖梅内新王妃就要在盖梅内王府登台致礼了，你一定听不懂我说的是什么。我就当你知晓沃韦纳小姐成婚的消息吧，现在万事俱备，接下来一连四天，她都会接待大家道贺。我明天和库朗热夫人一起去，因为我向来是和她或者她妹妹一同去做道贺这类事情。

伯爵先生，我们昨天去拜访了你的朋友勒维尔和德菲亚，向她们道贺和解与任命双喜临门。[1] 德菲亚感冒了，谢客不见，不过没关系，年轻的勒维尔替她接待客人。我提前代你祝贺他们，当然也代你说了，亲爱的孩子。德菲亚夫人居然能当上主管，真是出人意料。一切尚好。克莱朗博元帅夫人在普瓦捷会担上重任，因为她已

---

[1] 德菲亚夫人刚被任命为照管殿下子女的女主管，接替前任克莱朗博夫人。勒维尔是她的女仆。

经接到命令前往王宫。这就是当前的逸事。我不是给你讲过格朗塞夫人青云直上、满载而归吗？如果她像大家传言的那样在西班牙过冬，一定会横扫西班牙。她在信中说了一大幸事，说菲耶娜夫人的魂附了她的身，让她接了个满怀。

整个宫廷都在焦急地等待巴伐利亚的战况，分分秒秒都在煎熬。我不由想起另一次报信事件[1]，送信机构办事不力，全都怪罪到我们可怜的朋友头上。要不是那次事故，他现在还稳居高位，可惜天意如此。我告诉过你，我把大包裹寄给了蓬波纳，给万斯夫人的包裹也随同寄出了，应交的文件[2]已经寄往圣日耳曼。

不知可怜的小阿代马尔[3]身体怎么样？我心中牵挂，马上就去给她写信，不然总是一拖再拖。

亲爱的孩子，再说些什么呢？好像没有什么新闻了。等你回信时，王妃的侍卫人选就该确定了。我很想知道你怎样承受艾克斯的大风，我记得那是很可怕的，因此时时担忧你的身体。风来来去去，现在都成了你的麻烦事，以前可不是这样。比乌骑士来了这里，满口说着你的身体好极了，你从来没这么美过，你容光焕发这些话——有点言过其实啊，骑士先生。如果他少些夸张，多些真实，多些细节，多些关注，我反而会更喜欢。有些人眼明心细，有些人却是睁眼瞎，让我厌倦。我说过无数次，在那些漠不关心的人眼里，你的身体永远健康无比。圣洛朗也和我说你的身体好得不得

---

1 第五十一封信中信使迟到，导致蓬波纳失势的事。
2 有关普罗旺斯事务的文件。
3 玛丽-布朗施，伯爵夫人的长女。

52. 致格里尼昂夫人

了。唉，老天！只有蒙戈贝尔眼明心细，熟悉你的一举一动，她的几句话就胜过这些空洞的溢美之词。

库朗热夫人有一天在曼特农夫人家和法贡医生谈了一小时的话。他们谈到了你，他说你应该在饮食方面多加注意，药补不如食补，食物是维护身体最好的药，能缓和血液、清润胸肺、恢复元气、补充体力。你以为进餐后八九个小时还消化不好，其实不对，是胃里胀气的缘故，如果用汤或热的食物代替平常的晚餐，就会感觉舒服一些，身体也会好转一些。你现在的做法不对。库朗热夫人专心听了，一一记在心里，打算告诉你；我就承担起这个任务，亲爱的孩子，请你好好琢磨琢磨，试试医生的建议，把健康摆在其他你所说的责任之上。要知道养好身体才是你唯一重要的任务。可怜的拉法耶特夫人要不是细心保养，早就一命归天了。她百病缠身，幸好老天让她有这些主意，支撑她惨淡的人生。

亲爱的孩子，我刚收到你29日寄来的包裹，因为绕道延误了。那我这封信的开头就白写了，真好笑。珍贵的包裹终于到了，就在眼前。你把它伪装一下、绕道寄来[1]，做得太好了。你感到惊奇、难过，我毫不意外，我也一样，现在仍是日日难过。只要你不厌烦，尽管向我倾诉吧。这件事不会轻易被人遗忘的，就像涨水的迪朗斯河奔涌向前，但不会带走一切。你的想法那样情深意挚、那样明智在理，真该找个比我更加高明的人分享。

你说得对，最后的过错并不是导致不幸的全部原因，但它有推

---

[1] 包裹上的地址略有变动，可能因此延误。

波助澜之力。某个人[1]一年以来就在大肆行动,想要大获全胜,可惜有人埋头苦干,有人掠人之美,导致巨大的伤痛,完全驱散了婚庆的欢乐。你明白我的意思吗?现在给你送信的已经不是那个十年间忠心耿耿的信使了。[2]这是致命的一击。当人以为即将大获全胜,准备收拾棋子的时候,却一下被射死了。的确如此,就多了最后一滴水,满杯水才溢出;因为看门人没有送上我们焦急等待的信件,我们就解雇他,其实早已大楼将倾,我们不过是抓住一个小的把柄。没人会以为这事和出身有关,但出身可能也有关系。有人对我说过:"他签上姓名就是罪恶。"我答道:"对,签或者不签,都是罪恶。"你说的那封无礼的信,我未曾听闻。知晓秘密的人一定会守口如瓶,他们的智慧、美德、隐忍与勇气无可匹敌。我相信他虽然还会孤独寂寥,却能把这些美德都传承给自己的家人。我告诉过你,我寄出包裹时把你的包裹也一并寄出了;我还要去寄刚刚收到的包裹。对方收到后那样情真意切地感谢我,我也很受感动。

再见,亲爱的孩子。替我抱抱可爱的小阿代马尔,可怜的孩子!你要多多关心她;我还没有给她写信。我拥抱亲吻你身边所有的人。给你帮不上忙,我很难过,你这样安慰我,让我很欣慰;尽管我想尽办法,还是感到羞愧。不过,孩子,你对我的爱还是不会变,我相信你的话。如果我是你,也会这样想。这种换位思考的方法非常可靠。我很想你,这是最真的话。

---

[1] 指卢瓦。科尔贝家的人接替了蓬波纳的职位。
[2] 出于谨慎,塞维涅夫人在信中不便明说,因为信使圣洛朗出发的日期未定,她的信需要通过邮局寄送。她说的显然是卢瓦冒险争功,影响了婚礼的喜庆气氛。

52. 致格里尼昂夫人

12月8日，星期五，晚上七点

我从邮局寄出包裹后，收到万斯夫人寄给你的一个包裹。她让我一定要派信使送包裹[1]，我就照做，现在先把包裹放在书房里，明天再寄出；还有她给你的回复也一并寄去。尽管隔夜信不好，也比冒险给朋友带来损害要强。回信时记得告诉我助理主教的身体怎么样。我拥抱你，最最亲爱的孩子。

致普罗旺斯兰贝斯克格里尼昂伯爵夫人。

---

[1] 夏洛特·拉德沃卡，万斯侯爵夫人（Charlotte Ladvocat, marquise de Vins）是蓬波纳夫人的妹妹，格里尼昂夫人的密友。她们相信忠诚的信使圣洛朗，而不愿通过由卢瓦掌控的邮局寄送包裹。

53. 致蓬波纳

巴黎，1679年12月18日，星期一

先生，这是我女儿的信。她心情激动，一心想着您，不停地说起您。她深知您的为人，此刻比从前更想表达她多么珍视您对她的友情。她相信您现在对朋友们的关心会让这份友情更加珍贵。还有，她了解真正的蓬波纳先生，与部长身份无关。

自格里尼昂夫人

先生，我不想安慰您；我对您的关心远远胜过那些急于慰问您的人，所以不会等到现在。先生，我只想请您继续赐予我您的友谊，至今为止您一直以保护为名赐予我这份珍贵的友谊。命运安排您成为施恩者，得到您这样高贵的灵魂的恩宠，并不需要很高的品行；但是要得到您的友谊，必须有与您般配的品行。我没有这样的品行，所以只能求助于您的仁慈，请您赐予我友谊。

请您相信，先生，我从您这里得到的恩赐当中，我所祈求的友谊是最可敬、最珍贵的。先生，我对您怀着这样的深情，实在无须向您表示慰问。如果您还有其他的头衔，那么不再是蓬波纳先生，确实会有所损失；可是，如果一个人确信自己的美德与独特的品质受到无比的爱戴与尊敬，他既无损失，又谈

53. 致蓬波纳

何慰问呢?

格里尼昂伯爵夫人

阿尔助理主教先生在此,十二天来高烧不断,因病无法亲笔给您写信。

艾克斯,12月9日。

54. 致格里尼昂夫人

巴黎，1679年12月29日，星期五

我最最亲爱的孩子，想象一下我跪在你面前，满脸泪水，请你看在我对你的感情与你对我的感情上，不要像上次那样给我写信了。[1]孩子，我这是发自内心的请求，你一定能感受到我的真切。唉！我亲爱的孩子，你病痛缠身，疲惫不堪，我这么爱你，却加重了你的痛苦！你病得气息奄奄，我也是罪魁祸首！我愿意牺牲自己换你的性命，却险些让你丧命；我对你这样无情，只盼着读你的来信，和你谈论宫廷趣事，把这种乐趣和伤害你的痛苦相提并论！亲爱的孩子，我一想到这些就不寒而栗。这种谋杀，别人无所谓，我想都不敢想；我要郑重向你宣告：如果你给我写信超过一页，如果你不让蒙戈贝尔、戈蒂埃或者安福西[2]代笔告诉我事情，我发誓，那我就再也不给你写信了。我单方决裂，自己也很痛苦，但想到你从此不会受我摧残，就有同等的宽慰。啊，你的病痛我难逃罪责？唉！光想到这一点就够了，更别提我亲手杀了你。孩子，我决心已定；如果你爱我，就不要对我尽那么多你所认为的责任；只要你听我的话，不要因为给我写信而疲劳，我就是世上最受宠、最得孝心的母亲了。很长时间以来，我就为此不安，疑心你带病给我写信，现

---

[1] 意思是要女儿顾惜身体，写短信就够了。但实际上，如果伯爵夫人照做，她母亲又会担心。

[2] 伯爵的秘书，接替前任达沃诺。

54. 致格里尼昂夫人

在事情已经一目了然。蒙戈贝尔强迫你让她代笔,为此我会永远爱她。这才叫作友情,我一定要好好感谢她。这才叫眼明心细,才叫关心你。其他人都是废物,空有眼睛却视而不见,只有她和我处处留心。因此,我只信她的话。这次她只字都不敢提,想说实情又怕我伤心,只好保持沉默。梅里小姐身体好多了,没给我写信。科尔比内利想要自寻死路容易得很,只要写信就行了。他只要八天不看笔墨台,就能活过来。你的笔墨台很漂亮,不过让它歇歇吧;我不是说过吗,我送你的是一把匕首。你的信处理得不留痕迹,我以为全部都是你写的。信写得那样长,让我心中不安。尽管得知你的状态让我很难过,但我宁愿发现真相,从此纠正你的行为,也不愿继续被蒙在鼓里,慢慢地把你折磨死。

我有一天在库朗热夫人家中碰见了迪谢纳,他因为肚胀、恶心,闭门休养了半个月;他和我谈起你的身体状况,大说那个该死的笔墨台的坏话。他和法贡是朋友。他说自己只有离笔墨台远远地才能存活,还说闲是闲不死人的。消化一阵之后就该吃东西:如果不吃东西消耗积食,它就会腐烂冒气;圣奥本[1]就有过多次这样的经历。他也极力推荐你喝圣雷纳的泉水。这也许是你疾病缠身的一个原因,之前一直没注意到。孩子,老天注定我给你讲这些话,也求他对我慈悲,让你听我的话,从此警醒,听从这些建议养好身体。我遵照迪谢纳的医嘱,昨天服了一剂药,效果和波旁内的泉水差不多;明天准备喝樱桃露。我做这一切都是为了让你安心,也请

---

[1] 夏尔·德·库朗热,圣奥本先生(Charles de Coulanges, sieur de Saint-Aubin),生于1616年,塞维涅夫人母亲与库朗热神父的弟弟,塞维涅夫人的舅舅。他是同辈人中最后离世的一位,仅比塞维涅夫人大10岁。书信中所说的库朗热先生也是他的侄子。

你同样对我。

  你本来就胸痛,经过兰贝斯克和沙隆之行,身体状况一定更差了。你自己毫不当心,旁人也不会为你着想。只要稍有头疼脑热就够你受的了;你们扮成吉卜赛人参加化装舞会,你可不像他们那样身体健康。舒适的床,舒适的卧室,按时作息,饮食规律,这才是你需要的,孩子;可你却非要去奔波、交往,作息紊乱,疲惫不堪。孩子,你真让人放心不下,总把其他杂事看得比自己的身体还重。而我却把关心你当作唯一的大事,其他事和它相比都微不足道。今天就此搁笔。

  我前天给你写了一封长信,后面加了一块小纸头,说苏比斯夫人被流放了[1];其实不是这样。她似乎颇有怨言,私下嘀咕王后本想让她当陪伴贵妇,她却没当上。失去了这样显要的位置,她也许还瞧不上用以补偿的年金。想是听到这些,王后建议她来巴黎散散心。于是她就来了,听说还得了麻疹。尽管还不见人影,但她要回来是确凿无疑的,就像没事人一样。大家就喜欢夸大其词。幸灾乐祸的慈悲精神真是处处可见。

  不过,还有些事情呢,被幸福所笼罩,美妙得就像童话故事。布卢瓦小姐的婚礼[2]真是美轮美奂。国王让她写信给母亲,告诉她自己为她所做的事情。所有人都去向她道贺,明天库朗热夫人应该也会带我去。我还想去看雅内的小女儿[3];周一我会去看她试服装,

---

[1] 她故意离开宫廷几周,以示赌气。
[2] 布卢瓦小姐(Mlle de Blois)是路易十四与拉瓦利埃夫人的女儿,刚被许配给孔代的侄子、年轻的孔蒂亲王(prince de Conti)。
[3] 兰贝斯克一位贵妇的女儿,这位夫人是塞维涅夫人在普罗旺斯的好友。

54. 致格里尼昂夫人

已经让巴尼奥尔送去了她所有的服装。亲王先生和公爵先生跑去看望那位修行的母亲[1]，她的一举一动都符合修女的身份，母亲的慈爱与上帝之妻的虔诚相得益彰。亲王们还去看望了圣雷米夫人[2]和女儿，还有一位隐居郊区的老姨妈。其实他们都是看在布卢瓦小姐父亲的面子上才这样厚待她母亲。

国王嫁女遵照将要嫁给西班牙国王的王后之女的礼仪，而不是按他自己女儿的礼仪。他按照礼制，赐予女儿50万金埃居，区别在于这些嫁妆一定会支付，而其他王室承诺的嫁妆往往只是为婚约增彩的。盛大的婚礼定在1月15日之前举行。戈蒂埃这下可满意了，这一年的婚礼就够他赚上100万了。[3] 罗什富尔元帅夫人[4]首先就领了10万法郎给公主做嫁衣。选帝侯先生召集了巴黎的商人为他妹妹置办嫁妆；国王让他不惜代价，为公主备齐想要的一切。婚礼想必会隆重无比。新人2月才会离开。

我急切地等着戈尔德，要撇去浮渣，开门见山地问他："她身体怎么样？在做些什么？"如果他像比乌骑士那样回答我，我就要叹一口气，让他在一边待着，因为我很难接受别人这样谈起你。

总督先生自以为风流倜傥，一点也不怕夫人争风吃醋。我真想建议他把象棋改成纸牌游戏[5]，他输得越多，表明他感情越烈。我仍然很喜欢这种游戏；能打败拉特鲁斯先生，我真得意，有时也担

---

1 第二十五封信中提到的拉瓦利埃夫人。
2 拉瓦利埃夫人父亲的遗孀，改嫁给圣雷米。
3 戈蒂埃专做金银丝绸布料买卖，卢瓦的女儿、孔蒂新王妃、太子妃婚礼的服装都经他置办。
4 罗什富尔夫人（Mme de Rochefort）是太子妃的梳妆女官。
5 一种极为简单的纸牌游戏。

心打不过。

　　我代你问候大家，他们都非常高兴，一提起你都赞不绝口。我向阿尔诺神父和拉特罗施转达了你的敬意。库朗热夫人想给你写信，亲自感谢你，不过要等到明年；她现在正为新年礼物忙得不可开交。我告诉过你迪谢纳认识法贡，你好像不相信；我的美人儿，这是真的，鲁瓦先生受伤以后，他们一起为他疗伤四十天，两人惺惺相惜，友情深厚。你可不要笑；觉得饿时就要看看钟，如果你有八九个小时没吃东西了，就要喝碗热汤，你所谓的消化不良马上就会缓解。钟坏了倒是没关系，重要的是有个好厨师；早该把我的厨师指派给你，他比你的厨师要好上百倍。我们居然受骗上当，听任拉福雷推荐了这么个无耻的小学徒[1]。

　　这样我们有可能见到助理主教先生了，他呢，也能见到一位被众多女眷环绕的公主。她的内室沙龙就是从前公主用过的那间，三把扶手椅依次摆放，后面是折叠座椅，落座次序完全就是一场冒险。有时到场的公爵夫人太多，她们看到连布拉西亚诺夫人和奥瓦尔夫人都坐在折叠椅上，心中立即释然。这样的混乱局面自然而然，没人叫屈。唉！只是不知那位小王妃[2]是否满意，她丈夫近来心血来潮，竟然在内室床边吹号角！这并非上帝安排的秩序，可其他安排怎能满足我们的心。啊！我还有个关于大主教的好故事，下次再讲给你听。

　　蓬波纳先生回到了领地。夜晚在他家聚集的显要人物比他失势

1　塞维涅夫人听信拉福雷推荐，派了一个厨师到普罗旺斯给女儿。
2　刚成婚的盖梅内王妃。

54. 致格里尼昂夫人

前还要多。这就是对朋友忠心耿耿的结果,朋友们对他也不离不弃。他对你的友情与感激无以复加。万斯夫人每次说起你都感动不已,我好几次看见她的美目都红了。她只愿意和我一起出行,因为你和维拉尔夫人都不在身边。只要她愿意,我随时愿意陪伴她;我也万分乐意和她相处。她没去圣日耳曼区。尽管她事务缠身,但心系蓬波纳,便陪在蓬波纳先生身边。她的深情令人敬佩,也缓解了他们共同的不幸。

再见,我最最亲爱的孩子。你给我回信只要自己写开头,我只要你的几行字就满足了。格里尼昂小姐、蒙戈、戈蒂埃、安福西,请你们一定要怜惜我的女儿,也就是怜惜我。蒙戈贝尔不能同去兰贝斯克致礼吗?孩子,你要放松心情,照顾好自己,关紧笔墨台;这才是真正的雅努斯神庙[1]。只有保养好身体,才能给最爱你的人最大的欣慰;给我们写信只会害了你自己,也害了我们。我拥抱你身边的小团体,还有吉卜赛团长,也就是伯爵先生。波利娜小宝贝真可怜,唉!你说得对,不久之前你还是另外那个[2]的模样!

---

1 雅努斯是罗马神话中的天门神,又称双面神。罗马人在战时打开神庙大门,和平时期关闭大门。此处指格里尼昂夫人调养身体、不费神写信,才是远离病痛的灵丹妙药。——译注
2 玛丽-布朗施,刚满8岁。

55. 致格里尼昂夫人

巴黎，1680年1月30日，星期二

你写得太多了，我一看到你的字迹就心生感伤。孩子，我知道你写信会付出怎样的代价。尽管你给我写世上最有趣、最甜蜜的话，但我一想到自己享受的快乐是用你的胸痛交换来的，就懊悔不已。亲爱的，我清楚你的胸部仍在痛；这次持续高烧完全是因为你写了信，因为你说没有劳累，气候又适宜，你又比平时写信写得少了一些。为什么要这样固执呢？孩子，你对我只字不提，蒙戈贝尔为你代笔，居然也那样残忍，不告诉我。天啊！还有什么是我不知道的？你不在艾克斯，晚上八点就睡觉，叫我如何能感到这个城市的欢乐？你会说："那你是想要我熬夜辛苦咯？"不是的，孩子，老天怎么会让我有这样恶毒的想法？可是你在这儿的时候，还没有那么虚弱，还能参加社交活动。

我见到了戈尔德先生。他坦诚地告诉我，你在船上疲惫虚弱，到艾克斯之后好转了一些；但他同样直言不讳地说，整个普罗旺斯的气候都太强烈、太干燥，不适合你的身体。身体好的人自然会平安无事；但你的胸部有病，就会又瘦又虚弱，在那种气候下再也无法康复。孩子，请相信我，如果你坚持一试，让自己病痛加剧，那可就对不起格里尼昂先生对你的感情，会残忍地伤害他。这么重要的事情，我只有求助于他；事情迫在眉睫，我只能求他照顾好你。我知道你们事务繁忙，但在艾克斯过一冬也无济于事；我知道事情

55. 致格里尼昂夫人

不解决会有损失，但没有什么比生命更宝贵，任何理由都比不过这一点。请你们两人慎重考虑这件事，不要意气用事，不要心存幻想。我听到那里的气候对你的胸痛会有那么大的影响，非常吃惊。你说胸部疼痛让我们年龄相当，真让我痛心。唉，多希望老天没有扰乱这个如此自然、如此美妙的秩序。孩子，我所言都出自对你的疼爱与关怀，你一定能理解。

你问我身体怎样，能想象吗？我身体好得很，根本不值得你操心，你的身体状况却需要我时时刻刻牵挂。你居然异想天开到给我写一封长信，却只字不提自己的病。这样的沉默意味着什么，我真不愿忖量，却又日思夜想。

孩子，我一说起你的身体就会越扯越远。还是讲讲那些可怜人的悲惨经历吧[1]，免得你厌烦。

卢森堡先生两天粒米未进了。他多次要求见耶稣会会士，都遭到拒绝；他又要《圣徒传》，终于如愿。你看看，他都不知信奉哪个圣徒了[2]。他受了四小时审讯，我忘了是周五还是周六；后来似乎轻松了一些，吃了晚饭。他本该一口咬定自己无罪，应该说要等到他理应面对的法官——即高等法院传讯，他才接受审讯。可惜他

---

1 卢森堡先生（M. de Luxembourg）被指控投毒，于1680年1月26日第一次接受讯问，后于5月被判无罪。塞维涅夫人在1月24日的信中写道："卢森堡先生自愿前往巴士底狱，自认无罪，说话才这种口吻。"苏瓦松伯爵夫人（la comtesse de Soissons）之前本想逃走。其他一些大人物都因拉瓦赞的指控而被卷入案件，包括塞萨克先生（M. de Saissac）、布庸夫人（Mme de Bouillon）和坦戈里夫人（Mme de Tingry），"毒药案"由此开始。

2 意即走投无路，不知如何是好。

忠于王上，自降身份屈从于火刑法庭[1]，真是大错特错。赛萨克先生步了伯爵夫人后尘，布庸夫人和坦戈里夫人周一都在兵工厂法庭受了审讯，她们身份高贵的家人们一直陪到法庭门口。至今似乎还没审出什么劣迹，连可疑之处都没有。如果找不出其他罪证，本不该让这些身份尊贵之人卷入如此丑闻。维勒鲁瓦元帅说这些先生女士不信上帝，却信魔鬼。传言四起，五花八门，到处都在流传关于这些蠢女人的荒唐揣测。拉费尔泰元帅夫人名字取得好[2]，她好心陪同伯爵夫人前往法庭，但只是远远地送到门外；朗格尔先生陪着她。这才是她的污点所在。这件事带给她平时少有的消遣，就是听人说自己无辜。

布庸公爵夫人[3]去找拉瓦赞要过一点毒药，想毒死令她生厌的老朽丈夫，还想设法嫁给一个暗中控制她的年轻人。这个年轻人就是旺多姆先生，一手操纵她，一手操纵她的丈夫。此言一出，嗤笑四起。一个出身曼西尼家族的人只干了这么件坏事，真是无足挂齿。那些女巫却能讲得有板有眼，把一件小事变成整个欧洲的骇闻。

苏瓦松伯爵夫人问能不能让她变心的情人回心转意，这个情人是位身份高贵的亲王，听说她扬言如果他不回到自己身边，就让他

---

1 卢森堡同意在路易十四设立的特别法庭火刑法庭（la Chambre ardente，法国大革命前审判被认为有异端邪说、放毒等罪的人）出庭，减损了自己的特权，因为公爵与重臣只归高等法院（le Parlement）管辖。

2 费尔泰（Ferté）意为堡垒、要塞，且与骄傲（fierté）发音相近。——译注

3 玛丽-安娜·曼西尼（Marie-Anne Mancini），布庸公爵夫人，是马扎然（Mazarin）的外甥女，34岁，她丈夫40岁。普罗旺斯正式长官旺多姆是马扎然另一个外甥女之子。

55. 致格里尼昂夫人

后悔莫及。这事传到国王耳朵里，自然引起轩然大波，看看最后是什么下场。也可能她犯了更重的罪，但没有告诉那些长舌妇。我的一位朋友说毒药中有一支古老的支流，无从追溯，因为它不是源于法国。跟它比起来，其他毒药都是微不足道的小字辈。

坦戈里夫人倒是有可能犯了更重的罪，因为她被指控介绍新人加入团体。她说："我真服了社会上的传言，居然说我和卢森堡先生有染，还给他生了孩子。唉！天知道！"反正舆论就是如此，今天说那些被指控的贵妇是无辜的，谣言惑众多么可怕；明天可能又会截然相反。你知道舆论就是这样变动不居，有什么消息我都会如实告诉你。处处谈论的都是这些事。一个信奉基督教的宫廷里发生这样的丑闻，真是前所未见。听说这个拉瓦赞把她帮人流产下来的婴儿都塞进炉子里烧掉。[1] 你可以想见，库朗热夫人说起坦戈里夫人时多么气愤难平，说这样的人就该扔进炉子里烧死。

我昨天和拉罗什富科谈了很久，讨论我们说过的那件事[2]。你不用急于给他写信，但他说适合的职位只要一有风吹草动，他在这世上的头等大事就是帮你们换个位置。我从未见过哪个人像他这样乐于助人，说话又这样殷勤客气。

这是我刚刚得知的可靠消息。布庸夫人像王后一样傲慢地走进法庭，坐在为她准备的椅子上。法官刚开口讯问，她没有回答，反而要求把她要说的话全部记下来。她前来只是出于对国王命令的

---

1 她自己承认焚烧或掩埋了两千五百个被流产的婴儿的尸体。
2 为格里尼昂在宫里找一个职位。

尊重，绝不是向法庭低头，她根本不承认这个法庭，丝毫不会减损自己作为公爵重臣的特权。如果她的话不如实记录，她绝不开口。然后她脱下手套，露出漂亮的双手。她连自己的年龄都老老实实地回答了。"您认识拉维古勒[1]吗？""不认识。""您认识拉瓦赞吗？""认识。""您为什么想离开丈夫？""我，离开他？您只要问问他相不相信；他一直把我送到法庭门口。""那您为什么经常去拉瓦赞家？""因为她答应让我见一些女预言者，那些人值得时时交往。"当她被问到是否给拉瓦赞看过一个银袋，她说没有，振振有词、谈笑自若、态度傲慢。"好了，先生们，你们问完了吗？""问完了，夫人。"于是她站起身，出门时还高声说："真没想到，这样的高明之士居然会问我这么多蠢问题。"她的亲朋好友全都围上来，钦佩她的天真美丽、勇敢自若、沉着冷静。[2] 坦戈里夫人可就远不如她轻快了。

卢森堡先生整个人都垮了，男子气概全无，连懦弱男人都不如，甚至连女人都不如，变成了一个可怜兮兮的小妇人。"关上窗，点起火，给我喝点巧克力，给我这本书。我远离了上帝，上帝抛弃了我。"这就是他对贝莫[3]和手下说的话，脸色惨白。如果进了巴士底狱是这副模样，还不如及早逃走，因为在他被捕之前，国王已经宽宏大量地给了他足够的时间逃跑，他半个月之前就已知道将要指控自己的法令。不过这一切都不由他，最终都归于天意，他表现得那么软弱，完全不像是自然之举。我之前弄错了，梅克尔布尔夫

---

1 "毒药案"中最先被判罪的女犯，1679年1月被捕，被处以火刑。
2 尽管她镇定自若，却宁愿流放，也不愿与拉瓦赞当面对质。
3 巴士底狱长官。

55. 致格里尼昂夫人

人[1]根本没有和他见面。坦戈里和他一起从圣日耳曼回来,两人都丝毫没想到要对梅克尔布尔夫人透露半点消息。其实他们是有时间的,但坦戈里夫人时时刻刻缠着他,不让任何人接近他,他也只认她一人。我在梅克尔布尔夫人隐修的圣体修女院见过她,她伤心万分,对坦戈里夫人怀恨在心,说弟弟的祸全是她惹的。我对她说,我提前替你向她表示慰问,你一定会同情她的遭遇;她也让我表达对你的无尽谢意。

现在在巴黎无论做什么都不会有人在意了,连苏比斯夫人和行将就木的巴尔蒂亚都被人忘在脑后。说实话我也不知道事情会变成怎样。

我还想说说可怜的小阿代马尔。可怜的孩子,小小年纪就知道嫉妒,真可怜啊![2]唉,孩子,你要多多关心她。都是波利娜这个小淘气惹的祸。那她现在和姐姐们都卷了头发吗?激动的小弟弟也卷了头发?孩子,这些情景都在我眼前栩栩如生,还有格里尼昂先生打节拍的样子。皮提亚[3]应该很得力。奥佩德先生把心爱的妻子完全托付给你了,希望你写封短信代我问候他。孩子,我难过的是,孩子们玩得开心,你却躺在床上。我可是见过你看着孩子们蹦蹦跳跳百看不厌的,可你现在身体不如从前,我真是痛心啊。我有一次梦见你喝奶,身体变好了,一醒来才发现只是个梦,不禁黯然神伤。

---

[1] 梅克尔布尔公爵夫人(Mme de Meckelbourg)是卢森堡公爵的姐姐。

[2] 玛丽-布朗施嫉妒妹妹波利娜没有被送进修道院、开始卷头发卷。路易-普罗旺斯准备在节日庆典时上台表演,心情激动。

[3] 伯爵夫人一名女仆的外号。皮提亚是特尔斐城阿波罗神庙中宣示阿波罗神谕的女祭司。

爱从不平静

亲爱的孩子,只要给我写半页就够了。让我告诉你这里发生的事情,蒙戈贝尔代你回复一句即可。这就是我唯一所盼,还有你的身体好起来。我的信分多次写,我只给你写信,把知道的趣事都告诉你;让我写厚厚的信,你只需回复几个字足矣。

我给你弟弟写信,让他放下手头诸事,可他还是留在南特。

自科尔比内利

《笛卡尔先生关于身体的本质与特性的见解,反对教会教义,赞同加尔文关于圣体的谬误:致诸位主教大人》[1]是刚出版的一本书,文体优美,结构清晰,但论述含糊。此书一出,整个团体大惊!美丽的夫人,我会告诉您是此书取胜还是反方取胜。在此之前,请容我辩解,我本人以及我的辩证法都忠诚于您的见解与才智。

自比西-拉比丹

唉,夫人,您什么时候才回来?我还能在此等您五个月。[2]如果您在此期间回来,我见到您将不胜欢喜;如果您暂时不回来,就让我给您讲一件奇闻,因为我们整个冬天都在谈论不休。

再会,夫人,请接受我无上的敬意,还有我爱您。我若说

---

[1] 这是本带有论战性质的书,于1680年出版,作者是一名耶稣会会士,化名为路易·德·拉·维尔。

[2] 国王允许他因事务暂回巴黎。

55. 致格里尼昂夫人

科利尼夫人是您卑微的奴仆，她一定不会反对。

再见，我满怀深情地拥抱你，亲爱的孩子。

致蒙戈贝尔

亲爱的蒙戈贝尔，请你简短地回复这封信，千万不要让我女儿写字。我一看到她的笔迹就伤心，而这伤心的理由非同小可。亲爱的，请告诉我她的健康状况，她是否好好照顾自己，饮食是否听从我的建议。

我是卷发的格里尼昂小姐们的卑微奴仆。

56. 致吉托

利夫里，1680年3月5日，封斋前的星期二

亲爱的先生，您夫人身体有恙，我毫不知情。科马尔丹先生没有见我，觉得我不配知晓这样一条牵动我心的消息。老天，您一定承受了很大的痛苦，而我本可以分担。我似乎听到您的叹息，我也不禁叹息。人在碰到揪心的事情之后，心开始放松、感到宽慰，苦尽甘来的那种状态是很舒服的。我深切地体会到您的这些感受。不过，这么短时间之内，她就得了两场大病。仁慈的上帝在考验您的顺从，先让您感到失去爱人的恐惧，然后再收手。请您相信，我若知晓此事，一定会给您写信，一定会想方设法打听您的消息。可是我毫不知情。

很久没有您的消息，关于格里尼昂家人荣升的事情[1]，您也没有任何回复，我早就感到奇怪了。真希望老大也能时来运转。我女儿现在在艾克斯，身体有所好转，因为找到了一位得到她信任的医生照顾她。狂欢节时她劳累过度，病得不轻；您知道她玩乐必须有节制。她花费无度，休息常常只是因为经济原因，别人却还在歌舞升平、打牌熬夜。我到了这里，只带来两三个人，想安安静静地度过封斋期。偶得清静，心中怡然。

---

1 格里尼昂骑士被选为陪伴王太子的六位贵族侍从之一，格里尼昂神父被任命为埃夫勒主教（évêque d'Évreux）。

56. 致吉托

国王马上要给我们带来一位太子妃，认识她的人都在交口称赞。

再见，先生。唉！您误解了我的感情，以为我漠不关心，其实我有千言万语。大家漫不经心把我忘在一边，我真伤心。

夫人，我衷心庆幸您身体康复。不过，您为何经常这样病重，让可怜的先生和你们所有的朋友担惊受怕呢？我当时若知晓您病重的消息，一定也会惊恐万分。为了让我们安心，请您不要再生病了。

57. 致吉托

巴黎，1680年4月5日，星期五

刚生了两场大病，又要迎来第三场：分娩。天啊，我真同情您啊，可怜的先生！我比谁都能理解您的心情。唉！我长年累月都在为女儿的身体担惊受怕。她服用了艾克斯一位受她敬重的医生开的药，本已很长一段时间没生病了，但之后没继续服药，身体又开始不适，而且是身体内部不适，因此更加严重。左侧胸部发热、疼痛、压抑，如果继续发展会非常危险，幸好老天保佑，她的胸痛时好时坏，这让她相信如果坚持服用医生开的药，就能清血润燥，防止各种病痛。她给您写了信。啊！您这样爱她，请劝她不要亲笔给您写信。一写信就会要她的命，立竿见影。一定要让她找蒙戈贝尔代笔。我已经和她说好，她每次只给我写一页信，其他的由旁人代笔。所以说我对您的痛苦最能感同身受。

您知道，拉罗什富科先生去世了[1]，多少人为之痛惜。我的一位女友[2]痛不欲生。您也爱他，便能想象两个超凡绝伦的人之间的友情与信任有多深厚。况且他们身体都不好，使得两人之间的依恋更深，更能欣赏对方的优点。宫廷中的人很少能享受到友情的快乐。在这个令人惧怕的旋涡之中，他们却能心情平和，品尝甘醇的

---

[1] "尽管这封信周三才会寄出，我还是忍不住现在就开始写，告诉你拉罗什富科先生昨晚去世了。"（3月17日星期日）他痛风复发，数天后便去世了。

[2] 拉法耶特夫人。

57. 致吉托

友情。我觉得没有任何感情能超过这种友情的力量。我常见到他，怎能不爱他，怎能不痛惜他的离去？我自己难过，也为可怜的拉法耶特夫人难过。她要是不伤心，就对不起他们之间深厚的友情与赏识。他最近才蒙圣恩，却没享受多久荣华富贵。他自己早有预料，和我说过多次；这样睿智的人，对一切都洞若观火。他走得从容，让我们都感慨良多。

可怜的富凯先生去世了，您怎么看？我本以为他多次化险为夷，能够善始善终，可是《道德随笔》[1]却批判这种世俗的观点，告诉我们，世人所称的财富并非财富，只有上帝对他仁慈，那才是真正的幸福，是世人应该向往的最体面、最美好的结局；如果我们能领悟真谛，那才应该是我们所有欲望的终点。这个话题一说起来就没完没了，我要是畅所欲言，这封信就要变成一部论述集，写出厚厚的一大本。可怜的先生，他的家人要是信我的话，就不该让他只获得一半的解脱。他的灵魂在皮尼内罗尔监狱升天，不如就让他的躯壳也留在这个逗留了十九年的地方。[2]他葬在这儿或是葬在祖坟当中，到达约沙法谷[3]都一样容易。老天以异乎寻常的方式引导他走完一生，他的坟墓也应该不同寻常。我觉得这样想很有意思，可惜富凯夫人不这样想。两兄弟相继离世[4]，手足反目，两人都有过错，

---

1 皮埃尔·尼科尔（Pierre Nicole）的《道德随笔》(Essais de Morale)第四卷刚出版，再次宣扬一切都应根据信仰来评判。
2 富凯自1661年在南特被捕后一直关在监狱，1665年案件接近尾声时才到皮尼内罗尔。
3 断定谷，象征上帝的最终审判。
4 巴西尔·富凯神父（abbé Basile Foucquet）于1月30日去世，曾任财政总管的尼古拉·富凯于3月23日去世。两兄弟于1657年决裂，早已尽人皆知。富凯神父在决裂之后，处处与弟弟为难：在经济层面，剥夺他最得力的助手；在道德层面，散布他的恋爱关系。因富凯神父挑衅，两人曾于1661年在宫中有过一次公开的争吵。

爱从不平静

不过主要是神父的责任，简直到了丧心病狂的地步。

还有一事：我有幸见到了太子妃。她的确貌不惊人，但聪颖过人，这个优点大放异彩，人们都忙于欣赏她优雅的气质和为人处世的自然态度。出生于卢浮宫的公主们没有一个有她聪慧。对于这样身居高位的人来说，才智超群真是难得，因为一般人只是因为政治原因才居于高位，如果还才能卓越，那就是一种额外的幸运。她待人非常客气，但不失尊贵，毫不做作。她是在慕尼黑养成的性情，毫不受他人影响。别人邀她去打牌，她就说："我一点也不喜欢打牌。"别人请她去打猎："我从不爱打猎。""那您喜欢什么？""我喜欢交谈，喜欢静静地待在房里，喜欢工作。"干净利落，简单明了。她最喜欢的事情，就是取悦国王。这种愿望与她的才智相当匹配，她大获全胜，国王大部分时间都陪着她，从前的宠儿都受了冷落，愤愤不平。

您想想看，投石党几乎全军覆没，还有其他人也会随之死去。感怀伤逝，我唯一的慰藉就是我们都紧随其后，甚至我们用于追忆他们的时光也一刻不能停息；我们全都在一刻不停地走向死亡。谁说不是这个道理？

再见，亲爱的先生，我们的感情永不改变。您也一样，夫人，让我们互相深爱。等你们的兔子棚[1]增员之后，一定要马上告诉我；这次应该是个小男孩。请相信我对母鸡和小鸡们的关切。神父向你们问好。

---

1 大胆的比喻，喻吉托家孩子众多。

58. 致吉托

南特，1680年5月18日，星期六

我只想说得知您夫人顺利生产，我非常高兴，因为您也许并不想听到我祝贺你们又得了第一百个女儿[1]。多一个女儿有什么好处呢？我觉得第七个总是有某种特别之处。她前面有六个姐姐，你们至少不用像担心独生女一样为她担心了。看看我的苦处，看看你们对我的同情，你们反而会觉得顺从平静地抚养一个小姑娘有多么惬意了。我家里可不是这样；我常年提心吊胆，尤其是近来和我女儿隔得又远了。倒像是我不满足于一百五十里的距离，气愤难平，又恶作剧地加了一百里，就变成现在这样了。先生，您总是为了事务自我牺牲，承担各种责任义务，您比谁都清楚我此行的理由。我想让那些亏欠我的人付账，来偿还那些对我有恩的人。只有这样想才能排解我一路的苦闷无聊。

给您写信之后两天，我收到了女儿的来信。她说自己身体好转，胸部不疼了。因为蒙戈贝尔也写了同样的话，所以我相信。她说话诚实，我相信她；我女儿怕我操心，总是报喜不报忧，说出的话让人难以相信。她脸上有些红，是格里尼昂恶劣的气候所致。她何时回来还不确定，不过我已命人整修卡纳瓦莱公馆里她的房间，然后就听天由命。我心中自始至终敬畏天意，这种想法让我心平气

---

[1] 让娜-朱迪特，4月26日出生。

和、思路清晰,当然前提是我多愁善感的心能够接受,因为人身上的这一部分始终是无法控制的。不过我至少无须同时控制自己的情感与思想。思想遵从至高的意志,这是我的信仰、我的圣物、我的《玫瑰经》、我对圣母的服从。[1]只要我坚信自己所走的道路方向明朗,那它就是我的道路。但如果人神志清明,心却坚硬如冰,该怎么办呢?这就是悲哀之处,我所知道的唯一方法就是求上帝赐予必要的热情,但我们的请求同样来自上帝的感召。虽然我喜爱谈论这个话题,但这次就此为止,有机会再聊。

我见到了鲁耶先生。他对您和夫人、对你们的城堡和美餐赞不绝口。您曾给他看过我写的一封信,他为此称赞我,说信写得非常优美。我很吃惊,因为我写得非常快,根本没有感觉到美。他还给我讲了很多普罗旺斯的事情。这个人为人正派,善良诚恳;真希望他再去,我也觉得他很有可能再去。我听着他滔滔不绝又自问自答,不禁想到别人对他的形容,说他就像一把钥匙插在锁眼里,转来转去,发出声响,就是打不开锁;这个形象真让人忍俊不禁。老实说,锁常常被弄坏了,不过这并不重要,他比其他钥匙要好得多。

神父在我身边,亲切地向您和吉托夫人问好。我们深知夫人的美德,这也证明我们自己具有美德。我们来到美丽的卢瓦尔河上,舒适无比。我特意给他带了一个小酒箱,装满勃艮第的陈年老酒。他慢慢地品着,每次喝完之后,我们就说"可怜的人!"[2]因为我还想

---

[1] 当时人们普遍信仰圣母,塞维涅夫人却有一种更为简朴的虔诚信仰。自从她1671年在罗歇居住期间阅读一些书籍,就开始偏爱和信仰冉森派教义。

[2] 《伪君子》中的台词。

58. 致吉托

出让他在船上喝汤和喝粥的主意。以他这样的高龄,还好心地陪伴我出行,当然要精心关照。我害他又落入格拉夫红酒的股掌之中,他也乐得享受。

我最近收到巴黎的来信,得知卢森堡先生的总管被处以刑罚,他之前揭发自己的主子,后来又全盘翻供,真不知这样的奴仆是好是坏。卢森堡先生倒是从巴士底狱出来了,比天鹅还清白,正打算到乡下去待一段时间。您听过这样离奇曲折的故事吗?我们真得坐着轿子好好地游上一路,才能讲清这事的来龙去脉。

我女儿本月8日给我来信,说她身体很好,胸部一点都不疼。美人丰唐热公爵夫人的病差不多被嘉布里埃修道院院长的药方给治好了。您看看命运多么阴差阳错,这个被我比作被迫成医[1]的江湖郎中,像喜剧里那样傻乎乎地捆着木柴,鬼使神差地被卷进宫廷,给宫中第一美人治病,居然还治好了。世事真难预料。

再见,先生,再见,亲爱的先生,您要一直爱我。还有您,夫人,请在女儿丛中接受我的拥抱。您没有说小美人和好大妈的情况,以为我忘了吗?

---

[1] 莫里哀在推出名剧《屈打成医》(*Le Médecin malgré lui*, 1666)之前,曾写过《捆柴人》(*Le Fagotier*, 1661)和《被迫成医》(*Le Médecin par force*, 1664)。

59. 致格里尼昂夫人

罗歇，1680年7月14日，星期日

孩子，我终于一次收到了你的两封来信。要怎样才能忍受邮局的这些颠三倒四？难道要我一直靠想象来宽慰自己吗？孩子，我忍不住发这些无聊的牢骚。我一心想知道你的信到了没有，一想到这个时刻就激动得不能自已，全部身心都被调动起来，之后连我都禁不住笑话自己。布列塔尼邮局独独把迪比[1]的包裹弄错了，其他无关紧要的信却都送来了。这个话题说也说不尽。同样道理，每次你任性隐藏对我的情感，我都提心吊胆；最后发现是邮局的问题。我担心、焦虑，最后看到自己弄错了，又笑话自己。真该学学格里尼昂先生的气定神闲，可惜我们是两类人，思路完全不同。不过我情绪多变的毛病已经改了不少，而且相信会越来越好，这都归功于你，因为你让我相信你对我的爱毫不动摇。我若能把脑中做出的决定都付诸实行，到老一定能成为一个完美的人。我最最亲爱的孩子，过去的时光让我感到欣慰之处，是你了解我的本性：心过于敏感，情绪过于冲动，但不够睿智。尽管我有这么多缺点，你却总是称赞我，让我无所适从；真希望你的称赞都是真的，并非仅仅出自你对我的感情。孩子，说到底，人生在世难免受苦，但和永恒相比，我们总可以像歌里唱的那样说："您从此可以无忧无虑。"

---

1 塞维涅夫人的主管。

59. 致格里尼昂夫人

时间过得真快，快得让人害怕。未见你的来信，我从周一开始就度日如年。我不停地看钟，想到当人盼着时钟快走时就是这种状态，觉得很有意思。但即使不看钟，它同样在走动，一切照旧发生。从我把你送上科尔贝船[1]，到昨天已经整整九个月了[2]。有些事我一想就伤心，你离开更让我倍感苦涩，流下的泪也是苦泪。现在时间飞逝，我非常高兴，因为离我企盼的时刻越来越近了。真希望你住在这里会对你的事情有所帮助，也希望我能做的不仅仅是盼你到来。

建议你不要动用年金，它现在是由卢梭[3]掌管。既然你要寄出1000法郎，我觉得应该补齐已经动用的钱，凑成8000法郎整，在这个可恶的拉博鲁瓦办完程序之前，让卢梭存入盐税局生息。不过你不要急于寄出其他钱，事情一点都不急。既然你有时间，就好好休息。你的住处布置得非常好。那个壁炉把迪比吓了一大跳，布吕昂[4]已经来看过了，说不用担心。我们正命人安装卧室的窗扇和护壁板，把书房恢复原样，不做任何增补。你有什么想法尽管告诉我，不要担心钱，花费并不多，一点也没有超出我为你准备的钱。

最近收到梅里小姐寄来的短信，写得情真意切。她身体这样差，真是可怜。她清楚自己并不完全在理，这就够了，希望你也没说什么惹她生气的话。

不知为何格里尼昂先生会欣赏我的信，里面的内容大都是事

---

[1] 驳船，因为巴黎和科尔贝之间开通了定期航船，船名由此而来。
[2] 其实仅三个月。
[3] 让·卢梭，巴黎的一名律师，管理格里尼昂家的经济事务。
[4] 利贝拉尔·布吕昂，著名建筑师，负责卡纳瓦莱公馆的整修。

务、悲观的思考以及考虑怎样花费。他看到这些会作何反应？一定是跳过大段内容，找两句合他心意的话。这边管这些无聊的话叫作荒野，我的信里荒野遍布，要长久跋涉才能找到草地。

那个治病被治伤的人[1]，你觉得好笑；她病得那么厉害，大家都以为她变成残疾了。她没去旅行，凄凄惨惨地去了临近我们利夫里的领地。对了，忠厚的帕伊安被盗贼打伤，已经去世了。我们都不敢相信，在这片美丽和缓的大森林里，我们经常只拿一根小棍、带着路易松就在里面散步，居然会这样危险。不过这森林因此让人心生敬畏，以前我们听到香槟和洛林的人说起它就谈虎色变，还觉得好笑。

听说国王和殿下在闹矛盾，王妃和曼特农夫人也卷进去了，但无人知晓内情。我成了消息中转站，一得知消息就告诉了你；你从别处听到过没有？库朗热夫人知道什么一定会告诉你，不过她的消息还不如我灵通。

亲王先生正准备出征，他那恶毒的孔蒂小王妃就像盘踞在丈夫身边的一条小蝰蛇，会留在尚蒂利，陪在公爵夫人身边。这段相处让她深受教益，应该归功于朗热隆夫人[2]的睿智。

我想阿普特先生一定不愿当助理主教的行会理事[3]，不过助理主教一定会很快摆平所有困难。你很快就会见到他们两人，小库朗

---

1 丰唐热夫人，因失血过多而病重。后文所说的"残疾"是指路易十四于1670年建造了豪华的荣军院，为负伤或年迈而无法服役的士兵提供住处与膳食。
2 朗热隆夫人（Mme de Langeron）是陪伴年少的公爵夫人的贵妇。
3 塞维涅夫人混淆了财务管理员和行会理事两个职务。格里尼昂先生的弟弟、阿尔助理主教希望阿普特主教当普罗旺斯修会集会神职人员的财务管理员，而非信中所说的行会理事，格里尼昂家族可以借此稳固在普罗旺斯的地位。阿普特主教对此并不反对。

59. 致格里尼昂夫人

热准备和埃斯特雷红衣主教一同去罗马,也会与他们同行。你们在格里尼昂有那么和睦的家庭,可以享受那样的美食、音乐和那么好的书房,在这个美好的季节,一定不会感到孤单,而是一个其乐融融的小王国。不过,我还是难以接受冬天的北风和严寒。

你把自己的身体说得天花乱坠,说你脸色很好,也就是说你很美,因为你的美和健康休戚相关。我隔得这样远,无从知晓详情,可是孩子,你千万不要以为身体健康就随意糟践,因为你的身体终归是很柔弱的。不要随心所欲地写信,比现在还要少写;你这个小可怜,写信就无异于自杀,是显而易见的摧残。你写信是为了谁?是为了世上最希望你安然无恙的人!这个念头在我脑中纠缠不去。老实说,我无比喜爱你的来信。你的文风无可挑剔,读来让人甘之如饴。但因为我爱你,所以更珍视你的身体和休息;这是自然而然的事,因为我感觉到了。真遗憾蒙戈贝尔不给你当秘书了,别人写的信你得费力重读、更正。就让我来破解德语吧,有人会帮我。[1]

蒙戈贝尔从未说过她和你相处不好,只说你身体好,还说了一些不着边际的话。她感谢我的女仆让我臀部泡水,还讲了你的幸福生活。我给她的回信也用同样语调。我身边的女孩们听到你的称赞非常高兴。她们本来很担心,但看到你若无其事,都笑话我。玛丽说:"好了,好了,我们要泡泡[2]夫人了。"这事太好笑了。你可以想见,以后若有人再写信说你不是我女儿,也有可能骗过我。

你正在读圣保罗和圣奥古斯丁,他们可是传达上帝至高旨意的

---

[1] 玩笑话,格里尼昂夫人后来让路易-普罗旺斯的教师、一位德国人代自己写信,而塞维涅夫人让罗歇的邻居、塔朗特王妃给自己念信,她恰好也是德国人。

[2] 文字游戏,法语单词"欺骗"(tromper)与"浸泡"(tremper)发音相近。

好工匠。他们毫不怀疑上帝像陶匠一样掌管一切造物：他选择一部分人，抛弃一部分人。他们无须粉饰以显示上帝的公正，因为他的意志就是唯一的公正。他的意志就是公正，就是准则。说到底，他欠世人什么？他有什么是属于世人的？什么都不欠。人人有原罪，他因此抛弃他们，这是公正之举。他只对少数人慈悲，派自己的儿子去拯救他们。耶稣-基督自己说："我认识自己的羔羊；我自己去放牧它们；一只也不丢失。我认识它们，它们也认识我。"他对使徒们说："是我选择了你们，而不是你们选择了我。"还有无数段落都是这种语调，在我听来处处如此。碰上相反的段落，我就说：这是因为它们想采用世俗的语调。当人说上帝懊悔、恼怒了，这是站在对世人说话的角度。我始终坚持最高、最重要、最不可颠覆的真理，那就是上帝是上帝，是主人，是至高的造物主和宇宙的创建者，是你的精神导师所说的完美的存在。[1]这就是我的想法，满怀敬意，但不妄自推断出任何肤浅的结论；我所获得的恩典既是偏见，又是信仰的根基，我从不放弃希望，希望自己属于被拯救的一小部分人。我很厌恶和你谈论这些，但为什么又说这么多？那是因为我的笔就像一个冒失鬼。

给你寄去教皇敕书。你读过没有？希望你没读过。从信中看来，他是个奇怪的教皇。为什么呢？他像主子一样说教，俨然把自己当成所有基督教徒之父。他无所畏惧，毫不奉承，只是威胁。话里行间似乎对巴黎的殿下有所不满。反正他是个奇怪的人。他就是这样同耶稣教徒和解的吗？他否决了六十五条提议，态度是不是应

---

[1] "精神导师"指笛卡尔，此处所指出自《方法论》(*Discours de la méthode*) 第四部分。

59. 致格里尼昂夫人

该有所缓和?[1]我还念念不忘西斯廷教皇。希望你有空能读读西斯廷教皇的传记,一定会被它吸引的。

我正在读《阿里乌斯教派史》,作者、风格都不喜欢,但故事引人入胜。里面讲述的是整个宇宙的历史,包罗一切,能够调动所有的能量。阿里乌斯的思想令人惊叹,而他大逆不道的思想竟然被广泛传播,几乎所有的主教都受到影响,只有圣阿塔纳斯坚持耶稣-基督的神圣地位。这些大事件实在是精妙可叹。每当我想给自己的头脑和贫瘠的灵魂加点养料,就走进书房,聆听我们的兄弟[2]精妙的布道,让我们认识到自己的心多么贫乏。我长久地漫步,在花园中的小亭子之间走走停停。在这个地方,雨下个不停,避雨亭是最不可缺的。不知以前的人是怎样解决的,或许从前的树叶更茂密,雨更小。反正我现在不怕下雨了。

你的话远比拉罗什富科说得好,而且你有亲身感受:"我们缺乏足够的理性,无法尽全力。"[3]他若看到只需翻转自己的箴言就能说出更高的真理,会觉得羞愧,至少他应该觉得羞愧。朗格拉德一心追求荣宠,却一直不顺,他只是拜见了国王,仅此而已。[4]《公报》刻薄地报道了这事。朗格拉德和马尔西亚克先生一直交情深厚。

孩子,你问我拉法尔和拉萨布利埃夫人那么深远的感情[5]为什

---

1 1679年,英诺森十一世(Innocent XI)否决了新神学家们提出的六十五条提议。他刚给路易十四发去第三封敕书。本信最后提到的也是他。
2 冉森派教士。塞维涅夫人将他们视为道德家,而非神学家。
3 拉罗什富科写过相反的话:"我们缺乏足够的力量来完全追随理性。"
4 卢瓦先生亲自将朗格拉德引见给国王,以此感谢他在卢瓦之子与马尔西亚克之女的联姻中出了力。
5 两人感情深厚持久,众所周知。

么会破裂，是因为纸牌赌博，你相信吗？玩牌只是由头，但不忠却是事实，拉法尔放弃了对情人宗教般虔诚的感情，投入纸牌赌博的怀抱。激情消逝、移情别恋的时刻最终还是来临。谁会相信纸牌赌博是一个人解脱的出路？唉，还有无数条路把他引向这个终点。她听着他漏洞百出的借口、托词，信口开河的搪塞，含糊其词的解释，心不在焉的答话，看着他漫不经心、背信弃义，急急出门、奔赴圣日耳曼，两人在一起相对无言、百无聊赖，逐渐看清了爱人的躲闪，看清他日益疏远、掩藏深厚的感情，终于下定了决心。不知她心里经历了什么，反正最终平静分手，没有争吵，没有指责，无声无息，无怨无憎，不想对人解释，也不刻意隐瞒。她也把自己掩藏起来，偶尔还回到从前的居所，但绝大部分时间都在救济院度过，救助那些身患不治之症的病人，相比之下，自己的痛苦就显得微不足道了。救济院的院长们都敬佩她的睿智，对她心服口服。朋友们去看望她，她总是和颜悦色。拉法尔呢，仍在玩牌：

没人再打下去，战斗也就结束了。[1]

一段惊世良缘就此终结，这就是上帝给这位美人划定的道路。她并没有抱臂坐观，说："我等着上帝的恩宠。"老天，这样的话多让人生厌！真受不了！上帝划定人生的道路，迂回曲折、诱惑、丑恶、骄傲、悲伤、不幸、伟大，一切都事出有因，一切都是这巨匠随心所欲的安排，最终一一应验。

---

[1] 高乃依的剧作《熙德》（*Le Cid*）中的名句。

59. 致格里尼昂夫人

我不想让你把我的信印刷成书，所以不像我们的兄弟那样粉饰雕琢。孩子，这封信写得没完没了；我尽量克制思想的狂澜，却无法自制。你只需回复我两句话，要好好照顾自己，好好休息，让我能够再见到你、拥抱你，这是我最终的期盼。不知为何我开始向往坚固、节制、根基深厚的情谊，而热爱，唉，是过于强烈的高烧，无法持久。

再见，我最最亲爱的孩子。再见，伯爵先生。我非常想念你们，你们也尽管拥抱我。格里尼昂小姐想起我、说到我，我多么高兴啊！亲吻小家伙们，我欣赏、敬重格里尼昂小姐的美德。

你弟弟写信来，说等他率领军队受到国王接见之后就来这里，下月中旬就会到。

大好人说，他觉得你们的壁炉只需要在开口周围装一个壁炉框，上面装一个接口，托起一个挑檐用来摆瓷器，整体高度不超过六尺[1]，以便上方留出挂画的空间。壁炉顶多突出六至八寸[2]，墙内要挖空一部分形成纵深。你们那边有很多这类图样。要注意壁炉开口不能超过五尺，高不能超过三尺四寸。大好人卑微地亲吻你的手。我花园里的小亭子不是石块堆砌的，而是木制的，这里有很多木头。

再见，我最亲爱、最忠诚的朋友；我很喜欢忠诚这个词。我曾经给你写过衷心这个词对吗？我们把词语都要用尽了。下一次再和你说你的大逆不道。再见，我可爱的、亲爱的孩子。

---

[1] 法国古长度单位，1法尺相当于325毫米。
[2] 法国古长度单位，等于1/12法尺，约合27.07毫米。

好心的神父刚才熟练地翻译出了我们收到的拉丁文信[1]。他笑话我,说你手里说不定已经有了,我还寄去多可笑。请告诉我情况如何,我觉得信写得真好。

---

[1] 教皇敕书。

60. 致格里尼昂夫人

索米尔，1684年9月18日，星期一晚

我亲爱的孩子，自从我和你告别，一路都是逆风。风很猛，要奋力划桨才能前行。行程比我预想的晚了一天，明天才能到达昂热，离我出发正好八天；在那里应该能见到你弟弟。下次写信再给你讲这座美丽的城市。我明天出发之前会去见比西家的侄女[1]，上次我还未靠近，她的修女们就隔着河向我挥手呼喊。沿途的风景是我唯一的消遣。我和大好人一连十四五小时都坐在马车里，不愿回到简陋的船舱；马车摆放的方向和上次相反。晚餐是一天中的大事，我们总是满心期待。我们吃着热腾腾的菜，菜肴毫不比库朗热先生的饭菜逊色。我一路也看书，但心不在焉，喜欢数浪花胜过关注别人的故事；真希望以后还有这样的时光。我的小可爱，我随时随地给你写信，虽然知道我无聊的旅程会让你厌烦，还是写信烦你，可是八天以来连你的一个字都没收到。我们的日程完全打乱了，希望明天在昂热能收到你的信，我真是急不可耐。亲爱的孩子，你要相信，我只能不停地想你，把你的可爱之处一一想过，更坚信你对我的深情，而我对你的爱也时时更新，变得更加鲜活热切。命运注定如此：我们没有外人可来往，否则就有许多可谈之事，既有愉快，也有羁绊。我们的大好人心情畅快，身体硬朗，我

---

[1] 狄安娜·雅克琳娜，1683年任昂热圣母往见会会长。

也一样；他拥抱你。请把我的情况告诉你们全家。亲爱的，你的身体好吗？我明天就能知晓你的身体状况，还有凡尔赛之行的情况。我们两人都拥抱你。

61. 致格里尼昂夫人

昂热，1684年9月20日，星期三

我昨天上午在索米尔见到了比西家的侄女，然后在圣母院听了弥撒，五点钟到达蓬德塞。在桥边看到一辆六架四轮马车，似乎是你弟弟的马车，果然没错，他在罗歇略有不适，派沙里耶神父带车来接我。我很喜欢这位神父；他对格里尼昂一家有点印象，因为他父亲认识你们，他也见过你们，因此我对他更感亲切。他把你在凡尔赛写的信转交给我，我禁不住在他面前落泪，心情那样苦涩，如果非要我强忍泪水，我一定会喘不过气来。啊！我可爱的孩子，这样开始安排得多好啊！你强装成杜尔西内娅[1]，可是一点也不像！尽管你极力克制，我却能看出与我们挥泪惜别时同样的痛苦与深情。啊！孩子，我这颗心里满满的都是你对我的感情，深信不疑。不过，你说自己缺点太多，说我应该有一个像达勒拉克小姐那样的女儿，即使你是说笑，我也非常生气。达勒拉克小姐那样想念我，确实可亲，可你要知道，我心里只有你。你是我的一切，从没有哪个母亲像我这样被自己的爱女所深爱。啊！你向我隐藏着多大的宝藏啊！不过，亲爱的孩子，我向你保证，我从未怀疑过你的真心，现在只是为这突现眼前的财富[2]而惊喜。唯一配得上你这份真

---

1 《堂吉诃德》（*Don Quichotte*）中迟钝、不懂得细腻感情的村姑。
2 从前是隐藏的宝藏，现在变成了显露的宝藏，母女俩对彼此的爱确信无疑。塞维涅夫人冉森派教徒式的顺从有助于她保持平静。

情的，只有我对你的超越任何言语的爱。

你对旅程似乎不甚满意，对布朗卡夫人的冷淡感到不满，让你吃了好几次闭门羹。你把信寄出真是明智之举。听说国王出行延迟了，你也许能见到卢瓦先生。总之老天自有安排。孩子，你知道我对你的事多么关心，记得告诉我事情进展如何。我刚读到你写给弟弟的信，你对我这样喜爱、这样关心！我真觉得亏欠你，亲爱的孩子！你在信中强调我这个时节出行多么不易，不过天知道，我此行唯一的原因真的就是事务已经到了混乱不堪、寸步难行的地步。[1]生活中常有这样的时候，稍有荣誉感和责任心的人都不能因为力尽而把事情推向极端。这就是最根本、最真实的原因，也是促使大好人出马的原因，实际上他已经年迈疲惫，不堪承受长途跋涉。

我昨天去了圣主教[2]家中，见到了阿尔诺神父，他是个忠实的朋友，对你实诚的信也甚为满意。他们昨晚又来拜访我，之后又有韦桑夫人、瓦雷纳夫人和阿塞夫人前来；你很快也能见到阿塞夫人。

再见，我亲爱的小可爱；我要动身去圣主教家吃晚餐。请告诉漂亮的达勒拉克小姐，我很喜欢她，也请把我的情况告诉你身边想念我的人。到利夫里去吧，你在信中用那么富有诗意的语言说你在利夫里想念我，也请相信我无时无刻不在想念你，对你的疼爱至死不变。

---

[1] 塞维涅夫人强调自己出行不是因为感情（她此时离开巴黎，表明她偏爱儿子胜过女儿），而是事务需要。她所表达的感情也许并非那样简单：她一再强调，说明格里尼昂夫人非常容易嫉妒，此前她就曾经嫉妒过母亲对雷斯红衣主教和科尔比内利的感情。

[2] 亨利·阿尔诺（Henri Arnauld），最后一位冉森派主教。阿尔诺神父是他的侄子，蓬波纳的弟弟。

61. 致格里尼昂夫人

致格里尼昂伯爵夫人：

昂热，9月21日，星期四

孩子，我正要动身去罗歇，上马车之前还想和你告别一声。你知道我昨天和圣主教共进晚餐。这位老人的虔诚和敏锐灵性实在是超出常人理喻；87岁的高龄，常年不断地劳作，支持他的只有对上帝的爱和对邻人的爱。我和他单独聊了一个小时，发现他和他的教会兄弟们一样思路敏捷。这真是个奇迹，而我有幸亲眼见证了这个奇迹。晚餐后我一直在隆塞雷圣母院和圣母往见会。你在塞纳克的小朋友——达勒拉克小姐，称病不见我。好心的韦桑夫人、瓦雷纳夫人和阿塞夫人一直陪着我，一刻也不离开，现在又来送我，还有圣主教和阿尔诺神父也来为我送行。巴黎人可没有这样礼数周全。亲爱的孩子，我到罗歇就能收到你的来信，到时再给你回信。老天啊！亲爱的伯爵夫人，请你一直爱我！

62. 致格里尼昂夫人

罗歇，1684年9月24日，星期日

自夏尔·德·塞维涅

美丽的姐姐，我现在有多高兴，你应该就有多伤心。母亲和大好人都在我身边，他们俩虽然旅途劳顿，但都容光焕发。我明白你在他们离开期间的担心；我不会宽慰你，但你知道我会尽一切可能精心照顾她宝贵的身体。我原谅你现在嫉妒我，不过她分给我一点时间，让我也高兴高兴，这很公平。美丽的姐姐，你可不要因此恨我，要像我一样，爱自己的对手。这是库朗热夫人在我身上看出的优点，也是我心中向来对你的感情。

今天早上舅舅转交给我一件漂亮的礼物，是公主[1]给我的。沙里耶神父和我一起花了足足半小时研究怎样打开小瓶。我们使出全身解数，终于拧动了瓶盖；刚开始有点困难，但我们三人轮番上阵，现在很容易就能打开了。母亲告诉我们另一种打开的方法，在我们开始研究之前她就已经知道了，非常方便，无须打开瓶子，里面装的匈牙利王后水就能出来。

---

[1] 格里尼昂与前妻的一个女儿，夏尔喜爱称她为公主，此时正在商议她与波利尼亚克子爵的婚事，后告失败。

62. 致格里尼昂夫人

再见,我最亲爱、最可爱的姐姐。万分感谢我高贵的公主;希望她早日成为子爵夫人,等她摇身一变,我该多么高兴!我为圣女格里尼昂[1]做简短而虔诚的祷告,全心拥抱你。

我已经给你写了很多话,现在只温柔地抱你一下。我急切地盼望你的消息;收到很多信,却没有一封是你的。你弟妹让我代为问候你,你一定能领会她的好意。

---

[1] 格里尼昂与前妻的另一个女儿,公主的姐姐,想成为加尔默罗会修女。因为身体原因,她无法入会,但离群索居,过着修女般的生活。

63. 致格里尼昂夫人

罗歇，1684年10月4日，星期三

孩子，我早就料到你会去吉夫[1]，这是再自然不过的事情。希望你能告诉我那边的情况，格里尼昂小姐隐修对婚事的影响，以及蒙托西埃先生[2]怎样坚持己见、提出那些闻所未闻的要求。卡纳瓦莱公馆的一切事情都与我有关，你越关注，我越操心。

你说我不在，你很难过，说得那样情真意切，我万分感动；我宁愿感受这种痛苦，也不愿对你的感情和忧伤无知无觉。我虽然事务繁杂，念你之心却丝毫未减。我只有靠内心的深情和你们这几个亲人才能存活。幸亏我来了，你弟弟才得以摆脱整天缠着他的那些狐朋狗友；为此我很得意，因为你知道，我眼里容不得那些放肆的行为，也不像你那样幸运，能够耽于幻想，我性情急躁，直言不讳。感谢上帝，现在清静了。我平时看书，正准备读万斯夫人推荐给我的一本书——《英国宗教改革运动》。我读信、写信，几乎天天都在为你忙碌。星期一收到你的来信，直到星期三，我都在回信；星期五又收到一封，直到星期日，我又在回信。这样忙碌，倒让我觉得你来信的间隔没那么漫长了。我整日在外散步，因为天气完美至极，而且我预感到很快就要变坏了。我就这样争分夺秒地享

---

[1] 格里尼昂小姐厌恶世事，刚刚逃到吉夫本笃会修女修道院。

[2] 格里尼昂先生前妻的姐夫，达勒拉克小姐的姨父。因他要求苛刻，婚事告吹。

63. 致格里尼昂夫人

受老天赐予我的福分。

孩子,你真的不打算去利夫里吗?骑士先生做完水疗,不想去休息一阵吗?助理主教病愈了。你现在去正是天时地利啊。我不信你在那儿会不想我。我身体很好,可是你,亲爱的孩子,你能不能诚实地告知自己的情况,让我宽心?我总是担心你的那一侧胸部,现在疼吗?请你如实地告诉我。如果你想找个小丧事[1],我这有一个:蒙莫隆先生四天前去世了,剧烈的中风突然发作,六小时后就在家中去世。到上帝面前他是个高尚的灵魂;不过我们无权评判别人。

我见到了塔朗特王妃[2],她对我的痛苦深有体会,对我们俩都非常关心。她每天喝十二杯茶。泡茶的方法和我们一样,然后再加入大半杯热水。我听着差点吐了,但据她说她的病全都被治好了。她还说朗格拉夫先生每天早上要喝四十杯茶。"不过,夫人,他也许只喝了三十杯。""不,的确是四十杯。他病得快要死了,喝茶一下子就让他起死回生。"反正她说什么都得听着。我看她没有戴孝,就说很高兴全欧洲都安然无恙。她答道欧洲安康,从她的衣着就能看出,不过她担心很快就要为姐姐埃莱克特里斯戴孝了。我还从她那里仔仔细细地得知了德国的情况。她待人还是非常善良和蔼的。

随信附上给蓬波纳先生的信。国王赏了他那个修道院,我真为他高兴!这样的美事,而他正在诺曼底,心无期待!

---

1 回避社交的理由。

2 阿梅丽·德·埃斯-卡塞尔,塔朗特王妃(Amélie de Hesse-Cassel, la princesse de Tarente),同塞维涅夫人一样,与女儿分离。

爱从不平静

> 我并非嫉妒你的命运,只是叹息自己的命运。[1]

孩子,这就是说,难道只有你一无所得?你以为我对你的事会漠不关心吗?我应该比你还要操心焦虑。不过,孩子,鼓起勇气吧,你能承受一切。如果你想让我幸福,就请继续爱我,爱之忧伤即使苦涩,也是甜蜜的。拥抱你身边所有的格里尼昂家人,还有美丽的公主。我会给我的侯爵写信。你弟弟还在雷恩,你弟妹让我代她向你问好,等等。记得把信寄给蓬波纳先生。

---

[1] 根据瓜里尼的《忠实的牧羊人》(*Pastor Fido*)中一句歌词改编而来。

64. 致格里尼昂夫人

罗歇，1684年11月5日，星期日，回复10月31日来信

  亲爱的孩子，我保证不为你的病痛惊慌，请你一定要如实告诉我病情。你现在必须吃药治疗。第二次放血已经很严重了，你又放了第三次；你吃的药也杂乱无章，因为我们的修士们仇视催泻剂[1]。可怜的孩子，你的病让人乱治一通。我以为是阿利奥[2]在为你医治，但言之过早，因为库朗热先生从肖纳来信说塞隆在给病重的肖纳夫人治病，是他有幸为你治病，给你放了三次血，还说你的病来得又急又猛。真实情况到底怎样，要由你来告诉我，我已经昏了头。你却宽慰我说喉咙痛无关紧要，还说后来放血多此一举。孩子，无论如何，请你放宽心，好好养病，绿绿的长春花[3]虽然味道苦涩，但专治你的病，你也已经感觉到它的药效了；继续用它来清润你滚烫的胸部吧。如果你身体不适（很可能是这样），就不要给我写信；你只需给别人写信，我是最爱你的人，不要担心吓到我，让杜普莱西先生代笔给我写信；你只要在来信开头结尾各写一句，让我看看你的笔迹就够了。这样我读到你的来信，就会想到你舒舒服服地躺着和我聊天，而不是一连两个小时保持着对胸部有害的姿

---

1 硫酸钾，当时被用作催泻药。

2 皮埃尔·阿利奥（Pierre Alliot），洛林人，1665年来到宫廷为奥地利的安娜治疗，国王御医。

3 长春花通常为蓝紫色，此处入药的可能是指长春花叶或花苞。——译注

势。你这样做,说明你爱我、信任我,我会万分感激。

我想托沙里耶神父给你带去一瓶镇痛香膏[1],治你的胸痛。这是我特意为你弄来的,麻烦的是,路上可能会把瓶子弄碎。如果肖纳先生、科马尔丹先生或蓬波纳夫人愿意给你一些,明年夏天三级会议时修士们会加倍还给两位先生,我会还给蓬波纳夫人。我手里的分量极少。这种香膏有奇效,但不是用来治风湿的,因为那样用量极大。滴八滴香膏在一个热碟子上,让膏药渗进你胸痛的地方,轻轻按摩直至完全吸收,然后把热毛巾敷在上面。有些人用过确是药到病除。里面也加了很多尿精[2]。这些是给你的,非常少。请你尽快告诉我,你是愿意向人借还是让我寄去。这种香膏很珍贵,如果它能治好你的病,对我而言就是无价之宝;我特意为你找来的,你对胸痛千万不可大意。

你给好心的修士们写的信完美至极,我们读来都赏心悦目。我把信寄到雷恩去了,修士们在那里把可怜的小人儿[3]从坟墓里救了出来。他们收到信一定会受宠若惊、高兴万分,我也会留心寄给你他们的回复。说到我的身体,孩子,我对你说的可是实话。我身体很好,天好的时候就外出散步,露水重的天气或雾天就待在家里。你弟弟担心我外出,总把我带回家;你弟妹闭门不出,正在接受修士们的医治,喝草药汤、泡草药浴,非常烦琐,但至今未见成效。因此,我们散步时间不长,既没有条件也没有心情。夏天在利夫里的时候,天气晴热,明月朗照,我们总是忍不住出去兜一圈,在这

---

[1] 这种香膏至今仍在使用,当时刚由一位修士发明。
[2] 当时人们用尿的提炼物制药。——译注
[3] 米里内小姐,塞维涅夫人的老友。

64. 致格里尼昂夫人

里却无意出去,只在朝夕之间散步。神父因为腹胀和胀气不太舒服,他一直就有这些毛病。修士们让他每天早上服一点螯虾粉,担保会很有效。不过要很长时间才能见效,目前他还是略有不适。我已经不头晕了。可能只有当我在意头晕的时候,它们才会光顾;当我不以为然时,它们就会去吓唬其他的傻瓜。孩子,这就是我们真实的情况。

你给我描述的达勒拉克小姐的事情妙趣横生,就像一点美酒,让我的整个灵魂都振奋快活起来。她现在感到自己有灵魂不足为怪。人们常常平淡无聊,就像没有灵魂一样。波利尼亚克先生现在可算有两个灵魂,一是出于感激,二是出于爱情。这么看来,婚约在利夫里更加顺利,在蒙托西埃先生家和萨拉都阻碍丛生。不过我不明白的是,波利尼亚克先生第一次会面是什么情形?他那么严肃、那么隆重却逗留短暂,是什么意思?她一开始也是冷冰冰的吗?他是不是该优雅热情地解释一下,为什么那么长时间不露面、不联系?开头这么差,结尾怎么会那么美呢?谢谢你给我描绘了这么迷人的一幕,你知道我多喜欢这类趣事。他现在去了敦刻尔克吗?美丽的狄安娜又在哪儿?

神父感谢杜普莱西先生称赞他的运河。[1] 他觉得运河对于这片水域来说是一步好棋,就像在公义不彰的地方执行有力之举。事实证明他是对的。经历了洪水、干旱、泥泞之后,青蛙们终于可以为所欲为了;这条运河以后一直都会在那儿,它那么开阔,杜普莱西先

---

[1] 利夫里的一条小溪,被杜普莱西先生夸张地称作"运河"。杜普莱西(Du Plessis)是格里尼昂侯爵的教师。

生都害怕掉到河里会淹死。

我们度过了一个冷清萧瑟的圣于贝尔节[1]，不知你那边的天气怎样。利夫里天气还很热，几乎还是夏天。枫丹白露的圣于贝尔节一定美妙无比，我们这里却雨雾交加。不过我们也有过晴天；人应该顺应天气，因为我们无法主宰。

我昨天突发奇想，担心卡纳瓦莱公馆会失火：也许这是一种预感。孩子，你要加强监管，命令仆人不得带着无灯罩的烛台去柴火库，平时他们都是这样做的，稻草仓附近也要从高处密切监视。万一着火，下人们倒没什么损失，我们可就要一贫如洗了。用这句明智的提醒来结尾很不错，也许并非无稽之谈。克莱罗特和埃皮纳都非常谨慎。孩子，请你原谅我杞人忧天，但我在这里长日漫漫，无所事事，就会胡思乱想。

骑士的风湿病这么早就发作了，我真难过。看来今年维希的温泉水不管用了；希望修士们能有更好的办法。请你代我问候他。

我想你现在在巴黎，很快要去枫丹白露，不过你打算一天往返吗？请你怜惜自己，不要加重自己的病痛，这是最紧要的。亲爱的孩子，没有任何事情、任何理由能让你拿自己的身体冒险；与此息息相关的是我的身体和我的性命。一想到你可能病重，我的心就无比沉重，日日夜夜无法安宁，请你可怜可怜我。

唉！你知道吕内夫人[2]去世的消息对我打击有多大吗？我一想到这件事就悲从中来。要怎样才能逃脱死亡呢？这样年轻、貌美、

---

[1] 指猎人节，时间为每年11月3日。国王及随行人马12月15日才返回凡尔赛。

[2] 安娜·德·罗昂，肖纳公爵的一个侄媳，于10月29日去世，年仅44岁。

64. 致格里尼昂夫人

安静、和顺的一个人,去年大病一场,已经为人生付出了代价,今年就去世了,真让人感慨世事无常。肖纳先生万分悲痛;请你写信慰问他。肖纳夫人也悲痛成疾。他们对我们那么好,一定要好好安慰他们。

  再见,亲爱的孩子。我有多爱你,无以言表。你和库朗热夫人在克里希和利夫里那样共饮,这么快就不喜欢她了?埃斯卡尔[1]说要我在绣绒椅上加一条饰带。你尽管下令,我都喜欢。拉法耶特夫人告诉我,库朗热夫人对你的为人和才智大为赞赏。**布列塔尼好人**[2]亲切地向你问好。你的弟弟弟妹向你问好。我打算给侯爵写信,不过你现在应该在枫丹白露,那我就把信寄给科姆[3]。

  致我的孩子。

---

1 一位女友,常为她购物提出建议。
2 大好人的另一绰号。
3 库朗热神父的女仆,正住在卡纳瓦莱。

65. 致格里尼昂夫人

罗歇，1684年11月15日，星期三

亲爱的孩子，我想从埃斯特拉德元帅的来信起笔。你问了他那么多关于我的问题，他在信中都一一详述给我听。见你对我感情深厚，甚为关心我在这里的生活，读着信不禁感动流泪。亲爱的孩子，你听说我很想念你，念念不忘我们分别的一幕，自己也流下泪来[1]，我读到这里，叹息更甚，失声大哭。亲爱的孩子，请你原谅，难过的时刻已经过去了。我实在没有料到这位好心人会一五一十地写给我看，一点心理准备都没有，读到他的话措手不及。孩子，自从我给你写信以来，这是最重大的一件事情，原原本本地告诉你。我心中涌起对你的深情，如此温柔，如此明显，如此自然，如此真实又如此强烈，无法向你隐瞒。看来你和我一样，把我们的事情放在第一位，其他的一切都无关紧要，只是凑字而已。[2]

孩子，你说我不愿和你在一起，为什么这样说呢？唉！我真不愿说出那些迫使我离开你的理由来糟蹋这封信：这个地方多么贫困，别人欠我多少钱、怎样偿还我，我又在别处亏欠多少，如果我不狠心做出这个决定，就会陷入怎样混乱绝望的境地。你知道两年

---

[1] 塞维涅夫人爱流泪，格里尼昂夫人与母亲不同，不轻易落泪。
[2] 非常重要的一句话，体现写信人对信中话题的重视程度。评论界尤为重视信中的新闻、描述和评论，但在塞维涅夫人看来，这些不过是附属品，只是信中聊天的谈资，母女之间的感情、联系和身体状况才是重点。

65. 致格里尼昂夫人

以来,我都毫不犹豫地把这次出行一拖再拖。可是,亲爱的孩子,如果我们不顺应现实,事情到达一定的限度就会全盘崩溃。我不能再继续冒险,我的财产实际上已经不属于我了。我这一生自始至终都要保持荣誉与正直。孩子,这就是我暂时离开你怀抱的原因。你可知道我做出这个决定有多痛苦?我没有告诉你,是因为我想好好过,想对自己隐瞒我的痛苦,只有我和你说过的那个愿望支撑着我,那就是再见到你,只有这个信念支持我活下去。我在这里有儿子为伴,他很高兴我花费掉一部分他欠我的钱款。我心安理得,但他的佃户们欠我的钱款似乎都无法收回,我必须承受这种损失。亲爱的孩子,你一定能明白这些理由。我忍不住把藏在心里的这些苦处都一一透露给你,和你这样无比深情的知心人谈一谈,我也轻松多了。

我不想和你谈及我的健康状况。我身体好得很,库朗热先生把我的信给你看,我因此爱他胜过爱自己的生命。你看过信,应该不会胡思乱想了,因为我的信中透着健康快乐。你弟弟给你信中写的关于修士的事是为了安慰你,以防你担忧,不过这种担忧还为时尚早,掌握在命运的手中,至今为止我们所有的机器都还运作正常。孩子,你的身体却没有这么正常,病得厉害。倘若我也像你那样病重过,你一定不会相信我的话,就像我现在不轻易相信你的话一样。

这里的天气还是阴雨连绵,驿站的马车夫都泡在水里。你就不要指望信件能准时到达,像我一样安心等待吧。拜访富埃奈尔[1]之行乏善可陈,只不过是一次无聊烦闷的出行。我告诉了小库朗热。

---

[1] 富埃奈尔是母女俩在普罗旺斯的表亲。

你和他妻子的友情持续升温，再好不过。她丈夫实在是太英俊、太讨人喜爱了，给我们写的信也妙趣横生。他写的那位屁上牙[1]把我们都乐坏了，只是不知是真事还是他的杜撰，因为他说这人是卡夫[2]的女儿，这个卡夫就是他小时候瞎想出来的一个人，成天说些胡言乱语不着边际，家里人担心他和桑泽夫人入魔，还揍过他。不管怎样，我们这里的屁上牙明天就要到了；她在女王家里住了三天。[3]

孩子，你记得科尔比内利的原则吗？不可听信一面之词。事情很复杂，不过一句话，你弟弟必须和蒂泽夫人[4]绝交，还要断绝和莫隆先生唯一的联系，否则就会得罪王妃。他还没放弃这宝贵的联系，不肯绝交，觉得这样做太无礼，还托人把自己极度的痛苦告诉王妃。不过他最终还是得做出决定，有所取舍，两方只能择其一。你弟弟更愿意享受新家庭的温暖和快乐，一半出于感激，一半出于自己的喜好，为此宁愿忤逆王妃的种种偏见，在德国人脑中这些偏见可是根深蒂固。你也许会说蒂泽夫人要侄子做出声明很可笑，说她不了解世态，这么做不对。你想得都对，但人的本性是无法改变的。也许这种装腔作势只不过更加证明王妃保护的人是平民出身，因为他一心想要攀附权贵，那家却看不上他。啊，老天！又写了这么多，亲爱的伯爵夫人，我没想到会有这么多话。

---

1 文字游戏，法文原文为Cuverdan，即cul-vers-dents，指有口臭的女人。
2 此处可能有文字游戏。库朗热和安娜-玛丽（后来成为桑泽夫人）是兄妹，从小和塞维涅夫人一起长大，塞维涅夫人就像他们的长姐。
3 "她"指马尔伯夫夫人；"女王"指塔朗特王妃。
4 夏尔·德·塞维涅的岳父莫隆伯爵的姐姐，即他妻子的姑妈。

65. 致格里尼昂夫人

再来说说拉特鲁斯先生吧。[1]他现在青云直上，荣宠正盛。你见过被我们称作杠杆的机器吗？简单却有力。我觉得自己就是他的杠杆，你觉得我太自夸了吗？这让我对他此后的经历都无比关心，看他怎样集荣誉、幸福与恩宠于一身。我一定会给他写信的；暂时请你先替我给梅里小姐写信祝贺，可不要忘了。库朗热夫人无动于衷，我无话可说，只能说她做出了该做的抉择。你可以想见拉法耶特夫人求情起了多大的作用[2]；从没有哪个人能像她那样，足不出户，就能处处助人。她既有才能，又受人敬重。她的这两个优点，你也有，但你不如她幸运。亲爱的孩子，我猜格里尼昂先生付出的花费和辛劳比你更有成效。[3]看到你们运气不济，我忧心忡忡。你应该告诉我他是怎样接待助理主教的，似乎他们俩态度都冷冰冰的。

国王出行回来之后，你就到凡尔赛去觐见，做得很好。不过，孩子，我要一再叮嘱你，一定要当心洪水泛滥。这里总流传着这类悲惨事件。

你说对我的深情让你难受，这确是事实，你也可以想见，我对你的爱也让我难受[4]。我感觉到这桩事实，却情非得已。的确如此，当人的爱深到某种程度时，就处处担心，时时揣测，想象种种会发

---

1 塞维涅夫人的这个外甥刚被任命为伊普尔长官。她向富凯求情，促成了外甥的婚事。梅里小姐是拉特鲁斯的姐姐。他曾深爱过自己的表嫂库朗热夫人。
2 拉特鲁斯曾指挥萨伏瓦地区的法国军队，刚刚卸任。拉法耶特夫人是大公爵夫人让娜-巴蒂斯特·德·萨伏瓦-讷穆尔（Jeanne-Baptiste de Savoie-Nemours, la grande-duchesse）的好友，大公爵夫人于1675年任该地区的摄政者。
3 格里尼昂先生花费巨大，对国王也忠心耿耿、尽职尽责；格里尼昂夫人善于突出丈夫的优点。可惜夫妇俩运气不佳，没能得到相应的报偿。
4 尽管如此，爱之痛苦还是胜过情感匮乏、麻木。塞维涅夫人还说"爱从不平静"。

生、不会发生的事情,有时甚至会把某种事故或疾病想象得如同真事一般,投入整个身心,无法安宁。有时我觉得你的一封来信和下一封之间间隔如此漫长,收到信时激动得浑身都在颤抖。这一切都令人难过,因此我们要达成协议,亲爱的孩子,因为你爱我,所以请你要特别注意照顾自己。我也答应同样对你。

半个月以来,天气恶劣,我们都不去想散步的小道和林荫道了。我已经全无散步的心情,就放弃了这项活动,天天待在房间里坐在小库朗热的椅子上处理事务。不要以为你的妈妈穿着外套、戴着草帽、浑身湿淋淋;完全不是这样,我像淑女一样坐在火炉边。我完全不知道库尔坦小姐成婚的消息。我曾问过科尔比内利,尼古拉伊院长的儿子要娶罗歇富家女罗桑邦小姐的消息是否属实,但他很久没有给我写信了。我一无所知,也毫不关心。拉穆瓦尼翁先生[1]给我来信,殷勤问候,他很想念我,说不能像去年那样和我高谈阔论,遗憾万分。我回复道,请他向你展示他的口才,你比我更善于聆听。请你照做吧,他会非常高兴的。

唉!我的孩子,你为什么不把我们的信给格里尼昂先生看呢?你弟弟刚给你写完信就动笔给他写了,我紧随其后,兴致昂扬。我们对他说了很多情意深重的话,以后还会说更多。真高兴你喜欢我的画像,把它挂起来吧,时时看看这位深爱你的母亲,也就是说,她无比爱你,超越一切言语。请代我慰问骑士和拥抱他,拜托他照顾好自己,也照顾好你。大好人的画不在原处了,他用来装饰房间。他告诉你,如果房间里有烟,就像他平时那样,把门附近的窗

---

[1] 塞维涅夫人在巴黎最近的邻居。

65. 致格里尼昂夫人

户打开两指，不然你们会不舒服的。

你好啊，我的侯爵。达勒拉克小美人，请接受我的问候。你们没有阻拦戈蒂埃去巴尼奥尔府上，做得很好。有些人能够知错就改。马尔伯夫夫人到了。她确实是个好人，但对我而言并非不可或缺。与这样的人为伴，我倒更喜欢自由自在。我会适度和她交往，但要留出自己的时间。她一遍又一遍地问候你，请你给我回信时给她写两句，可不要再叫她屁上牙夫人。

你自己费力写包裹地址，我很恼火；不过包裹送到，首先让我舒了一口气。

致我亲爱的孩子。

66. 致格里尼昂夫人

罗歇，1685年2月4日，星期日早晨

孩子，我很快就康复了，而且可以说是你把我治好的。我们最初以为只是小伤，几天就能恢复；没想到到现在两周才好。不过伤疤看起来终于有起色了，为了加速恢复，我们经你允许（因为每一步都是严格按照你的指示），擦去了油，涂上你寄来的黑油膏，它不会影响愈合粉的作用，会让伤口关门大吉。打消你脑子里幼稚的想象吧，不要把我想成一个重伤的病人；伤口很小，你弟弟为我疗伤用的工具也很小。不要想得那么可怕，我的腿既没有肿胀，也没有发炎。我还去拜访了王妃，行动自由，毫无病态。因此，不要把你的妈妈想象成可怜的病人。我依然美丽，也不像草图中那样哭哭啼啼的。孩子，我的病不在腿上，而在于远离你，只能在形而上的层面上参与你的一切事件，在于浪费了如此宝贵的时间。我在这里思虑良多，有时会喝一些苦药，比你的药还难喝。孩子，我又身安体健、勇气十足。这就是我现在的精神和身体状况，句句属实。我知道你现在一定在凡尔赛，确信你非常关心我，才会告诉你这些细节。我对你的爱出自天然。母亲对孩子的爱都是理所当然的，但你对我的爱却超乎寻常、珍稀可贵。别人不会像你这样爱自己的母亲，因此也大大助长了我对你的爱，这是顺理成章的。

拉法耶特夫人见到了你，给我的信中说你对达勒拉克小姐就

66. 致格里尼昂夫人

像对我们的狗（唉，我们漂亮的狗，你还记得吗？），还说你们聊了很多，她已经迷上你了（这是她的原话），说你完美至极，只是过于敏感[1]。这是你的缺点，她已经批评你了。我的朋友在你拜访之后，都对你万分满意，因为拉瓦尔丹夫人也给我写了整整一页信夸赞你。亲爱的孩子，这一切都让你想起我，还有肖纳公爵夫人。你在信中惟妙惟肖地模仿每个人提及我的语气，我全都辨认出来了。

孩子，我没能参加住房落成的庆贺晚宴，真遗憾啊！来宾都热情欢快。库朗热先生因为吃喝过度而食不辨味，觉得饭菜和调味品都不合口味。他和特鲁瓦先生能来参加晚宴，已属不易。不过，他还是表扬晚餐丰盛欢乐，宾至如归。唉！我的健康状况可不值得这样频繁庆祝。拉穆瓦尼翁先生似乎深知卡纳瓦莱公馆女主人的品行，你可要好好招待这样的朋友。他们欢庆在议会得到的位置，我也感到高兴，只是想到这位可怜的先生时时受着肾绞痛的折磨，我又满心难过。从来没有安稳的日子，只有令人沮丧的事接踵而来。

肖纳公馆这一番忙乱真有意思。我觉得公爵夫人并没有嫉妒，只觉得她对我友情深厚，所以向我吐露心声。小库朗热的举动真有意思，我和他一样赞赏格里尼昂长女最终如愿以偿。有些人非常聪明，总能达到目的，有些人却寸步不前。谢谢你给我讲这些趣事。不知弗拉马朗先生为何在殿下面前失势。在这个风云变幻的宫廷里，我们善良的埃斯特拉德元帅应该不会参与什么重大阴谋。

---

1 这个观点与人们通常说格里尼昂夫人"冷漠"的观点背道而驰。

孩子，愿上帝保佑你身体健康，就像你给我写的那样。我觉得菊苣汤疗效很好，还会继续喝。可不要对那些苦药掉以轻心，那可是你的命。我猜你还在用愈合粉[1]治胸痛，还没有试镇痛膏。我写信告诉过你，马尔伯夫夫人起死回生，这下你继承不到遗产了。[2]你回信要问候她的病情，还要感谢她送鸡给你。你觉得好吃吗？我们吃了觉得鲜美异常。罗德竟然卖掉了他们家传的官职[3]，我真难以接受。既然总督要来觐见，战争就不会爆发了。总督就是共和国的代表，不过谁又能抵挡得了国王陛下的雄心壮志呢？我觉得自己今天也和你一起身临古维尔府的晚宴，蓬波纳一家人还栩栩如生在眼前。我亲爱的伯爵夫人，你度过的这个冬天实在太合我心意，我羡慕你，遗憾不能享受你的欢乐，当然我最向往的还是见到你，和你在一起，歆享深情给我带来的无尽欢乐。

晚五点

你弟弟刚来看过我的腿伤。说实话，我感觉好得很。他会告诉你详情的，同情[4]不仅加速了伤口愈合，对病愈也功不可没。你可以拥抱你弟弟，以示感激。你弟弟刚给我敷了黑油膏，让伤口尽快

---

[1] 愈合粉是一种带有法术性质的药，不敷在伤口上，而是敷在沾有伤口血液的布上，甚至能隔空生效。

[2] 这是玩笑话，马尔伯夫夫人只是一位朋友，有自己的法定继承人。

[3] 法国仪式大主管（grand maître des cérémonie de France）一职由他家的一位先祖于1585年创立，罗德是该职务的第五任传人。

[4] 双关语，药粉的名字叫"同情"。

66. 致格里尼昂夫人

结疤,结疤之后腿伤就好了。我们小心翼翼地保管着剩下的药粉,以便用在更重要的地方。亲爱的孩子,你看我说的一点没错:是你治好了我的病,并不是奇迹发生,事实就是这样。我刚散步回来。不要以为我卧病在床或者一瘸一拐,我健康得很。骑士身体健康,我也很高兴。他过去能有这一半就不错了,去年可没有这么幸运。

你弟妹请你写信告知,大衣款式和发式是否有改变,她还向你致礼。请替我拥抱格里尼昂先生。大好人非常想念你们俩。他写信从不提及我,因为繁杂的事务和算计让他忙得忘记了自己可怜的外甥女。请帮我问问侯爵和达勒拉克小姐,布列塔尼人在一年中哪个月喝酒最少?答案应该很有意思。亲爱的孩子,我亲吻你的双颊,满怀柔情地拥抱你。完全不用再为我担心,也不要再提我的伤。

卡尔卡索纳先生会当选教士大会成员吗?神父们什么时候到?

自夏尔·塞维涅

虔诚的埃涅阿斯刚给母亲包扎了伤口。愈合粉并没有发生奇效,但它让你寄来的黑油膏发挥作用,很快就能痊愈了。因此,是同情和黑油膏齐心合力,促成了我们钟爱的母亲痊愈。如果你想拥抱侯爵大人[1],趁他还有鼻子和双耳,尽管拥抱吧;下一次他就不会这样冒冒失失地露出自己的五官了。

---

[1] 路易-普罗旺斯·德·格里尼昂。伯爵夫人应该许下过心愿,如果愈合粉治不好母亲的伤口,她就不拥抱侯爵。

再见，我的姐姐。我诚挚地问候格里尼昂先生，并请你把我的公主[1]从特洛伊人的怒火中拯救出来。

致亲爱的姐姐。

---

[1] 达勒拉克小姐。"特洛伊人"指沙维尼（Chivigny），即特鲁瓦主教（l'évêque de Troyes）。

67. 致格里尼昂夫人

罗歇，1685年2月14日，星期三

  亲爱的孩子，我又没有如期收到你的来信。尽管我知道你在凡尔赛，尽管我相信你身体安好，确信你没有忘记我，尽管我知道信迟迟未到是因为某个仆人懒惰疏忽，还是忍不住伤心失落，孩子，我怎能缺少你珍贵的慰藉？你的来信多么亲切、自然、深情，让我多么欢喜，我无法言表，而且总是三缄其口，怕你厌烦。我刚才又读了你的上一封信，想着你是怀着怎样的温情提起今年春天有可能再见到我。度过了如此漫长的几个月之后，我们相见之日似乎越来越近，因为春天马上就要到了。孩子，你的深情让我感动，我对你的感情也同样炙烈，但残酷的现实摆在我的眼前，我们要见面非常困难。亲爱的伯爵夫人，我们暂且不提见面之事，让老天来决定吧，看看他怎样安排你的事务和家庭。

  你弟弟和弟妹周一去了雷恩，去处理一些事务。我发现你瘦弱的弟妹病得不轻，时时眩晕、发烧、战栗，头痛难忍，就建议他们去找修士[1]诊治。他们现在在瓦纳，会从那里过来，或者写信来。他们的猛药让家里天翻地覆。你弟弟一天服两三次雅各布精油[2]，希望会有很好的效果。服用这种药，在城市比在乡下效果要好。

---

[1] 著名的修士医生，正受到肖纳公爵接待。
[2] 专治头晕的药，以发明者的名字命名。

爱从不平静

　　我独自一人待在这儿；不过，我找了一个可爱的小美女为伴，是她让格里尼昂先生一夜之间就坠入爱河。我处理账务时，她在一旁看书；我散步时，她陪伴我左右。孩子，你要相信，老天总让福祸相伴相生，在我孤寂的时候给我送来最好的慰藉。如果可以把"可爱"与"膏药"这两个词结合在一起，我要说你刚给我寄来的药配得上这种称号。它收缩伤口，同时促进愈合：收收收收，我的伤口就这样好了。你最近寄来的这种黑油膏似乎效果更好。反正伤口已经好了。我要不是听了那些傻瓜的建议，把良药变成了毒药，三个月之前病就该好了。可惜老天没有这样安排。这一点我和蓬波纳先生很像，都花了三个月才病愈。因为我的腿没有肿，他们让我行走，有助于增强体力，促进黑油膏发挥作用。请帮我感谢蓬波纳夫人。直到现在，一直都是信念在引导事实，我在信念中寻求希望。不过，孩子，现在一切都过去了，老天注定我们要经历一场波折。你弟弟有一次为此自责，说是他让我受了这么多苦，天知道他多么盼我安好！他周一离开时疯疯癫癫地跟我的伤口告别，说以后再也见不到它了，跟它共处了这么久，要分开还真舍不得。你这次为我所付出的感情、关注与悲伤，我永不会忘。我习惯了你爱我的方式，其他人的方式就轻得可笑了。孩子，我也值得拥有这样宝贵的财富，因为我善于感受这些财富，也因为我无比爱你，爱你周围方圆十里所有的人。请告诉我你的身体怎样，要说实话，还有你的事务怎样。没人再来向达勒拉克小姐求婚了吗？我们现在不需要再谈我可怜的腿了，又有时间写长信谈论其他事情了。

　　马尔伯夫夫人收到你写给她的信，激动不已；她对我如此称赞，我都感到受之有愧了。她想送你两只小母鸡，连我的四只一起

67. 致格里尼昂夫人

寄去。我怪她多事，她坚持要送。你可以分给杜普莱西先生，也让科尔比内利来和你一起吃。你以前这样做过，通情达理的事，你哪有不做的？孩子，就此搁笔。我等着周五一起收到你的两封信，请相信我全心爱你。

王妃刚刚离开。你弟弟还在和她闹矛盾，他一动身去雷恩，她就热情地前来看望我。大好人全心忠诚于你，我全心忠诚于你的丈夫和你身边所有的人。

68. 致格里尼昂夫人

罗歇，1685年2月25日，星期日，回复21日来信

啊！孩子，英国国王恰好在一场假面舞会之前去世[1]，这是何等大事！

致路易-普罗旺斯·德·格里尼昂

我的侯爵，你在半路遇上这样一件离奇的事，多么不幸啊！

希梅纳，谁会说——罗德里格，谁会相信？[2]

哪件事更让你伤心呢？是这意外的变故，还是你的坏妈妈把你从圣母院赶出去？不过你在同一天都得到了补偿；台球、住房和国王的弥撒，还有大家对你漂亮服装的交口称赞，应该都给了你安慰，而且假面舞会有可能只是延期而已。我亲爱的孩子，希望你在这些重大活动中都获得成功，也请你体谅我对你操心过度。我参加了假面舞会，看了歌剧和舞会；我挺直身体看你，非常欣赏你的表演，和你美丽的妈妈一样激动不已，而且我也被你的装扮迷惑了。

---

1 英国国王于16日去世，消息于19日传到法国宫中，路易十四宣布舞会停办一周，于26日重新开始。

2 高乃依的剧作《熙德》中的名句。

68. 致格里尼昂夫人

孩子，我比谁都理解你的感情。千真万确，我们的生命传递到孩子的身上，而且比在自己身上更为鲜活热烈。这些强烈的感情，我都一一经历过。当我们的感情寄托在一个漂亮的小人儿身上是多么快乐啊！心甘情愿地为他付出，看他成为众人瞩目的对象。你的儿子格外讨人喜欢，因为他的长相可爱，引人注目。别人的眼光总会停在他身上，而不会像看其他孩子那样一扫而过。拉法耶特夫人告诉我，她给蒙特斯庞夫人的信中说，你和你儿子很喜欢夫人组织的舞会，她倍感荣幸。她是个最能让人舒心的人。

你想去利夫里，我毫不奇怪。哎呀，天气真好啊！无与伦比。我从早上直到下午五点都在迷人的小路上散步，但晚上太凉，不能外出。我身披你送我的布兰登堡大衣，足以挡风御寒。我的腿已经好了，行走自如，你不要为我担心。这样的好天，若要关在房里，我真会急死。我给你弟弟写信说不需要他陪伴，自己散步就行，让他去做自己的事。他们正在雷恩享乐，要到封斋前的周日前才回来。我很高兴，身边没那么多人聒噪了。

王妃也来享受我这里的阳光。神父头痛，身体虚弱，把我吓得不轻，王妃给他服了一剂药，他的病就好了。请你给大好人写信，祝贺他身体康复。王妃真是世上最高明的医生，连修士们都赞叹她药材齐全；她治好了很多人的病。她有很多珍稀药材制成的药，给了我们三剂，确有奇效。大好人向你奉上利夫里。如果在封斋期间前往，你就享受不到周到的接待。你的胸部还在痛，还打算去吗？不过大家都只说你容光焕发。万斯夫人说你现在和我离开时简直判若两人。你说时间让你保持健康美丽，是为了爱我；感叹时间的话

爱从不平静

应该由我来说才对！

我们到现在还没说起英国国王去世，你说多有意思！他年纪并不大，而且贵为国王，让人不禁感慨，死亡从不放过任何人。如果他真心信奉天主教，心怀信仰去世，倒应该是件幸福的事。我们面前仿佛出现一个舞台，即将上演大戏：奥兰治亲王、蒙穆斯先生，这么多的路德教教徒都对天主教教徒心怀恐惧。我们就等着看上帝在这场悲剧之后会安排什么情节吧。不过凡尔赛的歌舞升平还会照常，你周一就会回去了。

你说我若在巴黎，我们分别时一定会很难过。亲爱的孩子，我相信一定是这样，可惜我不在巴黎，你就好好利用出入宫廷的机会吧，给人留下好的印象。现在似乎万事俱备，你盼望的事马上就要实现了。尽管我与你相隔遥远，盼你成功的心愿却诚挚而热切，分毫不减。唉！我的孩子，我想起你曾经和我说过的话，当时不以为然，现在却深有感受。你时刻在我心中，在我的想象之中，我眼前总浮现你的样子，似乎你在我身边，但我还是更喜爱真真切切的你。

你和我说起朗热万[1]的事：成熟，这就是我对他的印象。这样回答你弟弟够了吗？你经常抱怨，他现在也许变好了。你和博利厄说吧，让他给你弟弟写信，我也会为你做证。他以前的仆人很好，可惜后来变坏了。他以后只有薪水，四五十埃居足矣，不要给额外的奖赏，也不要给什么油水。我想你弟弟会不惜重金找一个真正的好厨师；现在这个恐怕太差了。不过，孩子，厨房里要四个人做什

---

[1] 格里尼昂夫人的仆人。

68. 致格里尼昂夫人

么？这样大的开销、这么多的人手有什么用？就为你们餐桌上的两个人服务吗？拉邵[1]的一身行头也让你们花费巨大。我很不满你们这样胡乱花销。你们就不能节制点吗？巴黎什么都贵，你们居然有三个贴身仆从！家里的人手都是实际需要的两三倍。我已经叮嘱过你：你是在大城市里，把你用不上的东西都送人。安福西先生不也是这样说的吗？格里尼昂先生就喜欢这样花费无度？亲爱的孩子，说到这一点我又忍不住教训你。好了，现在让我温柔地抱抱你。我数落你是为你好，你应该不会生气。

孩子，一定要留心你的胸痛，才能吃得消你频频出入凡尔赛；至少要记得瘦是你的身体大忌，而且内在的损伤要格外留心，好好调理。向大大小小的格里尼昂一家人问好。

我还想和你说一句。你觉得你弟弟精明、有心计、会使唤人；孩子，其实他毫不知情，拉默香[2]和厨师更是一无所知。好端端的一个厨师就这么被惯坏了，毫不为奇。你总说我无能，其实我很有威信，仆人做什么都得看我的脸色行事。我很想向你炫耀自己怎样指使傻瓜办事，就写了这样一大段傻话；你问博利厄吧。

致我最可爱的伯爵夫人。

---

[1] 格里尼昂的军官。
[2] 夏尔最得力的仆人。

69. 致格里尼昂夫人

罗歇，1685年6月13日，星期三，回复9日来信

我们言归正传吧[1]，孩子，骑兵表演介绍手册已收到，你觉得我会后悔多付了邮费，真伤我的心。从没有哪个包裹寄到让我这样高兴，付钱也心甘情愿；一收到之后我们就一直在欣赏。倘若是在巴黎，我只会草草地看一眼。想到巴黎这个地方，什么都急匆匆的：一个念头、一件事情、一项活动，都推着前面一个，就像后浪推前浪；把巴黎的生活比作一条河恰如其分。这里呢，就像一片湖，我们在游乐园里静静地休息。我们细细品评了每个纹章。请你回复我们的问题，特别是狗咬骨头的那一个，我们完全不懂是什么意思。[2]你想读那本书，一定是受了我们的影响。跑步真有意思，奖品是卢森堡先生的两条火腿。大好人读到这里大叫起来，遗憾自己不是其中的一名勇士。波旁公爵长得好看吗？说实话，他是什么样子？和侯爵身高相近吗？啊！恐怕没有那么高。我这话可是真心的；人和人的身高相差那么大，毫无办法。听说还会有一场盛大的婚礼庆典，参加的骑士也会更加严格选拔。我会把你的评价[3]转告

---

[1] 原文为意大利文。——译注

[2] 骑兵竞技表演的每一位参加者都有一个纹章，在介绍手册上配有短诗介绍。费尔泰公爵的纹章上写着"别无选择"，画着一只白狗啃骨头。塞维涅夫人说这块骨头"刺眼"，公爵因为"别无选择"而啃骨头。

[3] 拉法耶特夫人的儿子参加了骑兵表演，纹章是一道闪电，铭文是"转瞬即逝，光芒万丈"。

69. 致格里尼昂夫人

拉法耶特夫人，她听了一定高兴。她说很遗憾再见不到你了，还说你不论在何处都美得像一个天使，一直都是美的象征。你给我写的话，我都会斟酌告诉别人，让人听了更高兴。

拉特罗施夫人告诉我，莫勒伊夫人周三坐上了太子妃的马车。大家猜她会当陪伴公爵夫人的贵妇，因为国王说过这个人选应该出于自愿。大家都说她想得到这个位置已经很久了，此举是为了促成事情。我希望她得到这个位置，你知道我早就说过支持她。

说起头晕，亲爱的孩子，我好像发作过一次。我服了八滴尿精，和往常不同的是，这药让我一晚没睡，不过也让我重新发现了它的效果。自从上次之后，我就再没用过这种药。如果再有怨言，那就是我不知满足了。当我全力对付腿伤的时候，头晕就不想再来添乱，不然就是趁火打劫。腿的情况是这样：伤早就好了，没有留下一点疤痕，不过受伤的地方还很硬，大量浆液都被凉水堵在那一块，亲爱的神父们想温和治疗，不愿让我疼痛，又想让我舒心，就每天换两次湿敷的草药。换下的草药都被埋起来，随着它们渐渐腐烂，你想笑就笑吧，反正我的伤口也渗水变软了[1]。于是，伤口毫无疼痛地慢慢渗水，加上草药的冲洗和药粉护理，我这条饱经折磨的腿就恢复了。我最喜欢这样的疗法，既有疗效，又不让人受苦、不让人恶心，让我高高兴兴地看着自己一天天好转，不用敷黑油膏，也不用卧床养病。不过遗憾的是，你若是把这过程讲给那些外科医生听，他们会不屑一顾地大笑。那就让他们笑吧，我也觉得他们好笑。

---

[1] 近乎法术的新疗法，意为把病痛带走、还给大地。

爱从不平静

你想知道我今天去哪儿了吗?我去了圣母广场,玩了两局槌球游戏。啊,亲爱的伯爵,我总想起你,想起你优雅的推球姿势。真希望格里尼昂也有这样漂亮的林荫道。我马上要去林荫大道尽头看毕卢瓦,他把草坪修整成优美的斜坡,一直延伸到通往大路的大门。孩子,我把实况详详细细地告诉你了,你可不要说我隐瞒实情,只会撒谎。我可是知无不言、言无不尽。

是的,我们的修士恪守他们的三项誓愿[1]。他们去埃及旅行,见到了无数美如夏娃的美女,却让他们从此更加反感女人。总之,他们最大的敌人丝毫不会损害他们的美德,他们虽受人憎恨,却以此为荣。那两个快要病死的女人,他们治好了其中一个。

说说肖纳先生吧。他信中说三级会议在迪南召开[2],他会让会议8月1日开幕,以便9月初能有时间来接我。他还说了很多关于你的开心话,说他任意差遣你,说你对他任性,很快又……他这样的快人快语让我着迷,我真是很喜欢这些好长官。他妻子也给我说了无数的知心话。我真不明白怎么会有人恨他们、嫉妒他们、迫害他们。你不知不觉开始关心他们,我非常欣慰。如果三级会议是在圣布雷厄举行,那就会是一桩苦役。新专员还没有选出,他们还有这个任务要完成。他们要是把你当作知心朋友,就有很多事要告诉你,因为最近一段时间以来,他们真是风波不断。

说到布吕昂先生,大好人说他可不是一个皮斯托尔就能请动的

---

[1] 顺从、贫苦、纯洁,尤其是保持纯洁。他们探访埃及,带回药方,在卢浮宫受到接见,之后又回到布列塔尼隐退。

[2] 三级会议不固定在一个城市召开。迪南三级会议于8月1日开幕。塞维涅夫人没有参加会议,她在开幕之前前往多乐参见肖纳公爵。

69. 致格里尼昂夫人

人，但两个皮斯托尔又太多。要问问勒库尔先生，他经常咨询布吕昂先生，还可请教拉特鲁斯先生，他要在工程结束后才付款。他有没有做估价？酬金要视他出力多少而定，现在还很难说该给他多少。你不如等我们回来再定，他也不是见钱才办事的人。孩子，照你信中的描述，我猜你的房间一定舒适漂亮。只要善于安排，就能兼顾美观和质量，也不会花费巨大。我知道装饰房间是件多么愉快的事情，我也会不自禁地投入，但我时刻提醒自己，必需品解决之前，绝不能买必需品之外的东西，不然装饰起来就会无止境。我向来做事凭良心，有钱先要用来还债，不仅能让我心安，也能避免欠下新债。因此，出于母爱和对你们夫妇的友情，我要批评格里尼昂先生打算给你买一面新镜子。亲爱的孩子，你现在的那一面就足够了。你的房间还没有布置完善，这面镜子正好适合。它本是给你的，我遗憾的是光给了你镜子，其实早就该让人安装好，现在安装反倒没那么容易。孩子，既然已经花了钱安装就好好享受吧，不要再浪费钱。多一面镜子不仅徒劳无益，也不符合我们推崇的美德。

希望科尔比内利还没有和你说起过总督[1]，我要把他介绍给骑士先生。

致格里尼昂骑士

别人问他，宫里和巴黎最稀缺、最奇特的是什么，他说是他自己。先生，如果您觉得这话说得不对、不好笑，就怪我吧，要不就

---

[1] 热那亚总督（le Doge de Gênes）。

是您有病。唉！可怜的先生，您的确是病着。您要是知道我为您的病多么揪心，就能体会到我对您的感情。您在病中，我想象着病态会怎样发展，万分难过，加之这里生活悠闲，任何念头都被无限放大，我的悲伤更是无从排遣，挥之不去。请您认真考虑我的建议：到利夫里去，至少试着自己走路，可别对我说您坐在椅子里让人抬着走。堂堂王太子的青年侍从，不在骑兵竞技场上大显身手，却这样一副病态，多奇怪。天意啊！

孩子，请你留心绅士们夏天是怎样穿着打扮的，然后给你弟弟寄一块好布料来，穿着显风度，又要便宜。看看袖子应该是哪种式样，再给他选好配饰一并寄来，好让他在接待长官[1]时穿戴。这里有一位很好的裁缝。杜普莱西先生会把神父的钱带给你，用来买绸带，因为我已经付清戈蒂埃的钱，如果要求更换，他要收额外的费用[2]。也请你帮我问问肖纳夫人，我去雷恩看望她时应该穿什么样的夏装。孩子，谢谢你让我前往三级会议。等我回到这里就开始收拾行李，为见到你的重大时刻做准备。肖纳夫人一定会欣然同意。我有一件暗条纹的棕色塔夫绸长裙，袖子卷边和裙边上有钟形装饰，这种式样可能已经过时了，我可不愿到美轮美奂的雷恩去丢丑。我想照你的喜好穿着打扮，又要低调节约。不要找图皮尔给我做衣服，我只想找迪奥夫人[3]，她知道我的尺寸。什么时候要用这

---

[1] 肖纳一家。

[2] 戈蒂埃是著名的布料商，尤其以镶金银丝的布料为多。如果更换有差价的商品，需收取额外费用。

[3] 这位裁缝收费更低。

69. 致格里尼昂夫人

套服装，你比我更清楚，因为你会送肖纳一家动身，接着我就赶到雷恩去见他们。说实话，我要是不爱他们，就是忘恩负义。这里很多人对他们忘恩负义，令人发指，我可不想和他们一样。

听说（这是离题话，可我的笔写起来不由自主）你们普罗旺斯最小兄弟会的修士向国王献上一篇文章，把他比作上帝，但如此吹捧，就连上帝也不过是他的复制品。他们把文章交给莫先生，莫先生又献给国王，说该文不忍卒读，国王也赞同，就命人送给索邦大学评判，索邦大学说应该废除该文。做事不能过度。没想到最小兄弟会居然会做出如此阿谀奉承之事。我喜欢给你讲凡尔赛和巴黎的趣事，你这傻孩子对外面的事一无所知。

你对孔蒂家的几位亲王[1]的想象实在过于浪漫。我已经过了奇思妙想的年纪，倒觉得他们做得不对，不该离开这样好的岳父，应该相信跟在他身边总能有机会见识战争。唉，老天！他们只需耐心等待，享受老天给他们安排的尊贵地位。没人会说他们是胆小鬼。当冒险家和脱缰之马有什么用场呢？他们孔代家的堂兄弟们有时机展示自己，这些人终究也不乏机会扬名立万。就此搁笔，可爱的、亲爱的孩子，我满怀对你的深情，憧憬着我们9月见面的情景。等杜普莱西先生欣赏够了我们的花园[2]，就会把图纸给你；他已经收到了图纸，你要跟他和达勒拉克小姐讲清楚那些斜向的直道应该怎样铺设。

---

1 指几位孔蒂亲王，他们不顾叔父孔代的反对，获得国王（岳父）准许，前往波兰作战，后转战匈牙利。
2 罗歇花园的设计图。杜普莱西先生看着图纸，想象漫步花园的景象。花园呈梯形，但底边不与城堡垂直铺设，因此设计了斜向的直道。

爱从不平静

　　大好人一如既往地爱你,他迫不及待地想见到逗我欢笑的波利娜。你的弟弟弟妹也时时惦记着你,他们确信镇静修士[1]只需拿出自己的药盒就能药到病除。可我猜他不会来这里,他们正在雷恩忙得不可开交,让我继续服用他们的好药,玩乐、散步都不受影响。再给我亲爱的孩子一千个拥抱。

　　致我亲爱的伯爵夫人。

---

[1] 发明镇静膏的修士。

70. 致格里尼昂夫人

罗歇，1685年6月17日，星期日

亲爱的孩子，你到了利夫里，摆脱了巴黎纷扰的杂念，我多高兴！你能唱我的歌[1]，即使只有十来天，也是很幸福的。你满怀深情想起好心的神父和你可怜的妈妈，这些回忆多么温暖。不知为何你所想所说的总是那么恰到好处。其实是因为这些回忆都在你心里；心从不会出错，尽管你曾经赞扬理智，说理智可以取代心，但理智随时可能会出错、会偏差、会蒙蔽人。理智从来不是坚实稳定的，被内心所照亮的人却不会迷失。因此，好好珍惜来自这个地方的东西吧，尤其要珍惜自然而然发自你内心的情感。

你更新了我对利夫里的印象，让我更加愉快。利夫里再加上你，真是相得益彰，要不是我已经准备9月和你一起去，现在真会忍不住赶回去了。你也许不会提前回去，因为巴黎总是有大大小小的事务和障碍，让你无法脱身。我盼着在那里再见到你。不过，天啊！你说什么，亲爱的孩子？我的心紧张得怦怦直跳。什么？要等格里尼昂小姐9月做出决定，你才确定等我一起回去？什么？那你之前说的话不算数，两个月之后我有可能见不到你了！一念至此，我就浑身发抖，不得安宁。请你打消我这个念头吧，尽管现在看来不太可能，但还是刺伤了我。请你给我确切的答复。哦，圣洁的格

---

[1] 隐喻，指格里尼昂夫人能够像她母亲一样，感受和赞美利夫里的妙处。

里尼昂夫人,只要你确认9月等我,我就会万分感激。

再说说利夫里吧。我觉得你真是固执,尽管我已经多次提醒过你,

> 我认出我自己的骨血……[1]

看你至少整整一年固执己见,真让我佩服。你真是好笑,带着修道院院长般的笑容,把头扭向一边,这就表示赞同?大好人希望阿尔莱在利夫里也能好好服侍你,就像他从前为你清扫整理花园那样好。不过孩子,你从哪儿听说6月13日能听到夜莺的歌唱?唉!它们正忙着照顾自己的小家庭,既不会唱歌,也不会求偶,它们考虑的是更现实的事情。我在这里一次也没听见过。它们都在池塘和小河的下游,但我还没有到处游览,现在能在美丽平坦的小路上自由散步就已心花怒放。

接下来要跟你讲讲我的腿,然后再说利夫里。没有,孩子,我的腿上早就没有一点伤口了,只是修士们想让腿渗出水,以便完全消肿,让伤口愈合后变硬的地方软化。他们选择了长期的疗法,用吸水的草药清洗,让腿里的浆液慢慢渗出。我坚持治疗,腿慢慢地恢复原状,而且毫无疼痛,不受拘束。修士们把草药铺在一块布上,敷在我的腿上,半小时后把草药埋进土里。要治愈七八个月的伤,我觉得再没有哪种疗法会更舒服。王妃精通医术,也赞成这种疗法,打算以后有机会就采用。她昨天来过,可怜的鼻子上打了一

---

[1] 引用《熙德》中的台词:"在你高贵的狂怒中,我认出我自己的骨血。"

70. 致格里尼昂夫人

大块石膏，似乎已经骨折了。她悄悄告诉我，她刚收到一小盒那种有名的药剂，想要送给你。我明天去她住的花园取；这可是一份珍贵无比的礼物。如果你对夫人无话可说，就和她说这件事吧。她觉得埃莱克特里斯夫人可能会来法国，前提是这边确保她能至死信奉自己的宗教，也就是说任由她坠入地狱。她还和我们讲了骑兵竞技表演。孩子，我们总在纠结那本书的邮费，实在有点可笑了。我写信告诉过你，也告诉了你弟弟。他深有同感，不过我们觉得只要这样想想，在罗歇就会过得更开心。我们还清清楚楚记得巴黎的时光过得多快，可惜好景不再，你可能会对我们的想法不以为然。

再说说利夫里吧。你就住自己的房间，格里尼昂先生住我的房间，大好人的房间给多余的客人住，达勒拉克小姐住楼上，骑士住大白房间，侯爵住小楼。你们是这样安排的吗，孩子？我真想挨个房间去拥抱每一位住客，还要告诉他们，如果他们想起我，我也正满怀真挚的感情想念他们。希望你能在那里重新找到你怀念的一切，但不准你说青春已逝。这话只能让我来说，从你口中说出来，就把我推得太远了，让我徒增感慨。

亲爱的孩子，不要为我和你弟弟劳烦你的任务返回巴黎。让安福西去告诉戈蒂埃，让他给你寄样品；艾斯卡尔那边写信足矣。总之，孩子，你不要着急，不要劳累。你的时间还很充裕；我的大衣只要两天就能做好，你弟弟的服装在本地做就可以。看在上帝的分上，不要缩减你在利夫里休息的时间；你在那边，就好好享受属于你的小修道院吧。为了减轻你的负担，我已经写信给艾斯卡尔，寄给她一份黑金相间的衬里布料，请她做一件无衬里的漂亮外套，下摆加一圈金色流苏。布料花了7利弗尔。这个话题说得太多了。你

爱从不平静

已经做了很多了,亲爱的孩子。

这里的月亮和在利夫里看见的一样美。我们已经外出享受过月色了,这次不是走林荫道,而是穿过一条长廊。圣母广场景致很美,就像一个巨大的观景台,广阔的田野一直延伸到三里之外的特雷穆耶先生家的森林。不过,你的修道院树枝掩映下的月亮更美。我看着月亮,想着你也在观赏同一个月亮。亲爱的小可爱,这是一种奇特的相遇;巴维尔[1]的月色一定会更美。

如果你见到拉加尔德先生,请代我向他问好。你说起波利尼亚克,就像他还是任你驱遣的情人;一年时间也许还不足以改变这场婚姻。请告诉我骑士走路怎么样,伯爵的烧退了吗?亲爱的孩子,可怜你这样受苦受累,愿上帝保佑你。我亲吻你漂亮的脸颊,万分想念你,大好人很高兴你喜欢他的房子。我亲吻达勒拉克小美人和我的侯爵。杜普莱西先生和你们相处怎样?请告诉我一声。

你弟弟弟妹敬你爱你,我常和他们讲格里尼昂夫人是什么样,这个可爱的小女人就说:"夫人,世上真有这样的女人吗?"

致我亲爱的孩子。

1　母女俩打算9月相聚后前往的乡间别墅。

71. 致格里尼昂夫人

罗歇，1685年8月1日，星期三，回复7月25日及28日来信

我亲爱的小美人，我昨晚刚回来，结束了这次长途出行。周一上午八点，我和长官们告别，请他们原谅我没有目送他们远去[1]，因为我路上要走十里，而他们只要走五里，当天剩下的时间我在多乐会很无聊。他们很理解我，满怀深情地和我告别，不停地感谢我。说实话，我非常乐意特意为他们跑这一趟；他们对我那样好，我也应该表示对他们的感情。我们都称赞你，他们拥抱我，祝贺我即将见到你，也分享我的快乐。一句话，相见甚欢。菲厄贝先生比我早一天到达，我们很高兴能在异乡聚首。我在多乐就像在阿特兰特宫[2]里一样；熟悉的人名都在耳边回响，却无法见到他们：院长先生，拉特雷穆耶先生，拉瓦尔丹先生，达鲁先生，沙罗斯特先生。他们就在离我一里或一小时的地方飞来飞去，就是不让我碰到。

我是周一上午离开的，但亲爱的小库朗热非要跟我们回来住一周，你弟弟也趁此机会和他一起回来了，他们现在都好好地住在这儿，会住到这个月8日。他们会出席最后半个月的三级会议，然后

---

1 指她没有送肖纳一家离开多乐，自己先走了。《屈打成医》中的玛尔蒂娜要"目送"丈夫离去，自己才离开，塞维涅夫人说自己与人物相反。
2 阿里奥斯特的《愤怒的罗兰》中有魔法的宫殿，使人寻找的东西隐藏不见。

爱从不平静

你弟弟会来拥抱我，跪着求我等他，那时我就出发。孩子，这一切都会在9月的最初几天结束，我一定会在9日或10日到达巴维尔。亲爱的孩子，如果老天保佑，这就是我的计划。我满心激动，盼着这快乐的时光来临。如你所说，这并不是我们凭着自己的感情而产生的空想，而是我们现在共同遵循的日程。我还见到了亲爱的沙里耶神父，他见过你，和大家一样说你很美，对我也满怀深情。

唉，孩子，为什么你总放不下我遇险[1]的事呢？应该把它忘掉，把整件事情看作上帝的旨意。本来是一点小擦伤，只需涂油和酒，哪怕不处理都行，却被打上了石膏，还得到大家交口赞同。这块石膏一直贴在那里，却成了我的毒药：就是这个差错，穿针引线引来我后来所有的病痛。我一直盼着病愈，却直到现在才愈合。整个过程真是匪夷所思，只能看作众人的睁眼瞎，活该我难受焦虑。孩子，我并没有疼痛、发烧，丝毫没有你想象的那些病痛。我一点也没变。不信你问小库朗热，他会告诉你我现在和过去一模一样。这次出行对我的腿毫无影响；我既没有劳累，也没有发烧。我听从夏洛特[2]的嘱咐，好好地照顾自己。她今天早上刚来看过我，非常得意治好了我的病。我认识她才不过半个月，是不是很神奇？这一切都早有注定。她给我敷白酒敷料，腿缠上绷带以防腿伤复发，但我散步时毫不受拘束。我确实每次都给你讲同样的事情，但我必须说实话，孩子，你知道我从未骗过你。我的皮肤异常敏感，不能有一丝一毫擦伤。噢！我们还是谈点其他事情吧。

---

1 指塞维涅夫人腿受伤一事。
2 一个为她医治腿伤的人。

71. 致格里尼昂夫人

你能参加婚礼[1]却没有参加,真是遗憾。索家的庆典仪式你也错过了,真不知你要怎样才能释怀。

我们把库朗热压榨殆尽,让他讲各种各样的趣事给我们解闷。真高兴有他在这里;他给我们讲阿邦维尔夫人对你东施效颦,把我们的眼泪都笑出来了。你在索家的晚宴上碰到那些不速之客,应该有些扫兴。

我很想知道蒙托西埃先生和她女儿是出于什么原因,拒绝在婚约上签字[2];这么固执的反感实在不可理喻。孩子,我想你一定有很多事要讲给我听。如果你愿意把格里尼昂先生的信的抄件寄给我,我会万分高兴,绝不给别人看。我相信这封信一定写得很好,也一定会产生效果;愿老天保佑。

那么现在魔法解除了;你有一位有钱的朋友,丰衣足食招待你。好好享受这份好运吧!蒙穆斯[3]咎由自取,可没人同情。

孩子,你问我的伤口是否又裂开了。没有,当然没有,三个月以前就已经痊愈了。我又提起这件不愉快的事,是为了打消你的顾虑。

大拉莱去世了,你一点都不惊奇吗?她身体那么好,完全就是健康的象征。我倒觉得她之所以走进坟墓,是因为总听见别人称赞她的妹妹,她自己受人关注和垂怜只是因为对上帝之爱。

---

1 大孔代的孙子波旁公爵(le duc de Bourbon)与国王和蒙特斯庞夫人之女南特小姐(Mlle de Nantes)的婚礼,7月24日在凡尔赛举行。
2 蒙托西埃先生与女儿于泽斯公爵夫人拒绝在波利尼亚克与达勒拉克小姐的婚约上签字,导致婚事最终告吹。
3 蒙穆斯是反抗英国国王的起义者,被捕并处决。

爱从不平静

你把神父想得那样野蛮,他非常恼火,说他才没有这么狡猾。他见我回来非常高兴。我途中又去了雷恩看望亲切的马尔伯夫夫人,还去了维特雷看望王妃,接下来就可以心无旁骛地陪着我的小库朗热了。我在多乐给你写的信中说了,我的衣服做得非常精美。亲爱的孩子,这次出行带给我的只有欢乐,没有任何不适。我真不愿可怜的格里尼昂日渐病弱消瘦。真的无计可施了吗?饮食起居细心疗养,身体也毫无起色吗?我真是痛心。可怜的骑士病着,也让我难以接受。唉,那洋溢着青春与健康光彩的面孔!刚刚度过青葱年华就已经衰弱到无力走路!居然要像圣帕万[1]那样被抬着走。孩子,我只能低下头,注视着折磨他的命运之手。我们能做的仅此而已;其他任何想法都无法让我们平息片刻。这事真让人感慨命运无常。你弟弟亲切地向你问好。他的假发还在迪南,相信一定会很精美。希望你已经让杜普莱西先生付过账了。牛倌是否已付清并不重要[2],关键是资金是否还够用。我们已经收到了所有款项,要马上付款给戈蒂埃。刚有一位佃农来过,还剩一位,我会尽快解决一切事务,不再耗费我们俩的耐心。

我真佩服波旁公爵的耐心,躺在大床上,小妻子离他十步之遥。[3]这样年幼的孩子,萨布洛尼埃半夜巡视只需承担护卫职责,亲王先生和朗热隆夫人也形同虚设。我常想起那场风头盖过公主[4]的婚礼。那是怎样的婚礼啊!那么奢华眩目!

---

1 塞维涅夫人在利夫里的邻居,一位诗人,被痛风折磨得不成人形。
2 来自谚语"只剩牛倌未付清,债务所剩已不多"。
3 他们年龄尚幼,波旁公爵16岁,公爵夫人12岁,只在婚礼时按照礼仪同床共寝。
4 指沃德蒙夫人(Mme de Vaudémont)。

71. 致格里尼昂夫人

桑加利德，今天是你的大日子[1]，

这事值得深思。

  谢谢你替我亲吻格里尼昂全家人。记得常常亲吻他们，保持亲密的关系。请你专门替我亲吻一下卡尔卡索纳先生的脸颊，我好像有很长时间没有吻过他了。再见亲爱的孩子，再见可爱的孩子。沙里耶神父向我讲述了你如何想念我，让我立刻感受到你的深情，面对这样真挚坚固的感情，我怎能不感动？塔朗特王妃夫人的感情却是盲目的。我能认识夏洛特真是巧，若是早认识她，病早就治好了。

  等我们哪天聊聊吕内先生。哦！多荒唐啊！肖纳夫人这样说。如果拉法耶特夫人愿意，她早就该告诉你我的回答，我之所以保持现在这种状态有诸多理由。[2] 她和拉瓦尔丹夫人都赞成我的决定。她真该在你面前赞扬我，因为我无比重视你对我的敬重。

  啊！你和万斯夫人一道去见亲王真是明智。我得知你受到热情的接待，而他遗憾你逗留的时间太短，这才安下心来。你有时实在过于谨慎了。

自库朗热

  我还记得从前在您信中给您妈妈捎话的情景，现在倒成

---

1 吉诺和吕利的歌剧《阿蒂斯》（*Atys*）中的歌词。
2 塞维涅夫人自25岁守寡未再嫁。路易-夏尔·达朗贝尔，吕内公爵（Louis-Charles d'Albert, duc de Luynes）两度丧妻，在65岁时曾想迎娶59岁的塞维涅夫人。

爱从不平静

了在她的信中给您写几句话。我至少还会给您写一封常信，因为我还要在她身边待上整整八天，清除我的疲惫。她给你讲了多乐之行，旅途愉快，只是她两次在池塘里翻船，我也一同落水，不过我擅长游泳，把她救了起来，连衣服都没有浸湿。还有那次跌跤[1]，腿没受伤，也没感冒，请不要担心。罗歇的山路上景色秀美，我欣然处处攀行，不过跋涉之后收不到塞涅莱先生的定期来信，我会很难过，因为我早已习惯如期收信。那么您已经去过索家了；那些混杂的宾客与您为伴，您一定不会喜欢。您是不是恰好没报我的名字？再会，我美丽的伯爵夫人。请让我深情地拥抱您，向格里尼昂全家的小鸟儿们问好。

---

[1] 并没有真的跌倒，只是情形与上次造成塞维涅夫人腿伤的事故相似。

72. 致格里尼昂夫人

罗歇，1685年8月12日，星期日

孩子，你在牌桌[1]上碰掉了那堆皮斯托尔，真把我吓出一身冷汗。老天啊，我完全理解你的窘迫，特别是看到那些人捡起你碰掉的东西。公爵先生[2]说让你不要全都碰掉了，我觉得他既是遗憾又是出于善意。他对你满心关怀，才会那样说；如果你再碰掉，就该由他来捡了。孩子，在这全世界最令人神往的晚会上，这样的小事让你心慌意乱[3]，真让我称奇。达帕戎夫人热情可亲；你是国王亲笔写信邀请的，与卢瓦夫人关系亲密；和你同桌共餐的都是皇亲显贵，还见到了让你绝倒的女神[4]。我的小美人，最终有这样一点小事来扫扫兴也无妨。不过说实话，它转眼就无足轻重，也不会造成什么影响。库朗热先生那么急切地想看你的信，我就觉得没必要向他隐瞒众所周知的事。他说他若在凡尔赛，就能告诉你别人会怎样谈论这桩意外。后来他又说这样的小事无足挂齿，根本不会有人提起。无论如何，这个小插曲都不会影响你的请求。你毫无窘态，优

---

1 据信件的首位编者佩兰在1754年的注释，此处指国王在马尔利（Marly）的牌桌，当时受邀前往马尔利是一种盛宠。

2 指昂吉安公爵（le duc d'Enghien），大孔代之子，与皇室最为亲近的人。

3 格里尼昂夫人在国王面前羞怯笨拙。

4 指孔蒂王妃（la princesse de Conti），她"惊为天人"。拉封丹后来也在《梦幻》（*Le Songe*）中称赞王妃身段优美、舞姿优雅。这让塞维涅夫人想起女儿与法国的亨丽埃特共舞的场景。

雅不减一分,美丽也不减一分。现在,这点雾霭早已烟消云散。哪天请你给我讲讲盛宴的欢乐景象,蒂昂热夫人又讲了什么故事给大家逗趣,因为她有很多好故事。你说孔蒂王妃惊为天人,我想没人比你更有资格评价。也许我把你的评价看得过重,因为照你所说,她比你和过世的王妃还要美丽,不过完全不是因为舞蹈,而是那绝妙的身材,令人惊异,令人赞叹:

> 让宫廷见识,
> 她是出自众神之王的杰作。

我们还得知布庸先生和夫人在埃夫勒,红衣主教在凡尔赛的住房钥匙被人收回了,真是不幸。不过他一生尽享洪福,现在尝尝悲喜交集的滋味也好。

亲爱的孩子,我若不是在命运的股掌之中时时战栗,此刻应该尽情享受希望的甜蜜。我们相见之日不再以月计,而是以周计,很快将以日计。亲爱的孩子,如果老天应允,我很快就能满怀喜悦地拥抱你了。我周一就能知道你更多的情况,因为你的上一封信讲的完全是凡尔赛的情况。这里的新消息,就是你可怜的弟弟得了低烧,不能去参加三级会议。我去年冬天也得过同样的低烧,他喝我上次喝过的那种修士制的汤药,你知道的,药效极好,他都打算明天和库朗热先生一起出发了,因为三级会议结束时他至少得在场。你为他挑的服装非常漂亮,他穿起来英姿勃勃。库朗热总是那么亲切。若说我们在巴维尔还欠缺什么,那就是他不在那里。

72. 致格里尼昂夫人

拉默香[1]娶了本地一位善良标致的富家女，现在成了布列塔尼人。我做得最正确的事就是让博利厄回来。

我的身体硬朗无比，腿也安然无恙，库朗热先生可以做证。我们早晚都散步，他给我讲各种各样的趣事。你对那些往来钻营的女人不屑一顾，希望你没有和别人说过；你的确占理，可骄傲总是让人不悦的。我很高兴你只字未提格里尼昂先生身体怎样，说明情况应该很好。可爱的孩子，我温柔地亲吻你、拥抱你。

自库朗热

我还在这儿。若要随我心意，明天就该动身去加入三级会议的狂欢。不过我明天就离开，因为三级会议应该马上就结束了，我还是沿着原路返回吧。您在马尔利碰掉了皮斯托尔，一切可好？我若在凡尔赛，一定会听到关于这件奇闻的传言，别人一定会说您面对高朋贵友那样激动，高兴得昏了头。美丽的夫人，让人乱说去吧，您只管走自己的路。这些风言风语全是出于嫉妒。在这个争奇斗艳的宫廷里，容貌出众、聪明超群就已是大罪恶。只是碰落两个皮斯托尔，国王不会因此看轻您，也不会反对您向他提出的儿子继权的请求[2]。

再会，我的美人儿。您很快就能陪伴在您可爱的妈妈身

---

[1] 夏尔的贴身仆人。
[2] 她想请求国王，如果格里尼昂去世，将其职位无偿转让给他14岁的儿子路易－普罗旺斯。尽管这是习惯做法，但国王尽可能地限制这种情况。后来格里尼昂再次提出请求，国王仍未应允。最终，路易－普罗旺斯于1703年去世，格里尼昂于1714年去世。

边，她永远那么美、那么亲切。她三周之后一定出发去和您相会。我在这里度过了美妙的半个月。罗歇的林间小路那么美，即使放在凡尔赛也是胜景。就此搁笔。

73. 致格里尼昂夫人

罗歇，1685年8月15日，星期三

孩子，你看现在离我们相见之日屈指可数了，不再需要按周、按月来计算了。不过，亲爱的孩子，你说得对：让人最扫兴、最痛苦的事，就是在刚开始感受到重逢之乐时想到很快又要离别。这个强烈的念头日日夜夜总在我心头萦绕不去，甚至有一天在给你写信时，它也突然浮现在我眼前，我就说："唉！这么大的痛苦能不能让我们免受其他痛苦呢？"不过我当时不想谈及这么扫兴的事，现在却刻意去想，盼望着早日到巴维尔和你相聚。

我并不以随从队伍简陋为耻。我的孩子们都有豪华的阵列，我曾经也有过。但世事变迁，我只剩下两匹马和四匹勒芒驿马，就这样坦然自若地前往。我的腿恢复得完好无缺，你会为此爱死夏洛特。她曾在此见过你，觉得你美若天仙，因此她也极想治好我的腿，得到你的表扬和赞叹，让你知道她是从什么状态把腿治好的。

时间过得真快，连小库朗热都已经走了。他是周一上午和你弟弟一起出发的。我把他们送到通往维特雷的大门。我们三人都在等着巴黎的来信。信一到，我们先读你的信，小库朗热说里面一定有一半都是写他。的确，你没忘了说起他，不过他们都和我一样，觉得你把贝勒巴指配给公主是开玩笑。[1] 当时谈起这件事情，许潘先

---

[1] 再次有人向达勒拉克小姐提亲，对方是于罗·德·奥斯皮塔尔，但尚未成亲就已去世。后来达勒拉克小姐嫁给于罗·德·维布雷。

爱从不平静

生一本正经的提议，蒙托西埃夫妇和贝蒂纳夫人也表示赞成，我们大吃一惊，实在难以言表。不过后来达勒拉克小姐对提亲表现出的宽容倒是更让我们惊讶。我们得承认，巴黎的生活与交往圈确实惬意，不过她有够高的身份与教养，能满足于这种平庸吗？她确定自己出身高贵、足够享有波利尼亚克夫人所享受的那些荣誉与便捷吗？她这样的稳重从何而来？这可是早早就放弃荣华富贵。我并不是说他们家声望不高，贝勒巴也算身出名门，不过"木柴和木柴各不相同"[1]。她虽然中意贝勒巴胜过其他求婚者，但他那副长相、那种严肃劲儿更适合选来当仲裁人，而不是当丈夫。就像库朗热说的，不应该像她婆婆弗莱克塞尔夫人那样，半夜醒来庆幸枕边人是于罗家的人。最后，孩子，我不知如何表达我们的感受，因为你激动，我们也热血沸腾。一切全凭天意，如果老天要让一个人身陷困境，全巴黎的律师都没法为他开脱。

奥梅松先生也该见见律师。因为你只给我讲了他夫人临终的情况，我没敢给他写信。请告诉我葬礼的情形，我好设法安慰他。库朗热知道有人针对他写了一首歌，今年冬天准备唱。这可怜的人到这般境地，我们对他和他家人还能指望什么呢？唉，孩子，精神和肉体只剩残渣，让人多难承受啊！如果能给旁人留下体面的回忆多好！千万不要让衰老和残疾所带来的苦痛破坏和扭曲我们从前给人的美好回忆！有些地方的人出于情谊，会杀死年迈的父母。[2] 如果不是与基督教教义相悖，我倒喜欢这样的地方。

---

[1] 影射《屈打成医》。

[2] 蒙田的《论习俗》(*De la coutume*) 中写道："到一定年纪杀死父亲是出于怜悯。"

73. 致格里尼昂夫人

孩子，我想你一定惴惴不安地在等着我的回信。我也满心忐忑，害怕有什么变故会阻碍我们如此重要的会面。我反反复复思量这些事情，但你考虑得比我更周全，我就不再赘述自己的思量了。现在只有我们孤零零地留在这儿。我们的小伙子们周一去了马尔伯夫夫人府上大吃大喝。你弟弟还没退烧，准备穿着漂亮的衣服出席，不然就可惜了。小库朗热的衣服想必不是太小就是太短：你可真会取笑人！

亲爱的孩子，给你一千个、十万个拥抱。不到一个月之后，我就能拥抱你们每一个人了。卢瓦夫人的事，库朗热会给你回信，愿老天保佑骑士早日康复！*这种疗法一定会让我受苦*。[1]实际上，他病着也让我万分难过。格里尼昂先生应该已经康复了，为此我要感激他。请替我拥抱其他人，并接受大好人和你弟妹的问候。我和库朗热激烈地讨论过他难以理解的话题，简直就像莫里哀剧中的场景。我满怀自然深厚的感情再一次拥抱你。圣洁的格里尼昂夫人什么时候到来？

---

[1] 《屈打成医》中的台词。

74. 致比西-拉比丹

巴黎，1687年9月2日，星期二

亲爱的堂兄，我刚收到你从克雷西亚的来信，在深深的悲痛之中感到安慰。我舅舅十天前过世了，你知道对于他疼爱的外甥女来说，他有多重要。[1]他对我无微不至，全心全意地待我，还为我的孩子们尽心尽力。塞维涅先生去世后，是他把我从深渊中拯救出来。他为我打赢了官司，帮我管理好所有的地产，为我还债，把我儿子的领地变成了世上最美最舒适的地域，让我的孩子们都顺顺利利地成家立业。总之，全靠他一直以来的关怀，我才能过得安稳舒适。这么长时间以来，我习惯了享受他的恩惠，如今却要天人永隔，你应该理解我有多痛苦。看着我们日日见到、深深敬爱的老人离开，从此再也没有他相伴，让人怎么承受？我可怜的舅舅已经80岁高龄，深受病痛的折磨。他瘫痪在床，为此郁郁不振；生命于他而言只是一种负担。我们还能希望他怎样呢？让他继续忍受痛苦？只有这样考虑才能让我略感安慰。他的病就像壮年人的病：持续高烧，胸口肿痛，七天就过世了。他这漫长可敬的一生，满怀虔诚、苦修与对上帝的爱，一定会获得主的宽恕。堂兄，这就是半个月来让我日夜煎熬的事情。我满心悲痛与感激。我想起你念及圣艾尼

---

[1] 塞维涅夫人的一个舅舅把她抚养成人，库朗热神父是他的弟弟。1651年塞维涅夫人守寡之后，库朗热神父尤其照顾她、帮助料理她的事务。他于1687年8月29日去世。

74. 致比西－拉比丹

昂[1]的优秀品行时满怀的感激与深情，我们都不是忘恩负义之人，都会永远铭记有恩于我们的人。

你的回旋诗写得很美。你写的内容都赏心悦目、无与伦比，但你的心并不在诗中。我知道你依然风流倜傥，图隆戎夫人虽然迷人，但在你的心里并没有留下很深的印象。

你在科里尼家族档案中找到那些声名显赫的名字毫不为奇。这些大人物身后留下什么，是个值得思索的问题，因为他们留下的财富已传到他人手中。我们先祖的经历也很辉煌，深得知情人的爱戴。

你知道我们军队大败土耳其人的辉煌战绩。我的维也纳堂兄不也战功显赫？[2] 我有时为他默默无闻而大鸣不平，他不也是战场上的将军？真希望你的长子也参与了这场让全法国人民扬眉吐气的战争。

再见，亲爱的堂兄。如果你来，我们会有说不完的话。我很后悔曾经劝你打消前来的计划[3]，那是因为我当时为你不幸的命运而黯然神伤。你比我有经验、明事理，请忘掉我那些愚蠢的道理，来看我吧。

拥抱我的侄女，她生病我很难过，希望她好好照顾自己。我把灵魂的救赎摆在第一位，紧随其后的就是健康，求上帝保佑你们俩都身体健康。祈祷你健康，就是希望你长久地爱我，因为我觉得只有生命的终止才能终结我们的友情。

---

1 圣艾尼昂，国王的宠臣，曾在国王面前为友人比西全力辩护。他去世后，比西在1687年6月20日的信中缅怀挚友。

2 洛林公爵（le duc de Lorrain）于8月20日大败一支八万人的土耳其军队。

3 塞维涅夫人在7月28日的一封信中劝比西离开领地、回到宫廷，因为国王已经下令结束对他的流放。比西来到宫廷，对国王的态度感到失望，很快又返回领地。

爱从不平静

自科尔比内利

先生，您说得没错，我给您介绍宫廷，就好像您从未见过宫廷一样，但也像给离开一周的元老介绍宫廷一样。它就像普罗透斯[1]，转眼就变脸。我听一位常常出入宫廷的官员说，他在巴黎待了两天再回到凡尔赛时，只能试试探探，就像已不认识主上和部长们一样。这里的行为准则至少每周一换。所以在这一点上请记住我说的话，在这个地方，除了国王的伟大、高尚、仁慈与虔诚是不变的，其他的一切都会变。

圣路易节那天，我在耶稣会听了一次布道，以后再给您讲细节和最美的片段，您听了一定会惊叹。布道的是奥拉托利会[2]的一位神父，叫拉罗什，在反对虚伪的美德上真是心坚如岩石[3]。

请侯爵夫人接受我卑微的致敬，请她记得我多么仰慕她的人品与德行。

亲王先生写的短诗，我们的看法和你一样；拉图内尔老爹[4]拒绝帮助，那样坚忍地辞世。正如你所说，在这样的场合，举手之劳也会有大用。

---

[1] 变幻无常的海神。——译注
[2] 1611年在巴黎成立的天主教修会。——译注
[3] 拉罗什（La Roche）在法语中既是姓，又有"岩石"的意思。——译注
[4] 对拉图内尔伯爵夏尔的亲密称呼，他于1687年7月14日去世，享年90岁。

75. 致格里尼昂夫人

波旁，1687年9月22日，星期一

孩子，我们昨晚刚从讷韦尔回来。我在讷韦尔给你写过一封信。我们确实是在一天之中如约到达的，可这是怎样的一天啊！这十里路走得可真艰难啊！我们天刚亮就出发，一直走到深夜，中间只停留两小时吃晚餐。雨下个不停，路泥泞不堪，因为害怕车翻进深深的车辙里，我们一直都是步行，足足走了十四里。更何况在这一天之前，我们刚刚度过美妙的五天，天气晴朗，风景美丽，道路平坦。昨天就像到了另一个地带，像布列塔尼那样低矮阴沉的地带，阴暗的森林里极少透进阳光。接待我们的是布列塔尼的费雷夫人。

我们住的地方，蒙特斯庞夫人、于泽夫人和卢瓦夫人都住过。[1] 我们睡得很好，看了温泉井，到修道院望了弥撒，还见到了富尔西夫人、南吉夫人和阿芒蒂埃小姐。我们碰见了一位医生，深得我好感，他叫阿米约，认识阿利奥而且很敬重他，还很崇敬我们好心的雅各布[2]。叙利先生[3]病重之际，他和雅各布在叙利府上为他治疗了六个月。韦纳伊夫人曾极力向我推荐过他，但我忘了。孩子，如果

---

1 波旁温泉疗养站比维希更得上流人士喜爱。
2 第六十七封信中所说的雅各布精油的发明者。
3 马克西米利安－皮埃尔·德·贝蒂纳，叙利公爵（Maximilien-Pierre I de Béthune, duc de Sully），塞维涅夫人女友韦纳伊夫人之子，1694年去世。

你愿意，请告诉叙利夫人和库朗热先生。阿米约与他熟识：他曾为卢瓦夫人治过病。这位医生很理智地反对放血，赞同修士们的疗法，他认定我的小毛小病全都来自脾，用波旁的矿泉水非常对症。他也推崇维希的水，但认为对我而言，波旁的水更胜一筹。他以后会非常谨慎地为我用冲洗疗法，但尽量不用。他说会和阿利奥商量，药性太猛，只能刺激神经，而不能治疗，但温泉水和温泉浴能够净化我的体液、促进排汗，足以产生疗效。他说话非常在理，会精心地为我治疗，也会把他的理由和治疗进展都告诉你。请你把这事告诉罗东。他准备去巴黎从业，想摆脱这里的反对之声。肖纳夫人的病不容忽视，用温泉水大有裨益。南吉夫人有时会绞痛得昏迷过去。虽然我们住得舒适，相隔也近，但此地总体上可说：

　　上天从未有过垂怜目光。[1]

　　上天没有遂人心愿，而是自顾自地安排，牵引我的手来到这里。我总在心里问你，似乎你在回答我："是的，妈妈，你就该这样做；这样做再好不过了。"

　　啊，老天，我总在说自己，快要烦透了！可你非要听。感谢老天，现在可以谈谈你的情况了。我收到你18日星期四的来信，知道你要去凡尔赛，也知道格里尼昂先生受阻的原因和情况。你要相信我没有那么可笑，有时也分出精力来照顾自己，而不是时时刻刻想着你，还有一切与你有关的事件；想你是一种习惯性的思想，我

---

[1] 菲利普·阿贝尔（Philippe Habert）的《死亡之殿》（*Temple de la mort*）的开篇诗句。

75. 致格里尼昂夫人

的心里无时无刻不是这种底色，但因为有很多事情要想，我也经常考虑，可惜都徒劳无用。种种考虑不宜多谈，无须向你赘述。我很想知道格里尼昂先生和骑士先生的身体怎样了，还有你自己身体怎样。我很害怕高烧。国王服了金鸡纳，应该很快就会退烧，愿上帝保佑。谢谢你寄来的植物盐[1]，我一定会用。你对可怜的妈妈真是太关心、太孝顺了。当妈妈的都不习惯孩子这样温存。我也疑心从没有人像我这样爱孩子。无论如何，我有你真是太幸福了，也必须承受与幸福相伴相生的痛苦。

肖纳公爵夫人对我极好，你听见都会吃惊。她亲切地向你问好，还时时提起你。不论她对我是承诺、鼓励还是威胁，"美丽的伯爵夫人"总是她自然而然的口头禅。你的名字时时刻刻陪伴着我们。肖纳先生在信中告诉我：我们出发次日，见你看到天空密布的云不禁为我忧心，他自己也指望云开日明[2]。如果天气晴朗，希望好心的骑士先生能借一匹马给杜普莱西先生到利夫里去一趟，看看急需修复的一项工程进行得怎样了。不过如果你自己很快要去，就不必让他去了。

再见，亲爱的孩子。我总是把各种麻烦的小事差遣给你。希望你在凡尔赛不要发高烧，听说那里在流行高烧。愿上帝保佑你平安，我亲爱的孩子！我拥抱侯爵。请代我向肖纳先生和夫人问好；他们要想知道我的近况，一定知道向谁打听。我知道肖纳夫人要去布雷瓦纳居住。住在乡下多么舒适啊！我离开这里之后也需要去乡

---

[1] 用作轻泻剂。
[2] 指他在布列塔尼的统治。当时国王正准备削减各省长官的特权。

下休养。

  雅克先生非常喜爱格里尼昂一家；他女儿仍住在巴黎他的家中。我转达他对你的问候，就算完成任务了。孩子，请把这些短信寄到布列塔尼邮局。你好啊，科尔比内利。我们这一行人向您致敬，这不也很有趣吗？我们喜爱如此相聚。

76. 致格里尼昂夫人

波旁，1687年9月27日，星期六，回复24日来信

亲爱的孩子，有些时辰适合于写信，此刻就是这样的时辰。[1]我刚收到你的来信，你一定知道我多高兴、多激动，因为你很爱我。这儿也有一个可爱的女儿很爱她的妈妈，行为孝顺，言辞甜蜜，不过比起你来还是差得远，她就是南吉夫人。

顺便说一句，你以前在信中提过达勒拉克小姐的举动，我理解她做得有多过分。[2]我们以后再细谈，但现在看来，应该由她自己来改正。国王和勃艮第公爵身体康复，我们都非常高兴。骑士先生病重，我万分心痛。

这里有很多残疾人和奄奄一息的病人，都指望着温泉井里的热水来治病救命（有些人很满意，有些人却不满意），满眼都是中风后遗症或是可能中风的病人，真让人受不了。法贡先生曾让人运维希的温泉水为他妻子治病，我也每天让人从维希送水来，其他一些人也是如此。水热得恰到好处，和在维希的味道相同，效力也几乎相当；这种温泉浴很有疗效，我今天早晨已经感觉到了，欣然自得。我会遵照阿利奥的嘱咐，一连八天做温泉浴，但也会听从阿米

---

1 按理来说，温泉疗养时应避免写信劳神。
2 她刚躲到堂姐、蒙托西埃之女、于泽斯公爵夫人家。她误以为格里尼昂一家故意反对别人向她提亲。后来她对母亲家族也感到失望，1689年躲到姐姐所居住的弗耶廷。之后不顾格里尼昂一家与蒙托西埃一家的反对，与于罗·德·维布雷成婚。

爱从不平静

约的建议，不做冲洗疗法；随信附上他写的原因。等你读完这篇天书，再不会碰上更难辨认的笔迹了。如果你愿意，请把它寄给阿利奥先生。我还是会继续治疗，周六又会泡在波旁的水里，享受舒适的温泉浴。他建议我在沐浴结束之前再加一些热水，温和地促进排汗。这样一位经验丰富的医生，对自己的领域了如指掌，确实令人信服。你只需回复几句话，向他表达信任与尊敬，千万不要担心。亲爱的孩子，你尽管放心，数日之后我就会健健康康地出现在你面前。自从我离开之后，没有感到任何不适。感谢上帝，你现在身体健康，愿他继续保佑你。我温柔地拥抱格里尼昂先生，愿上帝也保佑他健康，也请上帝对可怜的骑士更多一分耐心。

　　可怜的孩子，你本来满怀希望，现在却要孤立无援地[1]面对发生的事情，的确需要平心静气。我一想起这件事就难过；不去想，却又像一个木偶。我们坐着马车颠簸前行，一路接待访友，也去探访朋友。我走过大街小巷，尽力让自己无知无觉，因为思虑太多会影响治疗。烦忧等回到巴黎再考虑吧。我拥抱亲爱的玛蒂亚克[2]。很遗憾没去维希，没见到费朗先生[3]，但条件不允许，我都不知道整个车队该如何通行，从穆兰到维希的路都变得古怪难行；我们走的是瓦雷纳方向的路。她会明白我的意思。上天自有安排。我们还在等圣摩尔先生和芒萨尔先生。大部分人都乘轿。你对我的朋友们那么好，请你继续这样做，像我一样喜爱好心的科尔比内利。他最大的幸福莫过于此，真希望他能得到。

---

[1] 其实，国王的援助即将到来：10月3日，格里尼昂获得12万利弗尔的奖金。
[2] 玛蒂亚克接替蒙戈贝尔担任格里尼昂夫人的女伴。
[3] 1677年10月，这位医生曾在维希给塞维涅夫人治疗。

76. 致格里尼昂夫人

再见，亲爱的女儿。你真的太过爱我。肖纳公爵夫人刚进来，不明就里地责怪我，还拥抱美丽的伯爵夫人。整个波旁的人都在写信；明早天一亮，整个波旁又会忙于其他事情。这真是个修道院[1]。唉！要静养，老天！怎样才能心里安定？总得让人透透气吧。不能吃调味品，不能沾油腻。真希望今年冬天能在我们美丽的小旅馆[2]还俗。

---

1 指生活按部就班。
2 指卡纳瓦莱公馆。

77. 致格里尼昂夫人

米利，1687年10月18日，星期六晚

孩子，来信收悉，字里行间处处可见你对我的回忆与深情。我在离此地六里的梅松鲁热给你写过信；你看我也没有忘记你。我真心建议你不要着急，安心处理完所有事务。我猜你应该还没有见到财政总监先生[1]。

你要说服肖纳夫人取道枫丹白露，一定很困难。不仅绕了远路，而且她在那边亲故遍地，很难藏身不见。但我却能在枫丹白露见到我一心想念的人[2]。邦齐红衣主教如果不是想再去辞行，也不会前往。我总是颠三倒四，但"20日，星期日"显然不会弄错，而且即使我算得准确，你的安排也不会和现在有所不同，不知你为何还要责怪我。

我身体极好，精气重新顺应自然[3]，你一定会很喜欢我。这次出行的的确确是一次闲适的漫步，没有任何不适。可是，残忍的孩子，你居然一句不提利夫里，就不愿让我安心吗？如你所愿，我就周一等你。这可是做出了很大的牺牲，不然我就能见到两位朋友[4]，之后准备出发。但我仍然毫不犹豫地改变了计划，急切地盼

1　勒佩尔蒂埃（Claude Le Pelletier），接替科尔贝成为财政总监。
2　指格里尼昂夫人。
3　此处仍援引笛卡尔的"精气"理论，认为之前的风湿病曾阻碍体内精气流动。
4　拉法耶特夫人和拉瓦尔丹夫人。

77. 致格里尼昂夫人

着你到来。你要是能像我一样用心,就不会让我久等。希望你明天派拉布里来埃松那见我。

再见,我最最亲爱的孩子。真高兴你已经办完了所有的事情;如果你愿意锦上添花,利用剩下的时间朝觐,我极力赞成。公爵夫人[1]拥抱你,能把妈妈这样健康地交还你,她非常得意。请替我拥抱万斯夫人。她的理由再充足,也希望她不要施魔法劝你留下,而应该让你离开。

---

1 肖纳夫人。

78. 致格里尼昂夫人

回复罗斯坦之盾[1]来信
巴黎，1688年10月6日，星期三

你对我这样关怀备至、情真意切，叫我怎能不流泪？我实在无法承受你这一片孝心。我们一直爱你、欣赏你。我和骑士先生总是自然而然地去你的房间见面，这个小房间已经成了我日常的居所，可是你不在，总让人黯然神伤。四处摆着你的肖像画，却无法安慰我们。亲爱的伯爵夫人已经离我们远去，一念之间，双眼泪垂；一切都逝去了。现在喝咖啡时，我总是第一个享用，这份优待非但不能给我宽慰，反而让我伤心，我的心对外面世界的精彩已经漠不关心。我们一起进餐，心意相通；我越是熟悉这个样子的骑士先生，就越是喜爱他、敬重他。看来他也乐于和我共处。总之，这个小房间就是我的宿命，我在这里才能最好地爱你、敬重你，甚至说尊崇你也不为过。

前一段时间，骑士先生双手得了严重的痛风，现在已经能写字了。我让人为你做九日祈祷[2]。这一直是你的信仰，我希望，也相信它一定会保佑你的孩子。给你寄去一封他的信，写得极好。我见

---

[1] 旅店名，母女俩于10月3日在沙朗通的这家旅店告别，这是她们倒数第二次分别，也是最长的一次分别。

[2] 一整套九次弥撒，以表达特殊的祝愿，此处是为了保佑格里尼昂夫人平安健康。格里尼昂夫人自16岁便开始做九日祈祷。

78. 致格里尼昂夫人

了几位朋友，其实是你的朋友，不然我和她们在一起会不自在。但既然她们是你的朋友，我就更爱她们。拉瓦尔丹夫人一再强调你的品质，欣赏你对自己的美貌满不在乎，而虚荣却是所有女人的软肋。可爱的孩子，我身体很好，睡眠仍不是太好。如果你爱我，就好好照顾自己，吃好，睡好，不要劳累，不要辛苦；你不在已经让我痛苦万分，不要再让我为你的健康担心。你不想重述一遍的事情，就请骑士先生转告我。库朗热夫人收到你给她写的短信，深感荣幸。记得给达沃先生写信。我已替你表达哀悼，你的嘱咐都已认真执行。

再见，亲爱的孩子。我不知还要如何表达对你的深情。该说的都已说完，你都感觉得到，都相信，我非常安心。要记得随时告诉我你的情况，你的任何事对我都珍贵，都重要。

我拥抱格里尼昂先生和我们的神父。你们三人要好好相爱。向玛尔蒂亚问好。我已替你向肖纳夫人告别。

致格里尼昂伯爵夫人。

79.致格里尼昂夫人

巴黎，1688年11月19日，星期五

孩子，我想把圣奥本虔诚而悲惨的故事从头到尾讲给你听。上周三我刚给你写完信，就有人来报说他病危，已经受了临终涂油礼。我和库朗热先生赶去，发现他病得很重，但神志清明，体表也没有高烧，完全不像行将就木的人。他甚至轻易就能咳出痰来，让我们这些不明就里的人以为有好转的希望，其实这是全身血液都已腐败的迹象，导致他不停地咳痰，最终会致命。在这位可怜的病人身上，我又看到了深情、温和与感激，在此之上是对上帝不变的注目，对耶稣-基督专心虔诚的祈祷，用自己珍贵的血祈求主的慈悲，无一句多余的言辞。有两个人忠诚地陪着他，寸步不离。神父在念《愿主垂怜》，他的动作和眼神都显示出极度的专注。他回应了临终涂油礼，还问了圣雅克先生祷文的意思。到晚上九点，他让我回家，并亲口和我告别。莫雷神父留在他身边，后来我得知他在半夜一阵猛烈的头晕之后整个身体都瘫痪了。接着他就一直呕吐，似乎呕吐是一种解脱，又猛地出了一身大汗；之后又沉睡了一阵，在莫雷神父的怀里醒过来（他能回答莫雷神父的问话，神志清明，心地虔诚），气息殆尽。这一夜剩下的时间，莫雷神父都在悲伤地流泪，为他祈祷上主。他可怜的遗孀[1]泣不成声，在莫雷神父的劝慰下平静下来，以便让亡夫在宁静虔诚中升天。

---

[1] 圣奥本的遗孀曾是塞维涅夫人的女伴，圣奥本不顾家庭反对与她结婚。

79. 致格里尼昂夫人

第二天,也就是昨天,我又去了。他的面容丝毫未变,我一点都没感到惊吓,其他人也同样。这是命运的安排;大家都尊重上帝的安排,上帝对他恩宠有加。听了他的遗嘱,真是旷达至极,周全至极。他说自己的财产仅够生存所需,一些债务无力偿还,感到抱歉;还说自己没抵挡住诱惑,出了11 000法郎给神圣的加尔默罗修道院,打算在那里生活到死;他还说接受了妻子的1000埃居(那是我给她的,以答谢她二十年来的陪伴),并感谢妻子对他的照顾和忠诚。他请求库朗热先生照顾妻子,让人卖掉一些家具以偿还小额欠款。他对我赞誉有加,说我心地善良,是他多年的老友,希望我能帮忙料理后事。他还谈到自己,谈了葬礼,那种基督教徒的谦卑,让满座的人无不动容。

昨天上午,我们在圣雅克参加了他的葬礼,没有任何隆重的仪式。到场的很多人都感动于他的正直与美德:富科元帅夫人、富凯夫人、达盖索先生夫人、拉乌赛夫人、勒博叙夫人、格里尼昂小姐、布雷奥泰和其他很多人。葬礼结束后我们去了加尔默罗修道院,他被安葬在进门右边祭坛边的第一座小教堂内。圣雅克的神父把他转给修道院的修女。葬礼气氛凝重,修女们都举着烛台站在上方,唱着《追思已亡经》,然后把他投入深深的墓穴。我们听着他落下去,从此永别。这世上的时间不再属于他,他从此离开尘世,开始了永生。如果说我们没有流泪,这话不真,但我们落下的都是温和的泪,毫不苦涩,只有宽慰和羡慕。我们还见到了圣萨克蒙院长[1]。我以前是善良的圣奥本的侄女,现在成了格里尼昂夫人的母

---

[1] 克莱尔·德·圣萨克蒙(Claire du Saint-Sacrement),雅尔纳克男爵之女,1620年出生,与塞维涅夫人自年轻时就已相识。她于1672年当选为修道院院长,担任院长直至1690年去世。

亲，后面这个身份让我们聊得很投机。库朗热听我们高兴的谈话，说道："啊！多好啊！啊！球来球往多么精彩！"[1] 他还担心我在对话中失礼[2]。和这位夫人相处非常愉快，她对你赞赏有加，不住地称赞你的才能和心地，欣赏你在诉讼中的行为，还说你非常爱我，你不在时她应该好好照顾我，还赞赏你有勇气让儿子独自去面对风险，询问他受伤的情况[3]，称赞这个孩子已初具声名，还感谢上帝保佑他！她给我讲了很多很多事情。我还要跟你说些什么呢，孩子？谈起来要无休无止了；天上的天使才能比得过我这些友善的朋友。

骑士先生昨晚从凡尔赛回来，见他身体健康，我非常欣慰。他在这里，我很高兴有他为伴；他在凡尔赛，我更高兴，因为他是在为整个家族出力。他说侯爵受伤一事，在凡尔赛已经满城皆知，得到大家交口称赞，是所有人关注的焦点。曼特农夫人从元帅那里得知此事，向他表示祝贺。整个宫廷的人都在分享这份幸福。我收到来自四面八方的贺信[4]，最好的消息是王太子已经开始返程[5]，侯爵也随行。亲爱的孩子，如果你听到这个消息还不能安睡，我就不知如何是好了。他整晚都在给我讲这些好消息，但不让我告诉你，只能说一件事，那就是我已得知老天的仁慈，他在你最危难之时伸手相助[6]。

---

1 意为你来我往，谈话惬意。——译注

2 指塞维涅夫人谈女儿谈得太多。——译注

3 格里尼昂侯爵刚在曼海姆之围中因炮弹轰炸受轻伤。

4 当时人们在门前短笺上写贺词，就像今天在签到簿上写慰问语。

5 返程回宫。

6 指经济方面的援助，国王刚刚占领了教皇城阿维尼翁，命格里尼昂掌管，俸禄为每年2万古斤银。可惜好景不长，教皇去世后，阿维尼翁被归还继承者。

79. 致格里尼昂夫人

再见,亲爱的孩子。布朗卡夫人刚走,她向你问好。骑士先生正安然在我身边。格里尼昂小姐来拜访过他,待了很长时间,不知为何事而来。他出去了一整天。我在这儿就像在乡间一样悠闲。我们今晚会再见,不过那时信已经送到邮局。比戈尔神父没有新消息。英国那边应该很快会有大消息,不过还未到。[1]

请告诉我波利娜在兰贝斯克做些什么。她的作品在我这儿,信使会带去。向格里尼昂先生问好。亲爱的孩子,我真想知道你的消息,你的身体,你全家人,和你有关的一切。你真的太爱我了。我周围的人都祝贺你儿子轻伤无碍。我亲吻助理主教的脸颊。

---

[1] 人们本来希望英国海军会反对奥兰治亲王登陆夺权,但英国人与他联合起来,雅克二世被迫逃亡法国。

80. 致格里尼昂夫人

巴黎，1689年4月4日，星期一

我们打算节日之后离开[1]；我此去离你更远，不免惆怅。不知行程会怎样，我可能不会去见你弟弟，他在布列塔尼带领一支附庸军队，花费巨大，焦头烂额。[2]他感叹奥兰治亲王给他带来这一切，你说亲王是欧洲的艾吉博纳[3]，真是贴切。不知是老天怎样阴差阳错的安排，让你弟弟离开世外桃源的生活，重回人间，重回战争。

我面前摆着你27日的来信。亲爱的孩子，你生病了。你有时说你的胃在对你抗议，你看现在你的头也在抗议。你想看书或者想写信时就头痛，当你停下这些剧烈活动，头痛就缓解。你完全就是在把自己的脑袋揉碎成片。你可怜的脑袋，这么聪明、这么美、这么能干，正在向你求饶；事实就在眼前，明明白白。亲爱的孩子，请可怜可怜你的脑袋，不要以为自己能应付两边的定期通信，还有每天四面八方的来信，还有万斯夫人那边，一周三次[4]；你已经不是为我们活着，而是要为我们送命了。你礼数周全，可我们应该免除

---

1 塞维涅夫人将于复活节之后第四天，即4月14日离开，乘坐肖纳夫人的马车，巡视领地一周。这次与之前相同，塞维涅夫人趁女儿不在前往罗歇处理账务。这是她最后一次前往布列塔尼。

2 新的战争爆发，国王征召附庸军队参战。所有担任过统帅的人都必须参加，组建军队，准备就地服役。

3 奥兰治亲王（le prince d'Orange）野心勃勃，扰乱了整个欧洲的和平，就像艾吉博纳（d'Aiguebonne）想霸占格里尼昂的地产，扰乱他家平静。

4 她与母亲、小叔子保持规律的通信，与其他朋友不定期通信。

80. 致格里尼昂夫人

你这项苦役。孩子，对我而言，你的健康比任何事情都重要。我看到你长篇大论地写信，就好像看你骑着高头大马一样。我收到信确实欢喜，但必须承认，你大步前行，越走越远，我就开始担心。请你怜惜自己，也怜惜我。我早已说过，如果我一给你写信，你就要回厚厚的一封，我就会打消写信的念头。[1]请你看在这份感情的分上，可怜可怜我。我是不是太啰唆了？因为这事总在我心里。看到你心力交瘁，这样的体质再加上春天的高烧，我真是担心。你那晚让医生去给别人的脚放血[2]，真希望他第二天一早能逮到你，报一箭之仇；这样的玩笑对助理主教倒是适合。本以为你会告诉我助理主教的情况，可你只字未提。

你吃得丰盛，我非常高兴。一碗好汤，一盘美味的鸡，可怜的女人[3]！我很想知道你的消息。为什么你要比格里尼昂先生先去格里尼昂？圣玛丽和你虔诚的女儿[4]那里不是很好吗？为什么要去那个让你头晕目眩的讲坛呢[5]？

孩子，你的账目和计算、惊人的借贷、无度的花费，我无话可说。12万利弗尔！真是挥霍无度。这两个败家子[6]，一个什么都想要，另一个一味支持，真是要倾家荡产了。孩子，你们家的尊贵和

---

1 塞维涅夫人并不热衷写信，只喜欢给女儿写信。
2 格里尼昂夫人写过害怕脚上放血。
3 影射《伪君子》中的台词"可怜的人"。
4 玛丽-布朗施，伯爵夫人长女，从此在普罗旺斯-艾克斯圣母往见修道院布道。
5 格里尼昂教会讲坛，从城堡走数步即可到达。讲坛俯瞰教堂中殿，建在左墙十五米高处。
6 不是指格里尼昂伯爵夫人，而是伯爵和弟弟阿尔助理主教。格里尼昂夫人倒是尽心规划，挽大厦于将倾。艾克斯的阿尔博博物馆现存她的数页账簿，表明她治理家中财务的努力。

权势不就是生存之本吗？我心事重重，真不知该如何表达。你可怎么办呢，孩子？我一筹莫展。你们打算靠什么生活？现在和将来，何以为继？再这样下去可怎么收场？我们计算过你们的收入，确实很多。但收入要用于家庭开支，把地产收入用于偿还债务。我知道你们过去是这样安排的；现在情形变了，虽然你们收入了一些小款项，足以承担开支，阿维尼翁的钱款还不算在内。显然普罗旺斯那边已经被你们挥霍一空。反正你们的财政状况已经陷入绝境，而且无药可救。天知道格里尼昂是怎样花费的，他的朋友多，来路杂，都拖家带口，仆从起居一应花销都不可计数。亲爱的孩子，我真心爱你，才会直言不讳。不知那些自称朋友的人是怎样对待你们的，他们压榨你们、限制你们、催你们花钱，这就是他们的仁义之举！

唉！请你转身，我们会回答你！[1]

孩子，我多想摆脱这些念头，它们折磨着我，让我寝食难安。我刚为你千联系万安排，心中才稍感宽慰：阿希涅夫人，请她对塔隆先生保持中立态度，卢瑟罗夫人及小姐（民事诉讼还会联系）、内芒夫妇，还以你的名义给比戈先生写了一封贺信。

真希望骑士能求卡瓦先生，让我交付手头由你弟妹担保借到的17 900利弗尔，免交利息的利息[2]。如果成功，请你好好感谢他。这

---

[1] 拉封丹的寓言《断尾狐狸》（*Le Renard ayant la queue coupée*）中的诗句。

[2] 塞维涅夫人的儿媳为婆婆作保，借了一笔钱款偿还布列塔尼三级会议财务长达鲁的利息。达鲁破产后，他的继任者不仅要求塞维涅夫人偿还欠款利息，还要求支付未付利息的利息。

80. 致格里尼昂夫人

样表达我满心的感激略有曲折，但它是最好的方法。孩子，请让格里尼昂先生亲笔给你弟妹写信，我会很高兴的。她在给我的信里对格里尼昂先生百般称赞、甜言蜜语，说她对格里尼昂先生很有好感，无力抗拒。反正她就是这样的性情，喜欢开玩笑。

迪勒朗先生[1]还没出发，真希望他早日到你儿子身边。他现在毫无风险，亲爱的孩子，好好享受这份平静吧。其他地方发生了一些小战斗，夏米力受了轻伤，冈德吕受了重伤，特瓦拉出师大捷，降敌杀敌三四百人。我把你的贺信给比戈尔神父看了，也转达了邦泽红衣主教和卡斯特里夫人的祝贺，他会重视的。

英国形势尚好，奥兰治亲王的威望与日俱减。有人在白厅大门上写了一句恶意的玩笑话："圣让节期间房屋出租"，多好笑。苏格兰和爱尔兰坚决反对亲王。英国国王在爱尔兰受到隆重礼遇；他向新教徒承诺，只要他们忠诚于他，他一定保证他们信仰自由，甚至会提供保护。现在的总督是汉密尔顿夫人的丈夫。看看事态会如何发展，我觉得就像暗藏冰雹的满天乌云开始放晴。我们在利夫里曾见过这样的景象，云开雾散，风暴无踪。上帝会安排一切，也会安慰可怜的库朗热夫人，她最终还是去了修道院，怕染上家中巴尼奥尔的孩子得的天花。巴尼奥尔夫人和孩子一起闭门不出，之后打算去布雷瓦纳。我已代你问候她。拉穆瓦尼翁先生现在在巴维尔。我出发之前还会给你写几封信。

再见，亲爱的孩子。唉！好好照顾自己，注意休息。让波利娜代笔，你躺着口述，千万不要保持压迫身体的姿势。我听得出你

---

[1] 格里尼昂侯爵先生的侍从。

的语调,你只需亲笔写两行表明:"我在此",无须劳累,我亲爱的孩子。

寄给你几条现在流行的围裙,整个凡尔赛的人都这样穿着。穿围裙能保持整洁,防止衣服穿两天就沾染油污。大主教[1]去世了,请你替我向院长先生和普拉先生表示慰问,千万不要忘记。亲吻波利娜。

---

[1] 阿尔大主教,格里尼昂伯爵的叔父,于3月9日在阿尔去世,享年86岁。他的侄子、助理主教继位。

81. 致格里尼昂夫人

雷恩，1689年5月11日，星期三

亲爱的孩子，我们昨晚到达。我们从多乐出发，我在那里给你写过信。多乐距此地十里；我们八天半正好走了足足一百里。一路灰尘弥漫，让人睁不开眼。三十位夫人前来参见库朗热夫人，她得顶着飞沙烈日一一拥抱她们，再加上三四十位先生的拜会，比旅程本身更让我们疲累不堪。凯尔曼夫人身体柔弱，累得病倒了；我坚持下来，并无不适。肖纳先生来和我们共进晚餐，热情地问候我。他如愿收到了你的信，为你的健康干杯。这位公爵非常敬重你，公爵夫人也非常爱你、欣赏你。

我在纷乱的人群中找到你弟弟，我们亲切地拥抱。你可爱的弟妹见到我非常高兴。我把肖纳夫人马车里的位置让给雷恩先生、波默厄尔先生和雷韦尔，我随肖纳先生、凯尔曼夫人和你弟妹坐大主教的马车来雷恩，只有一里路程。我到你弟弟家[1]更衣纳凉，然后到肖纳府上吃晚餐，晚餐非常丰盛。我在那儿见到了热情的马尔伯夫侯爵夫人，昨晚就住在她府上。我像一个真正的塔朗特王妃一样住在一间漂亮的卧室里[2]，整个卧室铺设着漂亮的深红色天鹅绒，装饰风格和巴黎一样，还有一张舒适的大床，让我舒舒服服地睡了

---

[1] 其实是塞维涅侯爵的岳父母家。
[2] 马尔伯夫夫人曾安排塔朗特王妃住在这个房间。

爱从不平静

个好觉。这位善良的夫人乐意接待我，这位好朋友也深爱你并值得你敬爱，我打算在这儿待上一段时间。你弟妹和我一样觊觎罗歇已久，很想去那儿静养；肖纳夫人的到来引起处处忙乱，让她难以忍受。我们则会悠闲地住上一阵。她仍是那样活泼漂亮，非常爱我，也非常喜欢你和格里尼昂先生；她从未见过格里尼昂先生，却那样欣赏他，令人莞尔。你弟弟仍是那样可爱，见到我非常亲切。他英姿勃勃，容光焕发。他很爱你的孩子，和我谈起你和孩子的很多事情；他遇见的一些人给他讲了一些你孩子的趣事，让他非常惊讶，因为他和我们一样，脑中还保留着那个幼小男孩的形象，别人所讲的却已是正儿八经的事情。

可怜的公主[1]结婚一事让他大吃一惊。他虽是达勒拉克小姐的至亲，却也看出这桩婚事对她应该毫无吸引力，她的行事方式真让人难以接受。你怎么和我谈论都不嫌多，我很想知道其中的详情。不过要让我亲爱的波利娜代笔，绝不要你亲笔写信。拉瓦尔丹夫人给雷恩先生也讲了这事，和你说的一样。她对此事的态度一如既往；她在信中给你写过，你都知道。她说公主的婚礼是在吉斯夫人家的小教堂举行的（我想她是弄错了，婚礼应该在圣雅克举行；老天，我真佩服那位神父[2]！）在那之后，她由四驾六匹马车组成的队列带走，到勒夸尼厄夫人的莫尔枫丹完婚。也有人说她封斋期之后就已经成婚，我一无所知，只知道这场婚事愚不可及。如果这家仍像过去那样家财万贯，倒也罢了；抑或对方有出众之处，或是战功显赫，或是皇恩浩荡，可他实在是平庸至极。她怎么会为这样一

---

[1] 达勒拉克小姐于1684年5月6日在维布雷成婚。
[2] 主婚人为圣雅克神父马塞尔，但众所周知实际主婚人是吉斯夫人。

81. 致格里尼昂夫人

个庸常小子昏了头？不过你看看，她花了多少心思，想骗得她父亲同意啊！亲爱的孩子，这件事我得唠叨上一年，你说得再多我也不会生厌。阿尔的好先生[1]会怎么做？我觉得你的回答非常得体。不过就像你说的，但愿他不要多管闲事，给这女孩帮太多忙。

再来说说你的身体，亲爱的孩子。我的身体好得很，连我自己都吃惊。你经常感到晕头晕脑；你不愿把这叫作眩晕，那该叫什么呢？你的腿痛让我非常担心；我记得你曾经疼得死去活来，不知如何是好。瓦尔德先生有一天和我谈起你的情况，我听后不寒而栗。修士已经离开，回去和他那位亲爱的修会兄弟一起劳作，就是双眼曾让你想入非非的那个修士[2]，因此我不能向他咨询你和波利娜的病了。

亲爱的孩子，这孩子一心想讨你欢心。好好引导她这种愿望，慢慢把她培养成一个完美的人吧。她非常爱你，请你看在这一点的份上，原谅她惹你生气的举动。我把她推荐给你，当你的小秘书，这对她来说轻而易举，她写字熟练，拼写正确，让这个小人儿帮你吧。

孩子，你问我肖纳夫人是不是有两辆马车。是的，肖纳先生的马车也归她用。今年冬天严寒时她想把马车派还给他，他不要，说："你下次把塞维涅夫人带来吧。"自从他说了这话，她就不停地说，如果我在布列塔尼有事，就请给她这个机会；而我得到她的帮助，比她更感荣幸。

---

[1] 让-巴蒂斯特·德·格里尼昂（Jean-Baptiste de Grignan），曾任助理主教，在他叔父去世之后，继任成为主教。
[2] 塞维涅夫人和女儿开玩笑，应该是指修士眼睛俊美，引起格里尼昂夫人的倾慕。但她作为已婚妇女，不该有如此想法。——译注

爱从不平静

可怜的骑士疾病缠身,我伤心难过,后悔离开他。他真是坚忍勇敢!他的病让我牵肠挂肚。你说他敬重我,我深感荣幸;很少有人的敬重值得我这样重视。阿尔先生给你弟弟的回信非常有趣,说我躲着他,讨厌他,说我是个恶毒的悍妇,一个女魔头,然后又说我是他亲爱的大妈,最最亲爱的大妈。我对这样的人还能不为所欲为吗?当然可以。

真希望你已经设法偿还了那笔可怕的债务。借债时满脸笑容,转眼就亮出魔爪,这可是真真正正的魔爪。

再见,亲爱的孩子,可爱的孩子。我爱你,万分想念你,老天知道!邮车四点出发;我和肖纳夫人一样忙于接待访客。公爵说因为西班牙战争,你不想去卡迪克斯,想找一个其他去处。我想你们如果想当骑士,就不得不去巴黎。

我周日再给你写得更详细一些。亲爱的孩子,不要每周给我写信,也不要亲手写信。你弟弟本想给你写信,又让我代他道歉,请你原谅他没写。他不知跑到哪里去了,雷韦尔先生跟他形影不离。这城里的人都在追逐他这个外来的人;我从未见过这么热切的女人!再次和你告别,亲爱的孩子。唉,我们相隔这样远!不过,远近其实都一样。正像你说的:

您看到她了吗,夫人?
——唉!没有,我心急如焚。
——我也没看见。[1]

---

[1] 库朗热根据一个普罗旺斯民间故事改编的讽刺歌谣中的对话。

82. 致格里尼昂夫人

罗歇，1690年4月23日，星期日

回复13日来信

孩子，你总能感受到这两种爱，你怀着这样的快乐和深情，所以认为圣奥古斯丁和迪布瓦先生应该删除这一部分。[1] 你总说"亲切的爱""有助于内心安宁"；只有你认为"这种深情是一种堕落"，但你仍然坚持"全心爱我"，"比爱你身边的人更爱我，像爱自己一样爱我。这万分重要"。亲爱的孩子，这都是你对我所说的话。你若认为这些话在我心上只是一掠而过，那就错了。我深切地体会到了，这些话刻在我心里。我一遍又一遍地说给自己听，甚至重复说给你听，像是要延续你的心愿和承诺。你这样真诚的人一诺千金，因此我相信你的话，深感幸福。说真的，这份感情太重太真切；出于公正，我真应该舍弃这份感情，因为母亲爱孩子天经地义，女儿却往往没那么爱母亲。可你和其他人不同，因此我毫无顾忌地享受你对我的所有疼爱，甚至要请求迪布瓦先生不要扰乱这份甜蜜的迷醉。

再来说说你的身体吧。又到了你血热沸腾的时候了。去年这个时候，你病得不轻。医生给你放了血，服了泻药，你才感觉好。孩

---

[1] 戈瓦博-迪布瓦先生（Goibaud-Dubois）是圣奥古斯丁作品的译者，曾说过"要做到心灵精简，将多余之物从心上去除"。冉森派教徒强调造物主的爱与造物的爱之间的冲突，此时在格里尼昂夫人身上体现出来。

子，我重提这些事，是因为健康比什么都重要。你的喉咙痛得那么厉害，你却轻描淡写，似乎是无关紧要的小病。老天保佑！希望你随身不离镇静膏，因为它治这些病有奇效。我想到你多次给玛蒂亚克敷用，担心你自己不够用。请比戈尔神父给你寄一小瓶吧，付他1埃居或半皮斯托尔即可。孩子，要记得这件事，身边一定要备着这件急救品。注意不要让血发热。下象棋能解闷，但它不是游戏，耗费精力，会让你难受。我要责怪波利娜，让你这样激动，看来她不爱你。我已经责怪过骑士了，现在要怪你不知保重自己，孩子。我别无他法。

我们的行程，我是这样安排的：你不去巴黎，我也不去；如果你去，我会排除万难赶去；如果你待在格里尼昂，我就过去。如果上帝保佑，这个冬天我就能和你一起度过，一念至此我就万分高兴。怀着这样的希望，时间就过得快。不过请你不要把我的计划透露给巴黎的人。我的那些女友已经开始盼着我回去、着手计划了，我要是不去，对她们不好交代，也深感遗憾。把这次行程当作帕斯卡尔所说的一种可能性，让它慢慢成熟吧。亲爱的孩子，我们暂时就做此打算，如果不见你而直接去巴黎，既不合我心意，也对诉讼无利。沙里耶神父现在在巴黎，他到里昂后会给你写信。

我说马尔伯夫夫人口臭的那些疯话，你都记得清清楚楚，让我又回想起当时的感受，不幸的是我比别人感触更深。读到你的话我又大笑起来，就像从未听过一样。我的鼻子确实太敏感，如果偶尔有哪位朋友和我说话时散发臭味[1]，我至少不会责怪自己没有提醒

1　当时的人多患牙病，因此常有口臭。——译注

82. 致格里尼昂夫人

他。不过，不在意自己身体的人，也不会在乎周围人的感受。

波默勒先生现在的牙举世无双。我笑着告诉他，如果科埃特洛贡夫人的丈夫前来见我，我就已经见到她了。[1] 他说我做得对，指责她丈夫，自己还做了个好榜样，因为我到雷恩的第二天，他也从巴黎来，家门都没进就先来看我、拥抱我，这样做是出于友谊和旧时深情，而科埃特洛贡先生出于礼仪就该前来拜访我。他极想让默拉克先生得到国王中尉之职，以减轻他的负担。因为担任这个职务要屈从于总督，所以应征者并不热心。在征召的附庸军队一事上，他也知晓我们的内情。

你知道肖纳先生让教皇给自己亲爱的女儿曼特农夫人写了一份敕书吗？她收到敕书感动万分，对肖纳夫人感激深切，绝非一般客套言辞。这并不是她讲给我听的，母女俩都写信告诉我这件事，都以为对方给我寄了敕书抄件，结果我一份也没收到；后来我还是让她们给我寄了一份。

公爵夫人告诉我，王妃夫人去世了。她走了，所有的侍卫官都万分沮丧。贝莱丰元帅地位一落千丈，但这个肥缺很快就会被人占了。国王前来进餐时，吕米埃尔元帅夫人正站在肖纳夫人身边；他打量着这位夫人，一边落座一边说："夫人，您可以坐下。"她行了个大礼，坐下，故事就这样结束。听说她女儿只会找公爵当丈夫，仅此而已。

我给我们亲爱的肖纳公爵夫人写信，请她5月25日那天让罗雄先生帮我们做再审之诉，让他承担主要的工作，而且不只是我一个

---

[1] 礼节问题，她不想先去拜访一个普通中尉的妻子。

人请求他的帮助。

拉加尔德先生领到年金，我真为他高兴。

致拉加尔德

先生，我真心实意地为您高兴，没有半分客套。我比谁都清楚，您喜事临门，多么理所应当。我女儿和您一样激动，她爱您、敬您，对您满怀感激。相信您必会接受我和她对您的感激。

接下来我想对格里尼昂先生说几句。

致格里尼昂先生

亲爱的伯爵，听说你爱我，我万分欣喜，因为此刻给你写信时，我是你卑微的仆人。我的话毫不夸张。我已知你的回信会产生怎样的效果，而你应该不希望有这样的效果。你已经失去了和你弟妹通信的机会，因为她害怕被你的魅力迷住。[1]因为一个人写信写得太好而与他断交，确实闻所未闻，但事实就是这样，她躲进了幕后。这事的结局与开头一样奇特，但若是因为同样的原因再和你岳母断交，那就太好笑了。那么我就和你直来直去，因为这不是正式信件。我诚挚地向你问好，再问问你是否知道蒙彼利埃的布吕依先生，他曾是胡格诺教徒，现在却通过著作极力排挤他们。我们非常

---

1 玩笑话。

82. 致格里尼昂夫人

喜爱他的著作,你一定也会喜欢。就此搁笔,你可在我女儿信中给我回复。

孩子,我又回来了。转了一小圈,我又要回来和你说话。啊!是的,我看出波利娜写信的文笔[1]是模仿了谁。老天,我现在只喜欢自自然然,看到小说般的文笔是怎样的感受啊!不过得承认,我也曾为言情和武侠小说而着迷。维拉尔索神父比我的罪更深,也就是说才智远在我之上的人也有这种疯狂的爱好。我们就这样安慰自己,波利娜也会这样说。

致波利娜

波利娜小姐,你就是用这同一只手、这同一支笔,给埃佩农夫人写信,问她上帝是否同意你成为加尔默罗会修女。我真心为你高兴。如果你继续下去,就无须等待如此遥远的回答。我今天就不准这位情人[2]给你写信。如果像你妈妈说的那样,你为他的爱而痴狂,他也为你成了森林中的疯牧人。

孩子,说实话,他那样喜爱波利娜,我从未见过比这更有意思的事,而你对她的评价也极高。他的想象在她身上一一验证,为我

---

[1] 小说文笔。塞维涅夫人曾经很喜欢读小说,尽管不喜欢其风格。"拉卡尔乐普的文笔处处糟糕透顶……可是感情之美,激情之浓烈,事件之崇高,可怕的剑所向披靡,这一切都让我像个小女孩一样痴迷。"

[2] 玩笑,指夏尔·德·塞维涅。

们勾勒出一个有趣又迷人的小姑娘。你儿子即将出发。你们卖掉了部队[1]，这也是不幸之中的不得已之举。国王对这些可怜的士兵发了善心，处理他们的餐具和餐桌[2]，真是大好事。我建议侯爵遵命，建议你给主管下令。格里尼昂先生给他朋友吕米埃尔元帅写信，谈论公爵领地的事了吗？他要想不惹对方生气，建议他给元帅夫人写信，这样才能避免冒犯朋友或冒犯自己。

亲爱的孩子，这是杜普莱西先生的回复。你应该会喜欢，但也会同情他不称心的婚约。孩子，请你照顾好身体；我也把自己照顾得很好。我已经请求朋友们帮助我们。王太子侍从的年金既未推迟，也未缩减。向骑士先生问好。

---

1 路易-普罗旺斯接替叔父骑士的上校职位，但他因风湿无法服役，就卖掉了自己统领的军队，价格极其低廉且分期付款。

2 国王发布告令，"处理国王陛下军队中的军官的银餐具和餐桌。"（4月22日《公报》〔*Gazette*〕）

83. 致格里尼昂夫人

6月22日　　　　　　　　　　　　　　1690年6月25日
星期四，回复10日来信　　　　　　　维特雷寄来的包裹周五未到

亲爱的孩子，我今天开始写信，首先，告诉你我刚收到你10日的来信。这封信鬼使神差地寄到了雷恩。我本以为明天才会从巴黎寄来，却给了我大大的惊喜。我先回复这封信，不影响给你回复明天收到的信，愿老天保佑明天的信顺利到达。

玛蒂亚克真是多嘴。她为什么要说我在利夫里隐瞒了自己手臂疼？这事无足挂齿，却会让你担心。说到我现在的身体状况，我羞于告诉你，因为说出来会显得无礼，我应该隐藏老天对我的仁慈，因为我不值得这样的仁慈。不知是否是空气新鲜、生活规律、无所事事的缘故，尽管我并未放下心中牵挂之事，身体却无比健康，连我自己都很惊讶。我曾在信中告诉你，我通便后非常舒服，晚上头不晕、嘴也不疼、手不抽搐，也没有肾绞痛。我们现在喝白葡萄酒，非常美味，而且比药茶更有疗效。我也感谢你，通便后感觉舒适。亲爱的孩子，为我高兴吧。如果你希望这种美好状态继续，就把自己保养得像我一样健康吧。人上了年纪，就会发现处处是信号，处处是征兆，这都是有益的想法。等你到我这个年纪，就不会和我说新鲜的事，而是会回想起我以前的话说得有理，觉得这些想

法是上帝的恩赐,这些出自天然的想法会让你感到自己很明智。[1]这些想法和现在像钟摆一样规律的生活丝毫没有改变我的性情,孤独和长久的漫步却更助长了我的思考和习惯,一切都安稳平静。要不是我有一个亲爱的女儿,就难以想象为什么放弃这样清静舒适的生活去做那些出于公正才应该做的事情。孩子,你看,我先和你谈了自己的身体和健康,又向你袒露内心。

库朗热夫人似乎厌倦了浮华,更关心实实在在的事情;长此下去,她会更加尊贵,她的谦卑会赢得我们的敬重。泰蒂神父为沙普先生和吕米埃尔小姐的婚事忙得不可开交。这场婚配来自他脑中的灵光一现:有一天他在奥蒙公爵夫人家中吃晚餐时突然生出这个念头,就告诉了两位女神[2];从那天起,他和她们俩就不得清闲,直到这场逆风逆水的婚约尘埃落定。在整个过程中,他冷落了库朗热夫人,一心扑在奥蒙公爵夫人府上,似乎把她当成了自己的库朗热夫人。情况大概就是这样。库朗热夫人见了拉特鲁斯先生[3]。她说起这件事,向我抱怨。不过我想他现在也不会去她家,他因为尿频,无法出门拜访。听说他准备去拉特鲁斯,具体情况你应该比我更清楚。

吕德公爵夫人有一阵子是凡尔赛和马尔利的常客,但最近三个月她都不见踪影,只有二十四位贵妇人在马尔利聚会那天去过。如果你问大公主是什么原因,她会说是阿尔古公主让公爵夫人去的,

---

[1] 尼科尔的观点:人无法确定自己是否得到上帝的恩宠,但人出于本性,可以像得到神恩一样作为,由此可以推测人能够得到救赎。

[2] 弗龙特纳克夫人与乌特拉斯小姐。

[3] 拉特鲁斯和泰蒂神父很长时间以来就是情敌,争夺库朗热夫人的芳心。

83. 致格里尼昂夫人

因为她以前需要拉穆瓦尼翁先生效力。其实，这不过是些随意施舍的恩宠，而臣民并不想屈从。科埃康小姐呢，她完全不参与马尔利的党派斗争了。听说她对朔姆贝格先生[1]表现得太过热情。孩子，这就是我听说的，并不确保全都真实。

迪布瓦先生准备去布雷瓦纳。我猜想库朗热夫人不会喜欢这样早起早睡的日程，晚上都不能好好吃饭、聊天。她的稳重中还残存着旧时的坏习气；看看以后会怎样吧。我一直觉得如果库朗热夫人理解了拉封丹那篇寓言的结尾，她就会是完全不同的一个人。这就是故事结尾，完全符合巴黎的情况：

> 所有的情人
> 深爱二十年之后，
> 不是都离开了他们的情人吗？
> ——莫不如此。——若是如此，
> 既然她们不哼一声震裂我们的头颅，
> 既然这么多美人沉默不语，
> 你为何不照样闭嘴？[2]

这样疯狂真是可笑。我觉得她就处在这种状态，这也让我对她颇有好感。

---

[1] 朔姆贝格元帅在《南特敕令》废除后离开法国，此时他指挥纪尧姆·奥兰治的军队对抗由路易十四支持的雅克二世。

[2] 戏仿拉封丹的寓言《母狮与熊》（*La Lionne et l'Ours*）。

爱从不平静

孩子，你正在读圣奥古斯丁的书信[1]。这些书信写得非常优美动人，也能告诉你当时的世态。我读过很多封，不过读完前六个世纪的教会史[2]之后，我更想重读他的书信了。我非常熟悉他的通信人，尤其喜爱诺勒主教保兰。他一生经历过大起大落，赢得了圣奥古斯丁的友谊与敬重，后来又与他失和。他是主教，与妻子虔诚地度过了一生，你从书信中可以读到。孩子，圣奥古斯丁确实太爱他了，要不是我很熟悉译者迪布瓦先生的风格，会觉得他们的友谊微妙得令人有些不悦。但这位圣徒爱的能力非常之强，他全心热爱上帝之后，还有精力爱保兰和阿利普，以及所有书中出现的人。你给我写的信，我不会给你弟弟看；如果任他自由发挥，他会大放厥词，想象过度。无论如何，这位虔诚的主教是教会一道耀眼的光芒。

顺便告诉你，这是写在阿尔诺先生肖像下面的四行诗。你弟弟觉得极美，他解释给我听，我也非常喜欢。现在寄给你，相信你看到人们有时对美德满怀敬意，也会非常快乐。埃佩农夫人会感谢你这样解释她信末的问候方式。[3]我完全同意你的看法，而且这也是离开社交界的惯常做法。她不再参与社交生活，也就无须遵循离开之后的习俗了。这样的王妃很自然地把尊贵的贵妇们称作"我的表妹"，而她们则称她"夫人"。

我们从维特雷城寄出的包裹整个都没到，你的信现在还在诺曼底的顿弗隆。从顿弗隆寄出的包裹已经送到，我们寄出的包裹却还

---

1 由戈瓦博-迪布瓦翻译，1684年7月出版。
2 可能是指戈多的《教会史》（*Histoire de l'Église*），1653年至1678年分五卷出版。
3 波利娜给埃佩农夫人写信，夫人回信末尾使用的问候措辞不符合当下习惯。

83. 致格里尼昂夫人

在那里。经常会出现这样混乱的情况,希望周一包裹和信能一起寄到。我急不可耐地等着它们到来;一周没有我亲爱的伯爵夫人的消息,真是漫长。而且我们对国家大事一无所知,连可怜的博利厄情况如何都不知道,我只能满心悲伤等着他的死讯。这些情况我们明天就能知晓了,雷恩先生从巴黎回来,会在这里吃晚餐和住宿,我能从他口中得知很多信中无法说明的消息。我最亲爱的孩子,今天就此搁笔。你通便之后感觉良好,我真高兴;我通便之后也非常舒服。

昨天是圣让节,我们在维特雷碰上了庆祝大赦的宗教活动。[1] 有盛大的仪式队伍经过,但我时间紧,没能看到。我常常讲起你们在艾克斯参加的那次仪式,听者无不大惊,那些奇奇怪怪的家族和疯癫举动,连格里马尔迪红衣主教的睿智也不敌。我怀疑教皇的宽容会胜过拒发诏书的严谨。[2] 前些天从巴黎寄来的那首歌还有这几句:

奥托篷的承诺,

库朗热过于轻信;

我认识这红裤子[3](他是威尼斯人)

我们只在歌里才有诏书。[4]

---

1 经过五个月的教皇选举,英诺森十二世于1691年7月12日当选。他就任之时举行大赦。
2 自从1682年教士大会颁布关于法国教会自主权的四条款,英诺森十一世拒绝向教士大会被任命为主教或转到另一个主教辖区的成员颁发诏书。亚历山大八世短暂的在位期间,双方达成和解。后来法国天主教教会又与继位的英诺森十二世达成协议,但做出了极大的让步。
3 意大利喜剧人物,典型的装束是红色紧身长裤。——译注
4 库朗热写的一首歌,他陪同肖纳公爵前往罗马。奥托篷(Ottobon)是亚历山大八世(Alexandre VIII)的姓氏。

爱从不平静

不要把我的话给别人看。[1]单复数配合不对[2]，不过我们的表弟信中就是这样写的。再次和你告别，我的孩子。我爱你，拥抱你，就像你经常说的，老天都知道。我们拥抱格里尼昂全家人。

骑士不愿去巴拉吕一事，我不知作何回答。如果那里的温泉水对他有用，他应该会愿意回去。希望他身体健康，我真讨厌他一再感冒。罗歇一家诚挚地向你问好。

格里尼昂小姐迟迟不愿去兰斯。她不像圣奥古斯丁那样重视友情；可她以前多亲切啊！

---

1 指要保密，因为话语戏谑犯上，不够尊敬。——译注
2 原文中"歌"为单数，"诏书"为复数。——译注

84. 致格里尼昂夫人

罗歇，1690年7月12日，星期三
回复7月1日来信

亲爱的孩子，这真是卢森堡先生重大的一天[1]。这是怎样的胜利啊！完满，眩目，无可挑剔，恰到好处。我相信你不但不会担心我们的侯爵——我想他不在布夫莱尔先生派去的分遣队里——而且会万分激动。我虽不知具体情形，也万分激动，因为我知道我们的孩子要么没有参战，要么参加了却没有负伤，但复杂的心情不知如何言表。这样重大的事件，我们却最不希望出现！眼睁睁看着这么多人受伤！想想看战争还没有结束！这一切让人心头五味杂陈，心绪难平。

我深切地感受到蓬波纳手下的骑士[2]英勇的行为，你一定会处处听说。除了侯爵之外，我最关心的人就是他了，因为你知道我非常喜爱蓬波纳先生。听到国王对他的评价，我不禁热泪盈眶。万斯夫人理解我的感受，给我写了一封信，为此我会永远感激她。我本来还欠她一封回信，她得知这事，又给我写了这封情真意切的信，让我感激不尽。她的来信全然不是荆棘[3]，而是满怀深情，当然收

---

[1] 指7月1日的弗勒吕斯（Fleurus）大捷。
[2] 安托万-约瑟夫·阿尔诺（Antoine-Joseph Arnauld），蓬波纳军中上校，蓬波纳友人、前部长之子。
[3] 塞维涅夫人常用这个词来形容万斯夫人，指她优秀的品质不外露。

信人也不是荆棘。孩子，请你向她表达我的谢意。她真是一位挚友，配当你的朋友。

我总想着苏瓦库尔夫人的事。她现在一个儿子都没了，只剩两个女婿。详情我不想多谈。唯利是图，一心摆脱自己的女儿，真是干得漂亮。这下可好，印度公鸡插上了孔雀羽毛。你问问骑士先生，蒂洛卢瓦是什么地方：那可是皇家住所！啊！这些先生住那儿可真般配！想想就生气。

听说因为替代继承的缘故，科维松小姐[1]不得不嫁给她的叔父。我无话可说，只是想起科维松夫人平时的所作所为，觉得她真该一头撞死。孩子，不知你会不会笑话我，总把特罗施处处听来又写信告诉我的趣事都讲给你听。有些人瞧不起八卦，我却喜欢，还强加给你，也不知你听了是高兴还是厌烦。啊，不会，如果你厌烦，只要把我的信丢在一旁。维拉尔索去世了，你一定难过；不过你听到波利尼亚克夫人安慰朋友[1]的话又会发笑。年轻活泼的人总爱取乐。正如陛下所说，我们只能看见大处，看不见细处。两者只能择其一。

你信中写的战船变成美人鱼，也就是变成幻影的事非常有意思，就像维吉尔笔下的情节。给你寄去《小比戈尔》[2]，愿其中的吉兆博你一笑。你会看到各方事态都开始明朗，真希望罗马、萨伏瓦和海洋的局势进展最终会如我们所愿。[3]我非常关心萨伏瓦的事态，

---

1 科维松小姐。
2 比戈尔神父报告最新消息的信件。
3 这句中"罗马"指新教皇诏书表达的愿望，"萨伏瓦"指与普罗旺斯交界的萨伏瓦刚刚与敌军结盟，"海洋"指海战。

84.致格里尼昂夫人

因为它与你和格里尼昂先生息息相关。

亲爱的孩子,你的孩子向你提要求,他一定急需;难就难在怎样才能给他。你的情况就像一片深海,让我沉沦,让我时时为你担心。我的事情和你相比微不足道,你的事情却像用放大镜观察一样被放到无限大,我自己安稳富足,心里只关心你。

听你说如果你去巴黎,波利娜怎样安排,我就放下心来。我早就有此打算,只是不敢告诉你,想先听听你的想法。孩子,你的想法非常在理。我也这样想过,就这样定了。好好爱护这个小家伙,把她培养成值得你深爱的人。她会一直听你的话,不会不服管教的。除这些理由之外,我让你自由选择,在你无事时可否让她在我这里住一段时间。有她做伴我会非常开心,我会起些作用,绝不让你后悔把她带来。我这样建议,不知她会不会和我闹别扭。现在整件事情就快尘埃落定了,你只需再去巴黎一趟。结果取决于你的再审之诉如何判定。我们已经达成一致,不必再讨论了。拉法耶特夫人写信对我说,我只需擦亮自己的鞋子,9月一过,她就不会让我有一刻空闲。就如拉罗什富科所说,我回信时倒是含糊其词,不置可否。亲爱的孩子,我对你所说的计划不会食言,但要等到适合的时机再告诉别人。

我赞赏和敬重艾克斯这些作者的限韵诗,但对我而言,这是十四行诗,是歌剧[1],这些韵律让我发怵。你们的作品,还有我喜欢的库尔比耶岩和加亚尔先生,都没能让我激动。所以我只能简简单单地表示赞成,告诉波利娜有些事我是没有感觉的。

---

1 指过于艰深的作品。

爱从不平静

　　大家都在谈论我们海军的胜利和海战，你也谈起：几乎每次都是风向在主宰，只要占据有利风向，就能取胜。我和你说过，自从阿克提姆海战[1]以来，每一场战役都由此定胜负，从无例外，不过这可是绝妙的决定方式。我们的海军正在英吉利海峡，希望老天保佑我们顺风顺水。那些战船原来是虚惊一场[2]，却让格里尼昂先生白跑一趟。让松先生真该戴好眼镜好好看清楚。

　　再见，我亲爱的、可爱的孩子。我爱你，拥抱你，希望你有足够的精力、勇气和健康的身体好好生活。我想你无数次，却无济于事，真伤心。你给梅里小姐写了信，真是体贴。我也给她写了信。她收到信会有什么反应？她会大喊大叫，说你宽宏大量，说我小气、贪财、可鄙。[3]小可爱，你就等着看她的回复吧，我们一收到回信就互通消息。你处处完美，处处受人尊敬。

自夏尔·德·塞维涅

　　我的姐姐，你问我的意见，这就是：我的神灵需要祭台，但不要让我的神灵去迁就祭台[4]，追随你前往巴黎。你的理由条条关键，其他理由就不值一顾。我相信你做出决定，完全是为我好。即使我们闹矛盾，也是因为其他原因，而不是因为这个决定。

1　发生于公元前32年，古代地中海地区最重要的海战。——译注
2　让松侯爵是昂蒂布的长官，他以为大量敌舰来犯，让格里尼昂先生前往支援。
3　梅里小姐借住卡纳瓦莱公馆，塞维涅夫人要求她出租金。
4　夏尔号称笃信宗教，其实并不可信。

84.致格里尼昂夫人

听到那么多死讯,听说布夫莱尔先生和卢森堡先生的军队已经会合,你的五脏六腑都激动了吧?不过,我们的侯爵没有参战,我万分庆幸,因为年轻人似乎伤亡惨重,我可不愿你和苏瓦库尔夫人、科维松夫人名字并列。这儿有两位夫人,并不像前面两位那样伤心,却也哀哀怨怨。我不敢告诉你原因,因为不值一提。我想告诉你我为什么伤心,你一定能明白。再见,我的姐姐,向你身边所有人问好,我对女神波利娜的喜爱一如既往。

他就这样走了,这个伪教徒!孩子,我曾经也和你一样,对哥本哈根[1]和各路报纸毫不关心,但战事动荡,大家对局势那样关心,人难免会受影响。我迫不及待地读着报纸,也盼着你来信。衷心感谢那些安慰你的人。你有没有给梅克尔布尔夫人和蓬波纳先生写信?格里尼昂先生有没有给国王写信?

我们觉得那两首十四行诗写得很好,美得惊人。其中最好的那首送给格里尼昂先生,开头是:底边想高攀到上楣的位置,结尾是:公正的青天!

致我亲爱的伯爵夫人。

---

[1] 塔朗特王妃告诉她的消息,王妃的女儿在哥本哈根。

85. 致吉托夫人

> 巴黎，1693年8月7日，星期五

天啊！夫人，这么多死者，这么多伤员，这么多家庭要慰问！这场战役，最先只是我方占优势，但代价昂贵，谁知变成了这样大的胜利！我们缴获这么多大炮、鼓号、军旗，俘获这么多俘虏，真是五十年未见的重大胜利！奥兰治亲王的军队已经溃不成军，只要卢森堡先生愿意，就可以长驱直入布鲁塞尔。夫人，时局变动，我们很为格里尼昂侯爵担心，他正在德国，看形势那里一定会有一场大战。您一定要看好自己的两个儿子，一旦他们翅膀硬了[1]，就像小狮子一样留不住了。不过您应该也知道每一颗子弹都有自己的使命，没有一颗不接受命运的指令，只要老天愿意，哪怕最勇敢、最有经验的人也会在睡梦中死去。

您的头痛现在怎么样？得知您的情况以后，我真不愿用自己琐屑的事务麻烦您；不过，亲爱的夫人，还是请您怜悯我，帮我解决两三件事。

给您寄去我的土地账目，以便您知晓佃农应交给我的款项。尽管今年经历了风暴，这些钱款应该在圣诞节和圣让节上交，因为粮食在此期限之前应该已经售出。这份账目是戈蒂埃带来埃贝尔的账目后，我和戈蒂埃一起在您家记下的，罗雄先生也在场。您从中

---

[1] 狩猎用语，鸟儿"翅膀硬了，便可狩猎"。

85. 致吉托夫人

可以看到，圣诞节时我该收到哪些钱款；数目虽不大，终归是一份收入。另有一些牧场租金和定期租金也该收回。您可以看到，如果粮食价格低，我的土地至少值3620利弗尔（左右）；如果粮食价格高，价值就超过4000利弗尔。我无意压榨佃农，让他们上交的租金比收成还高，因为我知道他们并不富裕（算我倒霉），但今后他们应该顾念我的好处，从收成中分出一部分来补贴今年的租金。这样才算公平。请您收取租金以及分租佃农和磨坊主们在这场共同的灾难中应交的款项，但不要累得自己头疼。

布卡尔建议我砍掉损坏的树木，否则它们不值一钱。但我想把这一小块地留给女儿[1]，因此考虑将来比眼下更多，尽管眼下也必须考虑。这件事请您决定。另外，还请您结清埃贝尔去年的账目，**要在您家中结清**，因为布卡尔和埃贝尔向来不睦，但出于对您的尊重，他们会有所收敛。建议您找特里伯莱先生帮忙。他聪明能干，处处能给您出主意，但只有您出面才能请动他。说到塔瓦纳夫人三分之一的分成，我要告诉卡布尔，有过一份判决，居然弄丢了，着实粗心。等适当的时候我们再处理此事。

我得把普西先生的信寄给您。请不要告诉别人，我很想告诉您这个秘密，而且相信您不会透露出去。他处处打听我告诉布卡尔先生的事，想把这事拖到我死后。不过他建议我找个人验证他的**资格和理由**。夫人，请您给我推荐一个人选，只要是当地人，我马上录用；但我要听取您的建议后再给他回复。我把他信中与此事有关的段落标出来了，以免花费您的时间读其他无用的话。

---

1 根据成婚时的文书，布尔比利由格里尼昂夫人继承，布列塔尼土地由夏尔继承。

爱从不平静

　　亲爱的夫人，为这些无用的事打扰您，万分抱歉，唉，我也是杂务缠身。您太好了，您出于慈悲，一定会为世上最敬爱您的人出力，这个人对您的评价也最为公正。对，公正。我自认为了解您对上帝的虔诚；这下您躲不掉了。
　　泰蒂神父一说起您就情绪激动。我敢担保您会是他最后的朋友；在我看来，最后的朋友比最初的朋友更重要。

86. 致格里尼昂夫人

巴黎，1694年3月29日，星期一

亲爱的孩子，我周五给你写了信；我们把包裹寄到了布里亚尔。我在信中写的全是和你分别后的悲伤难过；看着这座屋子[1]，我又伤心又害怕，若不是想着不久之后（确实是不久之后）又能去看你，真担心我的好身体会出毛病，而你又这样珍视我的身体。信中给你写的全是这些话。昨晚收到你从讷穆尔的来信，应该是你离开后写的第一封，行文中读不出倾诉离别感伤的气息。骑士先生也发现了，当时我们又碰巧收到你从普莱西寄来的包裹，里面正有我们想要的东西。孩子，你处处为我们着想；你对我们这样好，我们最爱你，仍然觉得不够爱你。谢谢你让我看到你的情感，让我欣喜万分。我会听从你的建议，亲爱的孩子；我会听从内心的喜好，一心准备5月初出发。骑士先生想提前出发，但我不想过于忙乱，影响出发的心情。就让我慢慢准备，从容地享受出发前的快乐吧。你知道我去看你从不乏勇气。

看到你们把布列塔尼的盐当成糖加在咖啡里，我们开怀大笑；你们一定都在大叫，因为每个人都往自己杯子里加了盐。希望你不要再弄错了。我刚替你收的文件也希望尽快给你。

---

1 卡纳瓦莱公馆。

爱从不平静

　　我周六在佩尔蒂埃神父家吃晚餐。他一次也没来过这里，似乎有些生气；我替你向他道歉了。库德雷先生也在他家。这位可怜的先生正为失去他出身高贵的恋人而沮丧。你在信中写到途中看到他的河流和城堡非常美，我会给他看的，他一定高兴。

　　昨晚我在吕德公爵夫人家吃晚餐，她反反复复问候你。拉沙特先生来告诉她，他母亲和哥哥正在尽其所能促成大事，蓬加雷先生也脱不了干系。她马上去告诉拉瓦尔丹先生和小姐，说这门婚事是天作之合。

　　肖纳先生回来了，睡在旅店里，因为可怜的马翁先生去世了，全身发紫。[1] 肖纳夫人和罗雄一周之后回来。晚餐之后，韦尔讷夫人终于到了，我和她去了阿尔诺神父家，蓬波纳先生与夫人、万斯夫人、费利西泰小姐和库德雷先生都在。蓬波纳先生似乎在生神父的气，因为他的父亲到来前三个小时，他出发去当值了。他还在病中，却想赶上其他神父，也赶上你们，但他身体那么虚弱，着实令人担忧。

　　孩子，你只字不提吃的什么，睡得怎样，在读什么书：噢！我想起来了，你在读科尔比内利的新书[2]，他一定倍感荣幸。我在骑士先生家晚餐，饭菜非常简单，不过有杜普莱西先生做伴，还有两条龙䲜；杜普莱西先生卑微地亲吻你的裙裾。你还抱怨到得太早。唉！早到能让你的马多休息，你不高兴吗？请你告诉我是否还想要

---

1 马翁先生可能是肖纳公爵的仆人。身体发紫可能是死于传染病。——译注
2 科尔比内利刚刚出版的《古拉丁历史家格言》(*Les Ancient Historiens latins réduits en maximes*)。

86. 致格里尼昂夫人

一间漂亮书房。

孩子,你和侯爵分别,一定非常伤心。这可是一次漫长的告别。我本以为他会去格里尼昂。骑士先生办事非常得力,他定会如约领到钱款。我亲爱的波利娜,让我吻吻你漂亮的脸颊;这里所有的人都喜欢你,从没有哪个人像你这样得到众口称赞。你还和罗什博纳先生一起玩吗?有他做伴真是太幸福了。有他和索勒利先生照顾,希望你再也不要翻车找乐了。我拥抱亲爱的玛蒂亚克。你可在某次日课经之后抓住大主教先生,清算你们那笔旧债。

孩子,很愧疚信中告诉你我的窘况,无力资助我们的事务。我可说是

> 没有储藏一点点
> 苍蝇或者虫肉干。[1]

不知你和库德雷的秘密事情进展如何。我建议他把知道的情况都写信告诉你,因为他去过很多地方。不知他和托博兹会面情况如何;他在科马尔丹夫人那里碰了个大钉子。

你离开之后,你的朋友们有多失落,我不再详述:肖纳先生,蓬波纳先生,沙米亚克先生[2],所有人都在想念你,库朗热也一样。给你的仰慕者比戈尔神父写两句话吧;他治好了贴身仆人的病,扬扬得意。

---

1 出自拉封丹的《知了和蚂蚁》(*La Cigale et la Fourmi*)。
2 米歇尔·沙米亚克(Michel Chamillart),1699年任财政总监。

爱从不平静

自库德雷先生

　　夫人，您在我的领地上住得那么差，但我不会向您道歉。您的谦逊拯救了我的城堡，因为我确信，它恨不得燃烧起来，就像那位大人物的西班牙城堡迎接它的女主人——王后一样。因此，我感谢您大驾光临。如果您回来看我们，也会第一时间得到我的感激。在此之前，我向小拉盖尔的歌剧深深致敬。我看过两次排练，演出一定会很精彩。夫人，我虽在玩乐，但一刻也没有忘记您。

　　以上是库德雷先生给你的问候。他非常沮丧，和与你共度那些美好的夜晚时截然不同。你就是我们的灵魂，亲爱的孩子，没有你我们活不下去。

　　晚饭后我去了达帕戎夫人家，见到了上百个伯夫隆[1]，都向你致敬。我还去了克鲁瓦西耶家中吊唁，格勒诺布尔高等法院院长患病，五天就去世了，表面看只是轻微的喉疾，其实体内已经有瘀血。他这样年纪轻轻，令人痛惜。

　　拉瓦尔丹先生刚走。他来让我告诉你，他看到了维布雷夫人的委托书。调味料已经备好，就等鱼上桌。我和他说起成婚之事[2]，他女儿也在。他似乎在经历激烈的斗争；他的所有条件对方都答应，让他无计可施。他觉得对方太过平庸，本想找更好的对象，哪

1　达帕戎夫人出生于阿尔古尔－伯夫隆（Harcourt-Beuvron）家族。
2　他女儿的婚事。

86. 致格里尼昂夫人

怕没有公爵头衔。他说了很多话，看得出内心非常痛苦，要下定决心恐怕尚需时日。

可爱的孩子，我无比想念你。我马上就寄信给骑士先生。

87. 致夏尔·德·塞维涅

格里尼昂，1695年9月20日，星期二

回复7日来信

亲爱的孩子，你们到了我们可怜的罗歇[1]，可以享受安静恬淡的生活，远离烦杂劳累，让我们可爱的小侯爵夫人畅快呼吸。老天，听你这样说，她的身体真敏感脆弱啊！我理解你的感受，自己也伤心难过，眼泪盈眶。希望你在困境中这样的顺从忍耐能让上帝发慈悲，事情出现转机也未可知。真希望我们亲爱的可人儿好好保养，能和其他人一样健康长寿。周围这样的例子不胜枚举：拉特鲁斯小姐[2]以前不就是病痛缠身吗？亲爱的孩子，我理解你现在的心情，真心诚意地关心你们。你担心把心里的忧虑[3]告诉我之后，我会难过；这你说对了，我真是万分难过。希望你收到这封信时，情况已经好转，你的心情也平静一些。因为侯爵夫人的缘故，你应该不会考虑去巴黎，明年春天只会去波旁。请把你的打算都告诉我，不要让我对你的事一无所知。

请回复我8月23日和30日的信。随信还有一张给加卢瓦的票

---

1 塞维涅夫人于1671年5月31日与夏尔一同到达罗歇，她在信中写道："我的女儿，我们终于到了可怜的罗歇"，却又遗憾见不到女儿。此处表达她永远离开罗歇的怀念之情。

2 夏尔的表妹，前文一直称为梅里小姐。

3 夏尔为身体羸弱的妻子担心，但最终妻子比他多活了二十年。

87. 致夏尔·德·塞维涅

据，我已请布朗容[1]付款。回信请告诉我进展如何。这个忠厚的布朗容，他结婚了，写了一封措辞漂亮的信，告诉我这件事。请你告诉我，婚事是否真如他写的那么好。听说新娘和高等法院的人沾亲带故，还是达鲁先生的亲戚，请你给我讲清楚，孩子。我还给你寄了一封给沙里耶神父的信；他找不到你，一定会很恼火。还有图隆先生！你说得很对，只有他能说服这头倔牛，你只要保持本色就行了。[2]请把神父的信再寄给坎佩莱[3]。

你可怜的姐姐，身体还是很差。现在的问题不是失血，那已经是过去的事了，而是她没有恢复。她病得变了样，和从前判若两人，因为她的胃没有好转，什么都吃不进，这一切都源于她的肝病，你也知道这病时日已久。她的肝病这么厉害，我真是忧心忡忡。她倒是能吃些药治治肝病，但这些药对失血有害，失血已经影响了她受损的部位，我们担心会复发。医治这两种病的药不可并用，因此她的状态让人很心疼。希望这种紊乱过一段时间会好转。一有转机，我们马上动身去巴黎。这就是我们一心想要摆脱的现状，我都如实地告诉你了。

她身体虚弱，我们也无暇谈及战士们回来之事。不过我相信事情已成定局，是早晚的事[4]。不过，我们并不高兴，即使我们去巴黎，也只待两天就得走，避开婚礼和蜂拥而来的访客，一个都不

---

1 布容领地的佃农，其收入属于塞维涅夫人。
2 他们拜托图隆主教（布列塔尼人）向他哥哥说情，因为夏尔在南特伯爵领地担任国王中尉时，图隆主教的哥哥与他为难。
3 沙里耶神父。
4 指波利娜与西米亚那（Simiane）家族成员的婚事，后来于1695年11月29日在格里尼昂举行。

爱从不平静

见：真是一朝开水烫，十年怕凉水[1]。

圣阿芒先生心中不满，事情在巴黎闹得沸沸扬扬。你姐姐的的确确证实过，她的证据我们所有人都看过，她向儿子承诺的10 000法郎[2]，已经付了9000，所以只寄了1000。圣阿芒先生就说他们骗他，想把他剥削一空，他已经付了女儿15 000法郎的财产，以后一分钱也不会出了，该侯爵先生从自己家里想办法了。你也觉得只要这边付了钱，事情总会过去，尽管会留下些龃龉。圣阿芒先生自己也觉得不该和你姐姐闹翻，于是就来到这里，低眉顺眼地求和，比绵羊还温顺，只想把女儿带回巴黎，而且真的带回去了。其实于情于理，她都应该等我们一起走。但是她回到巴黎就能和丈夫住在圣阿芒先生漂亮的府邸里，无所事事，好吃好住，光凭这一点，我们就毫不犹豫地答应让她回去享清福了。不过，我们给她送别时还是不禁落泪，依依不舍，她也泪水涟涟，倒像自己不是去巴黎享福。她非常喜欢和我们在一起，最终还是跟父亲走了，本月1日走的。孩子，请你相信，格里尼昂家没有哪一个人想和你藏奸耍滑，大家都很爱你。如果那件小事很严重，大家可能以为你已经注意到了，因为你平时就是那样。格里尼昂先生还在马赛，我们很快就会见到他，因为海路畅通，长久不见的海军元帅吕塞尔允许他前来这里。

我会派人去找你说的那两篇文章，相信你的品位一定不错。朗

---

1 她回想起1695年1月2日路易-普罗旺斯在格里尼昂城堡举行婚礼之后令人应接不暇的访客。此处的法文谚语对应中文的"一朝被蛇咬，十年怕井绳"。——译注

2 阿尔诺·德·圣阿芒（Arnaud de Saint-Amans）是路易-普罗旺斯的岳父，他女儿安娜-玛格丽特·德·圣阿芒（Anne-Marguerite de Saint-Amans）成婚时带来40万利弗尔的嫁妆，路易-普罗旺斯的父亲承诺给儿子1万利弗尔的年金。可是格里尼昂家经济拮据，没有足够的钱支付年金。

87. 致夏尔·德·塞维涅

塞致拉特拉普夫人的信件[1]尽管还未出版,手稿已经当成书到处流传,等我们在巴黎见面时再给你看。真希望在巴黎见到你,尽管我对你的感情远比你对我的感情要深。这是自然规则,我不抱怨。

随信附上肖纳夫人的信,我把全文寄给你,相信你能应对得体。该解释的事情,你就好好解释,其他可能令你不悦的事情就不要管。我回信时已经把该说的都告诉她了,但有一些我不了解的事情需要你自己回复,我还说会把她问我的事都转告你。你给他回信时,要当作所有事情都是我转告你的。说到底,你还是应该和她保持联系。他们喜爱你,还帮过你,做人要懂得感激。我告诉她,你非常感激总督先生;不过,孩子,我想私下问问你,你和总督先生的交往真的就不能与你和那些老朋友以及法院院长、总检察长的友情共存吗?要结交一位总督,非得失去从前的朋友吗?波默勒先生可没有强求你这样做。我还写了请她听你解释,总检察长的女儿成婚,你不可能没有表示祝贺。孩子,好好向她解释,再把你写的话告诉我,我好为你辩解。以下写给我亲爱的院长。

致……院长[2]

亲爱的院长,您最近的来信收悉,一如往常令人愉悦。迪皮没有给您回信,我很吃惊,真希望他不是病了。

我儿子和我们的侯爵夫人到了您那儿,这下您可幸福了。要好

---

[1] 1705年才出版,但当时已有手抄本到处流传。

[2] 勒内·勒菲弗·拉法吕埃尔(René Lefebvre, seigneur de La Faluère),1687年至1702年任布列塔尼高等法院院长,其女与夏尔的妻弟结婚,由此与塞维涅一家成为姻亲。

好照顾她，逗她开心，给她解闷，把她当作掌上明珠，您就能把这位珍贵的可人儿留在身边。请记得告诉我她的消息，我非常关心她。

我儿子称赞皮卢瓦和工人们修好了迷宫[1]，我眼前便浮现出他们劳作的样子，想要表扬和感谢他们。如果我在那儿，一定会给他们酒钱。

我女儿和您的偶像[2]非常爱您，但我更爱您。再见，我亲爱的院长。我儿子会把我的信给您看。拥抱您的小斑鸠[3]。

---

[1] 罗歇花园西端的河道。
[2] 指波利娜。
[3] 指他的女儿，夏尔的弟媳。

88. 致格里尼昂夫人

兰贝斯克[1]，1695年12月11日，星期日晚十一点

可爱的孩子，我明天一早六点出发去马赛，亲切的院长夫人会在那儿接待我。我的行程很紧，在这座美丽的城市只能逗留一天，在艾克斯只能停两天。我会住在苏瓦桑夫人家，蒙莫尔先生外出履职了。这里的人都对我依依不舍。我和格里尼昂先生相处甚好。圣博奈四小时前已经出发进宫。[2]

天气一如既往地差。我饱受苍蝇和跳蚤折磨；我很讨厌那件天鹅绒外套，但紫色外套又太沉。这里的冬天真冷啊！真希望你在那边温和的气候里能恢复体力，不再骨瘦如柴。你信中没怎么谈到自己，而且我本以为随信会寄来玛蒂亚克的短信。

孩子，拍卖的事你毫不知情吗？我又想起了这事，希望这些信能给你解解闷。我并未见格里尼昂先生收到于克塞尔夫人的来信。

索勒利会告诉你我们在这里的生活多愉快。今天大主教家有一场盛宴，昨晚我和他亲密地交谈了两小时；他依然思维敏捷，相信自己和蓬沙特兰一起开会时没有让他厌烦。所有人都向你致敬，雅内夫人尤其热情，她很快要去看望你。

---

1 塞维涅夫人让生病的女儿留在格里尼昂，自己陪同女婿前往兰贝斯克参加12月9日至20日举行的市镇年度大会。

2 亨利·波米埃·德·圣博奈（Henri Pommier de Saint-Bonnet）是格里尼昂伯爵的护卫队长，受命前往宫中通报捐税投票的结果（70万利弗尔）。

再见，我最最亲爱的孩子。我真舍不得离开你，一心盼着回到你身边。给骑士先生和拉加尔德先生行吻手礼。

89. 致穆勒索

格里尼昂，1696年2月4日，星期六

先生，我早知您一定会同情我的处境，一定会尽全力缓解我的痛苦，果然没有猜错。您向巴贝拉克医生[1]要来的处方和您的信如您所愿，长着翅膀飞到我这里，我女儿拖拖拉拉的小高烧一听到巴贝拉克医生的大名，也长出翅膀溜之大吉。先生，一切顺利，我女儿病情好转，有如神助。您的祝愿和祈祷一定也起了作用，想想看我有多感激。我们母女的感激无以言表，我女儿感谢您，也请您替她感谢巴贝拉克医生。现在只需耐心等待和服用大黄，大黄很对她的病症，我们都满意宽心。巴贝拉克医生一定也赞成用大黄，加上安心静养和饮食调理，饮食常常是最好的药物。先生，感谢上帝，为您，也为我们自己，因为我们知道您和我们同悲同喜。先生，请看一眼这座城堡中所有的居民，接受他们对您的感情。[2]

塞维涅夫人

---

1 夏尔·巴贝拉克（Charles Barbeyrac）是蒙彼利埃的一位医生。尽管他是新教徒，却在《南特敕令》（*L'édit de Nantes*）被废除时拒绝离开法国，由此出名。
2 塞维涅夫人为女儿的身体万分操劳，但不久之后她自己却与世长辞。塞维涅夫人书信的第一位编者佩兰写道："她一连六个月为女儿的身体操劳，自己的健康自然也受到影响。她经常半夜起床去看女儿是否安睡，一心照顾女儿，不顾惜自己，终因操劳成疾，1696年4月6日发烧病倒。"她于17日离世。

年　表[*]

1596年　塞维涅夫人的父亲塞尔斯-贝尼涅·德·拉比丹-尚塔尔出生，他的母亲让娜·德·尚塔尔（Jeanne de Chantal）于1610年创建了圣母往见会。

1603年　塞维涅夫人的母亲玛丽·德·库朗热（Marie de Coulanges）出生。

1613年　梅纳热出生。

拉罗什富科出生。

1618年　比西-拉比丹出生。

1621年　夏尔·德·塞维涅与玛格丽特·瓦塞（Marguerite Vassé）成婚。玛格丽特是朗塞罗·德·瓦塞（Lancelot de Vassé）与弗朗索瓦兹·德·孔迪之女，后来的雷斯红衣主教的姑姑。

1623年　亨利·德·塞维涅出生，后与玛丽·德·拉比丹-尚塔尔成婚（3月16日）。

玛丽的兄长克里斯托夫·德·库朗热（Christophe de Coulanges）任利夫里修道院院长，时年16岁。利夫里位于巴黎东北方。

塞尔斯-贝尼涅·德·拉比丹-尚塔尔与玛丽·德·库朗热在巴黎圣保罗教堂成婚（5月14日）。

---

[*]　书信中出现的重要人名、作品名已随文括注。

1624年	让-路易·盖·德·巴尔扎克（J.L.Guez de Balzac）的首部《书信集》（*Lettres*）出版。
1626年	玛丽·德·拉比丹-尚塔尔出生于巴黎皇家广场（2月5日）。
1627年	尚塔尔男爵塞尔斯-贝尼涅·德·拉比丹在英法雷岛之战中阵亡。
1631年	玛丽的姐姐亨利埃特·德·库朗热，尚塔尔女男爵（Henriette de Coulanges, baronne de Chantal），与拉特鲁斯领主弗朗索瓦·勒阿尔迪（François Le Hardi）成婚。
	泰奥弗拉斯特·雷诺多创办《法兰西公报》。
1632年	弗朗索瓦·阿代马尔·德·蒙泰伊出生于格里尼昂城堡，后成为格里尼昂伯爵（9月15日）。
1633年	玛丽·德·库朗热逝世（8月21日）。
1634年	玛丽-玛德莱娜·皮奥什·德·拉韦尔涅（Marie-Madeleine Pioche de La Vergne）出生，后来成为拉法耶特伯爵夫人。
1637年	让-路易·盖·德·巴尔扎克的《新书信集》（*Nouvelles lettres*）出版。
1638年	路易十四出生。
1640年	冉森（Jansénius）遗作——《奥古斯丁》（*Augustinus*）出版。
1644年	玛丽·德·拉比丹-尚塔尔与亨利·德·塞维涅在巴黎圣热尔韦教堂成婚（8月4日）。
1646年	弗朗索瓦兹-玛格丽特·德·塞维涅于10月10日出生于巴黎，10月28日在圣保罗教堂受洗。她后来成为格里尼昂伯爵夫人。
1648年	夏尔·德·塞维涅于3月12日出生于罗歇，当日于埃特雷尔教堂受洗。
	梵尚·瓦蒂尔（Vincent Voiture）逝世。
1650年	比西签订婚约，塞维涅夫妇在婚约中签名（4月27日）。
	梵尚·瓦蒂尔的《作品集》（*Œuvres*）出版。

年　表

1651年　亨利·德·塞维涅为了情妇孔特朗夫人（Mme de Gondran）与阿尔伯雷骑士米奥桑（Miossens, chevalier d'Albret）决斗（2月4日），两天后逝世。

1653年　富凯任财政总管。

冉森派的《五项提议》（Cinq propositions）被禁。

1655年　拉韦尔涅小姐与拉法耶特伯爵（comte de La Fayette）成婚。塞维涅夫人在婚约中签名（2月14日）。

让-保罗·德·马里尼（Jean-Paul de Marigny）的《书信集》出版。

1656年　巴尔扎克的《致夏普兰先生书信》（Lettres familières à M.Chapelain）出版。

1657年　斯屈代里小姐于2月出版《科莱丽》（Clélie），书中第三部分以"克拉莱特"（Clarinte）为名描写塞维涅夫人。

1658年　弗朗索瓦·德·格里尼昂与安热利克-克拉丽斯·德·安热（Angélique-Clarisse d'Angennes）成婚（5月4日），妻子于1664年去世。

皮埃尔·科斯特（Pierre Costar）的《书信集》出版。

1659年　玛丽·德·拉比丹的舅舅、她年少时的监护人菲利普·德·库朗热逝世（6月12日）。

法国与西班牙签订《比利牛斯和约》（Paix des Pyrénées）。

1661年　马扎然逝世。路易十四亲政。

沃堡为国王举行庆典（8月17日）。

富凯在南特被捕（9月5日）。

1663年　塞维涅小姐在宫中参演芭蕾舞剧（《历史诗神》〔Muse historique〕1月20日记载）。

1664年　皇家港修道院修女遭遣散（8月）。

富凯案判决宣布（12月20日）。

1665年　比西-拉比丹的《高卢名媛情史》盗印本出版。

比西被监禁于巴士底狱（4月17日）。

《学者报》（*Journal des savants*）创立。

1666年　比西获准回到自己的领地，在此流放（8月10日）。

弗朗索瓦·德·格里尼昂与玛丽-安热利克·德·普依-杜-福（Marie-Angélique du Puy-du-Fou）成婚（6月17日），妻子于次年去世。

1668年　弗朗索瓦·德·格里尼昂与塞维涅小姐双方家庭拟定婚约，初步达成一致（10月6日）。

1669年　弗朗索瓦兹-玛格丽特·德·塞维涅与弗朗索瓦·德·格里尼昂的婚约在塞纳街拉罗什富科府签订（1月27日）。

弗朗索瓦兹-玛格丽特·德·塞维涅与弗朗索瓦·德·格里尼昂的婚礼在巴黎田野圣尼古拉教堂举行（1月29日）。

格里尼昂夫人在利夫里小产（11月4日）。

格里尼昂先生被任命为普罗旺斯总督（11月29日）。

《葡萄牙修女书信集》（*Lettres portugaises*）法文版出版。

1670年　格里尼昂先生于4月19日离开巴黎前往普罗旺斯，5月19日抵达艾克斯，5月21日在高等法院就职。

格里尼昂伯爵与弗朗索瓦兹-玛格丽特的长女玛丽-布朗施出生（11月15日）。

帕斯卡尔（Blaise Pascal）的《思想录》（*Pensées*）第一版出版，为皇家港修道院版本，由尼科尔编辑。

1671年　格里尼昂夫人出发前往普罗旺斯（2月4日）。

兰贝斯克·德·路易-普罗旺斯·德·格里尼昂（Lambesc de Louis-Provence de Grignan）出生（11月17日）。

1672年　塞维涅夫人于7月13日出发前往普罗旺斯，7月30日抵达。

年　表

1673年　塞维涅夫人于10月5日出发前往巴黎，途中绕道勃艮第，11月1日抵达巴黎。

1674年　格里尼昂夫人抵达巴黎（2月）。

波利娜出生（9月9日），后来成为西米亚那侯爵夫人。

1675年　格里尼昂夫人返回普罗旺斯（5月24日），塞维涅夫人将女儿送至枫丹白露。

1676年　塞维涅夫人第一次维希之行（5月至6月）。

格里尼昂夫人返回巴黎（12月22日）。

布兰维利埃夫人被捕，"毒药案"由此开始。

1677年　格里尼昂夫人返回普罗旺斯（6月8日）。

塞维涅夫人第二次前往维希疗养（8月至10月）。

塞维涅夫人于10月末入住卡纳瓦莱公馆，在此居住直至去世。

格里尼昂夫人重返巴黎（11月）。

1678-1679年　法国分别与荷兰（1678年8月10日）、西班牙（1678年9月17日）和神圣罗马帝国（1679年2月5日）缔结《尼姆维根条约》（*Traités de Nimègue*）。

1679年　雷斯红衣主教逝世（8月24日）。

格里尼昂夫人前往普罗旺斯（9月13日）。

1680年　格里尼昂夫人抵达巴黎（12月）。

拉罗什富科逝世。

富凯逝世。

罗贝尔·阿尔诺·安迪利的《书信集》出版。

1682年　比西结束流放（4月9日）。

法国宗教会议通过《四条款宣言》（*Quatre articles*）宣告法国天主教的自由和权利。

1684年	夏尔·德·塞维涅与玛格丽特·德·莫龙（Marguerite de Mauron）成婚（2月8日）。
	塞维涅夫人与女儿在巴黎告别，前往罗歇处理事务（9月12日）。
1685年	塞维涅夫人从布列塔尼返回，与女儿重聚（9月12日）。
	吉托伯爵逝世。
	《南特赦令》被废除（10月18日）。
1686年	奥格斯堡同盟成立（7月9日）。
1687年	库朗热神父逝世（8月29日）。
	塞维涅夫人与女儿在巴黎告别，前往波旁做温泉疗养（7月至8月）。
1688年	格里尼昂夫人重返普罗旺斯（10月3日）。
	吉约姆·奥兰治入侵英国（11月15日）。
1690年	塞维涅夫人从布列塔尼出发，前往格里尼昂与女儿会合，于10月24日抵达。
1691年	塞维涅夫人在女儿女婿陪同下返回巴黎。
1692年	梅纳热逝世。
1693年	比西-拉比丹逝世。
	拉法耶特夫人逝世。
1694年	格里尼昂夫人回到普罗旺斯（3月25日或26日）。塞维涅夫人于5月与女儿会合。
	安托万·阿尔诺逝世。
1695年	路易-普罗旺斯·德·格里尼昂与安娜-玛格丽特·德·圣阿芒成婚（1月2日）。
	格里尼昂夫人重病。
	波利娜·德·格里尼昂与路易·德·西米亚那（Louis de Simiane）成婚（11月29日）。
	尼科尔逝世。

年　表

1696年　塞维涅夫人在格里尼昂逝世（4月17日）。

　　　　比西-拉比丹的《回忆录》出版。

1697年　让-巴蒂斯特·德·格里尼昂逝世。

　　　　比西-拉比丹的《书信集》出版。

1704年　路易-普罗旺斯·德·格里尼昂逝世（10月10日）。

1705年　格里尼昂伯爵夫人逝世（8月13日）。

1713年　夏尔·德·塞维涅逝世（3月26日）。

　　　　格里尼昂骑士逝世（11月）。

1714年　格里尼昂伯爵逝世（12月31日）。

1715年　路易十四逝世。

1725年　塞维涅夫人的《书信集》第一部盗印本出版。

1736年　路易-普罗旺斯的遗孀安娜-玛格丽特·德·圣阿芒逝世。

1737年　夏尔·德·塞维涅的遗孀让娜-玛格丽特·德·布雷昂（Jeanne-Marguerite de Bréhant）逝世。

　　　　波利娜·德·西米亚那逝世。

图书在版编目（CIP）数据

爱从不平静：塞维涅夫人书信集 /（法）塞维涅夫人著；王斯秧译. —北京：商务印书馆，2022
ISBN 978 – 7 – 100 – 21023 – 2

Ⅰ. ①爱… Ⅱ. ①塞… ②王… Ⅲ. ①书信集 — 法国 — 近代 Ⅳ. ①I565.64

中国版本图书馆 CIP 数据核字（2022）第063230号

权利保留，侵权必究。

爱 从 不 平 静
塞维涅夫人书信集

〔法〕塞维涅夫人 著
王斯秧 译

商 务 印 书 馆 出 版
（北京王府井大街36号 邮政编码 100710）
商 务 印 书 馆 发 行
山西人民印刷有限责任公司印刷
ISBN 978 – 7 – 100 – 21023 – 2

2022年8月第1版　　　开本 889×1194　1/32
2022年8月第1次印刷　　印张 10¼

定价：69.00元